他和她的相遇，像彗星撞了地球，

概率微乎其微。

而比这概率更低的，

是听到他口中那句：

我喜欢你。

有爱的青春陪伴者

天降初恋么么哒

Tianjiang Chulian Memeda

乔小诺 WORKS 著

江苏凤凰文艺出版社
JIANGSU PHOENIX LITERATURE AND ART PUBLISHING

图书在版编目（CIP）数据

天降初恋么么哒 / 乔小诺著. -- 南京：江苏凤凰文艺出版社，2021.3

ISBN 978-7-5594-3549-1

Ⅰ. ①天… Ⅱ. ①乔… Ⅲ. ①长篇小说－中国－当代 Ⅳ. ①I247.5

中国版本图书馆CIP数据核字(2020)第258863号

天降初恋么么哒

乔小诺 著

责任编辑　孙金荣
特约编辑　伍　利　王　琼
责任校对　周嘉嘉
出版发行　江苏凤凰文艺出版社
　　　　　南京市中央路165号，邮编：210009
网　　址　http://www.jswenyi.com
印　　刷　长沙鸿发印务实业有限公司
开　　本　880mm×1230mm　1/32
印　　张　9
字　　数　185千字
版　　次　2021年3月第1版
印　　次　2021年3月第1次印刷
书　　号　ISBN 978-7-5594-3549-1
定　　价　39.80元

目录

CONTENTS

目录

CONTENTS

楔子

鞭炮声声，又是一年除夕。道旁梧桐树上挂满了冰凌，与各家门上的春联相互映衬，倒是显出一丝喜庆来。

穆清刚和任垚谈完新宇科技的无人售货项目，与其说是谈，倒不如说寒暄更准确。新宇科技的后期运营需要大量资金，任氏集团太子爷连兰格轩的门都没进，说了句天气真好啊，半睁着眼就批下了八位数。

“你赶着去投胎？”穆清把合同放进公文包。

“我家老爷子喊我去守夜，去晚了腿要被打折的！”

任垚潇洒地翻过栏杆，小跑几步就钻进对面那辆 SUV。

门口柔弱的服务生被他生猛的动作吓白了脸，犹豫半晌凑过来问穆清：“您刚点的菜……”

“打包。”

出了店门，街上人烟稀少。兜里的手机嗡嗡振动两声，穆清把文件袋从窗口放入副驾驶座，再掏出手机一看，屏幕已经灭了。

倚着车门，他划开手机，一条信息跳出来：

“新的一年，江尤祝学长生活顺利，祝老板财源滚滚，心想事成。”

脑海中有俏丽的面孔冒出来，月牙眼弯弯，那股欢乐透过这字句就能传到心里。穆清不自觉地勾勾嘴角，快速地回复了三个字。

“新年好。”

热切地等待她的下一条信息，微信却又纹丝不动了。各老总还有职工的拜年祝词纷纷到来，时间越长，他的眉皱得越紧。

发小冯铮也来捣乱，口吻像嗷嗷待哺的幼鸟。

“新年好，任垚说你俩去兰格轩了，给兄弟带点余粮吧。”

消息发送在十分钟前，穆清又扫一眼江尤的头像，把冯铮的聊天界面拉出来。

“你又被撵出来了？”穆清语气笃定。

“瞎说什么大实话。”

穆清把手机揣进兜，没再刺激他。

以冯铮现今的处境，说撵都是轻的。冯家老爷子古板强硬，儿子却不走光明大道，偏去混娱乐圈做经纪人，因为价值观不一样，这爷俩这两年闹得可比任垚那句打断腿要厉害得多。

穆清和冯铮打小混在一起，他走的是商业路，头顶“经济人”三个字，冯老每回见他，拐杖一扭，虎虎生风又朝着自家儿子冯铮挥过去了。

经济人，经纪人，冯老琢磨着这之间的差距就倍感扎心。

他扎心，冯铮就被迫当草船借箭的靶子。穆清细细思量着，又回到兰格轩，让侍者找了一瓶红酒，用木盒装了起来。谁知他刚带着木盒出门，就被人撞了个满怀。

穆清因为惯性退了两步，手没抓稳，木盒“咣”的一声砸在地上。

变故来得太快，两人僵持了两秒。对面的人先穆清一步弯下腰，昏黄的灯下，穆清眼睛微眯，那人的动作也更清晰起来，和脑中一抹轮廓重合。

他刚想上前，又突地顿住，探究似的盯住那人带着几缕血丝的嘴角。

“你……”怎么在这儿?

后面的话被一句清冷的“抱歉”打断，木盒瞬间被塞进他怀里。

穆清正错愕着，那人看他一眼，踉跄着从他身边走过。

穆清愣在原地，莫名地生出一丝陌生与寒冷。

那眼神，就像在观察实验室内被人解剖的白鼠。

黑黝黝的小巷里，一个人也没有。已是零点，远处幢幢楼房里灯光熠熠，传来晚会主持人对来年的各种期盼。

一抹黑影悄无声息地靠在墙角，对面的民居楼悠然耸立，有拿着仙女棒的孩童尖叫着跑出来，嘻哈乱作一团。而这一头，钢筋水泥已搭出楼房框架，结实地基之下空空如也。

男人注视良久，默默将嘴角的血沫抹掉。

“沈潇，时间错了。”

“收到。”

夜，更静了。

Chapter 1

初来乍到

时间转到两个月前。

雪景总和圣诞最是般配。

鹅毛般的雪片片飘飞，不过一瞬就染白了整个天地，匆忙的脚印或深或浅地埋在地上。

江尤在台阶上跺跺脚，雪地靴上月牙状的雪碴儿噗噗往下落。宿管阿姨在大厅内铺了一层毛毯，防滑耐磨，学生还能享受一回明星走红毯的待遇。

室内室外两种温度，乍一进门，热气就扑面而来。江尤刷卡进去，旁边的宿管阿姨在和学院干部聊天。

“搞不懂你们这些小年轻，过个洋节，男生怎么扎堆往女生宿舍钻！”

“阿姨，这是我们学院的‘男帮女助’活动，协助培养同学感情的。”

“拉倒吧，我瞧这楼里的女娃比男娃都能干，拎着矿泉水桶爬五楼气都不喘。”

“……”

2 号宿舍楼除江尤她们这批是经济学院研究生外，其余的都是文院本科生。

文院本科生男少女多，女生大部分被当男人使。宿管阿姨驻守阵地有些年份了，早把这情况摸得门儿清。

“晚上六点前都让男生撤走……”

走到拐角处，江尤听见宿管阿姨霸气地下了逐客令。阿姨一向对这事管得紧，公蚊子都不准飞进来一只，江尤眼观多年深有体会。

至今能在挑战阿姨权威史上留名的也只有上届学长冯铮。

冯铮追经济学院系花林町两年零六个月才到手，一个月后两人又因为冯铮手机上一条暧昧短信冷战。江尤和林町不熟，只能协助冯铮混进女生宿舍，由他亲自来解释。

她将学生会拉赞助弄来的玩偶套在冯铮身上，再和他勾肩搭背地走进女宿舍楼，一切完美。只是没料到，林町见到冯铮后，怒火中烧中把玩偶的脑袋从六楼往下一扔，还差点砸中乘凉的宿管阿姨。

最后，冯铮示好不成，被宿管阿姨指挥着让四个女生将其扔了出去。

那是江尤头一次在一个人的脸上看到那么多种表情。

惊讶、恐惧、凄楚、可怜，外加绝望。

每每想到，就让人忍不住在被窝里笑出声来。

江尤用钥匙打开门，舍友李格不在，室内冷清得很。

从抽屉里找出U盘插到笔记本电脑上，趁拷贝论文资料的这点工夫，江尤收拾着行李。

江尤今年研三，为积累经验，她找到一份在家乡G市的实习工作，专业对口，工资也算满意，元旦后就要上班。时间太紧，所以江尤谢绝了李格父母邀请她去美国过圣诞的好意。李格是混血儿，家在美国，到中国留学，到了圣诞节，不得不回去跟父母一起过。

今天送机时，李格满脸闷闷不乐，赌气地说了句“我把礼物放在你衣柜里了”，就转身去了检票口。

李格的母亲Eva还温婉地替李格道歉。父母们大概不懂闺蜜间相爱相杀的相处模式，郑重其事的模样让江尤也有点不好意思，她笑着摇头把藏了好久的CD递给Eva转交给李格。

李格是小红莓乐队的歌迷，对小红莓乐队的五张专辑歌曲简直倒唱如流，一直想要2002年珍藏合集版《Treasure Box》CD，奈何那套珍藏合集版CD年代久远不好找。江尤费了好大劲儿才联系上已经是Pen乐队经纪人的冯铮，本来她也没抱太大希望，没想到他却是十分给力。

Eva很是惊讶，笑着吻吻江尤的脸颊：“你亲自给她，她会更高兴。”

江尤勾起嘴角，眼睛笑得弯弯的，心里却道惹不起惹不起。年初时李格去看了小红莓乐队的巡回演唱会，回来后兴奋得连宿舍床都被她蹦塌了，对于她这种豪情，江尤觉得自己还是回避为好。

那张新床还散发着木香，上头却空荡荡的。这么安静的宿舍，倒让江尤有些不习惯。最近编写论文、帮李格找 CD，她忙得脚不沾地，等资料拷贝完毕，她就关了电脑斜倚进迷你小沙发。

夜深人静，李格那边刚下飞机就给江尤发来短信，“天啊”“亲爱的”喊了个遍，最后又重点强调她放在衣柜里的礼物。

这样一日三餐似的叮嘱，倒真是让江尤好奇起来。嘴里叼着圣女果，她边起身边回复李格。

“给个提示呗，亲？”

李格把神秘氛围渲染得很好，不理她了。

静默间，人就到了衣柜前。白漆因着这几届主人的蹂躏有些脱落，几张贴纸都盖不住那可怜的斑驳，江尤盯着那些痕迹看了两秒，刚想抬手，衣柜门“吱呀”一声被打开。

柜门来回摇摆着，又晃下几块白漆，江尤鼓着腮帮，一脸错愕地望着。只见，一个男人脚踏收拾规整的衣物，君临天下落轿辇般，仪态高傲地走出来。

寒冬腊月的季节，对方只穿了一件宽松军绿夹克，内搭一件白色 T 恤，光洁白皙的面庞上，透着棱角分明的冷峻。

仪态是冷傲的，行为却是令人迷惑的。

“……”江尤嘴里的圣女果瞬间就不香了，她瞪大双眼，刚

张口，气音还没上来，就被人捂住了嘴。

“我不是坏人。”

喷在耳旁的气息带一丝血腥味，很淡，缠绕在江尤鼻尖却令她软了腿。脑子“嗡嗡”地响，至于这人再在耳旁说了什么，她都听不进去了，满脑子都是——

怎么办?

她只有一个人怎么办?

这人大概率是个穷凶极恶的坏蛋，她要怎么逃脱?

攥紧的拳头里，手心磕到手机边缘带来的痛感忽然提醒了她。

江尤放弃了挣扎，双手垂下，呜呜两声，意为配合。

容若木松手，扫了一眼迅速旋身脱离他禁锢的人，一句话止住她按着110的手指。

“你觉得警察来得快，还是我出手快？”

江尤恨恨地把手机放下：“你是做什么的，怎么会在这里？”

她边问，边贴近窗沿，心中估量着攀着水泥管道逃离魔爪的成功率。很可惜，大脑运算一番，逃离的成功率是百分之百，摔成肉饼的概率同上。

“意外。”

江尤皱眉：“你在里面藏了多久？”

她五点半进门，如今钟表时针指向十一，想到自己这六个小时的行为都被他看在眼中，头皮一阵发麻。

“一分钟。”容若木无意解释，拧眉打量一番这片狭窄的天地，白墙被女乐队海报糊得不留丝毫缝隙，两套木质组合床分出各自领域，屋中间的桌上零散摆着些坚果和水果，灯光映着，红色的果实上闪烁着晶莹的光。

对面女生呆愣愣地站着，屋内暖气很盛，她只套了一件薄绒连体睡衣，睡衣上印的又大又丑的猴头正吐着舌头。短发微微凌乱，刘海散在眼前，却掩不住其中的警惕。

江尤深吸口气：“既然你摆不出诚意，我们没必要再做交谈。麻烦你出去。”

她不敢喊，整个人又在他的视线范围内，不能做激怒他的动作。如今，只得寄希望于这人没有什么非分之想，赶紧把人送走。

这时，楼下突然嘈杂起来，宿管阿姨底气十足的叫嚷声紧随其后。

“臭小子，给我滚出去！浑水摸鱼都摸到雷锋行动上来了，你知不知羞耻……”

“丁零哐啷”的击打声响起来，有拦架的，有奔跑的，“咚咚咚咚”震得整层楼都热闹了。

“瞧啊，跑到二楼厕所了！”

“那边有窗户，快快快，看那边……”

“阿姨，阿姨，您饶了他吧，您这样是准备让我孤独终老吗……”

这种将男人当过街老鼠的架势，让江尤眼睛亮了一瞬，又黯淡下去。

傻子才会把自己往虎口送吧……

容若木一脸似笑非笑：“请问，怎么出去？”

“你……”

“丁零丁零——”

视频聊天的提示声忽然将江尤的话打断，她赶忙冲他做个“嘘”的手势，将界面转为语音模式。

“亲爱的，有话快说。”

李格扁扁嘴：“我就问一下，衣柜里的礼物收到了吗？”

“什么礼……”江尤不在意地回嘴，眼神扫到男人时，神经被针刺了似的又退后一步。

“难道……”

李格说的礼物是？

江尤眼珠子几乎快掉了出来——圣诞节送男人，要不要这么刺激！

那边李格猜想她是找到了，声调高了几分：“惊不惊喜，意不意外？”

……

深受中国民族传统文化熏陶的江尤三观有点颠覆，脸如同被火柴棒划了一下，刺啦刺啦要冒起火光。一时之间，她没脸再看向对面。

这叫什么事儿。

“她给你多少钱？”江尤咬咬后槽牙，脑子里浮想联翩。自动送货上门，这个“外卖”估计有些贵。

容若木没说话，神情带着关爱智障的怜悯。

江尤额角一痛，掏出钱包准备再自费个“送客费”，又听见李格说：“我看到有同学随身带着，好像是中国的习俗，希望你也能用到。”

“随……随身携带？”

江尤伸长的手停滞在空中，余光正瞥见男人好奇地将手伸向衣柜。女生的衣柜向来是隐私，她眼神一冷，拿起球棍快速挥过去，却被他闪开。衣柜门晃动两下，“啪啦”掉下三个蓝色小纸盒。

视线往盒上一扫，江尤的脸就绿了。

李格在手机那头喋喋不休：“我听中国同学说避孕套放在钱包里是招财的，但我们认为避孕套放在钱包里是保护自己的，不管哪种含义，都要记住，你在我心底很重要的……”

江尤狠狠地切断了语音。

纸盒在白炽灯下炫彩明亮，透明膜流光溢彩，泛着诡异的光。

男人将满含深意的目光投向她，眼眸更深邃了些。

“很有趣的礼物。”

江尤拖了长凳横在两人中间，三个烫手山芋被她慌不迭地抛到窗外。她摆个比军训那会儿都标准的立正姿势，将李格许久没用的棒球棍扛在肩头，威风凛凛。

李格被挂断得莫名其妙，索性打电话过来，江尤看都不看就挂了。

中国好室友，盗贼入室还提供作案工具，简直了。

“撬锁工具拿出来，”和他僵持的局势令江尤身心俱疲，她挪动一步，露出身后的窗，“然后从这里爬下去，结局比被阿姨发现会更好些。”

“如果我说不呢？”容若木悠悠地拿起桌上的核桃把玩着，拇指稍稍使力，“咔”的一声，硬核被抖落，留出完整的肉，他嘴角微勾，语气友好，“吃吗？”

“……”

冷汗霎时浸透江尤的背，她捏捏裤缝儿，不甘心地开口：“给个痛快吧。你不说你是谁，不说自己究竟要做什么，阿姨挡在门口，又不能把你明目张胆地送出去，你要我怎样？”

容若木没回话，目光微沉，似乎在思量些什么。

江尤想了想，脑中灵光一闪，试探着问：“你不会……不知道自己要做什么吧……”

“怎么会！”不属于两人的声音骤然响起，“只是天时不如地利，地利不如人和，我们在想怎么让你‘和’。”

微弱的电流声在室内回荡，“和”还应景地拉长，有微妙的绕梁三日之感。江尤目瞪口呆，想贴窗后退一步，却退无可退了，一只脚攀在窗沿，她战战兢兢地问：“你还有同伙？”

“他没在这儿。”

“在哪儿？”

“远方。”容若木扭头找了沙发坐下，舌尖因为方才机器的碰撞还在隐隐发痛，这令他脑子更加清醒地权衡着利弊。

良久，他开口道：“知道玛雅人吗？”

江尤抬抬眼皮：“预言世界灭亡失败的印第安人？”

容若木眉间皱起，觉得这不是个好比喻，但左思右想也没别的身份可类比，硬接道：“我的预言比他们准。平时买不买彩票？”

“你知道昨晚门口算卦的小神仙被民警带去喝茶了吗？”江尤对登堂入室还死赖着不走的“歹人”三言两语变江湖半仙儿有点不能接受，语气强硬道，“而且我不买彩票。”

容若木有点不耐烦：“那你的爱好是什么？”

江尤瞬间更警惕了：“凭什么告诉你！”

“……”容若木头疼地低咒一声，不想再开口了。

沈潇在那头笑得几乎要厥过去：“你就不能向她说明你回不去家，要求她收留一晚吗，这样转弯抹角要纠缠到什么时候？”

收留？

这个稍显示弱的词儿蹦出来，令江尤直挺的背稍稍松了松。但如果同情心泛滥，放颗炸弹在身边，又太蠢，她的犹豫瞬间就写在了脸上。

容若木看向她：“你爱钱，我能帮你变百万富翁，你要权，我能助你升官发达，我用‘预知未来’跟你交换这一宿。”

江尤哼笑：“在你眼中，人都是这么贪婪的吗？”

她有些看不惯他施舍般的语气，都是第一回当人，分什么三六九等。

容若木忽视她眼中的不屑，继续循循善诱：“你想要什么？”

“我想让你走。”

“……”好吧，谈崩了。

沈潇倒是长舒一口气，小声地提醒他：“大哥，别改变历史啊喂。”

江尤耳朵尖动了动，恍惚间以为自己听错了：“什么？”

“没什么。”

容若木面色冷淡地将腕表关闭。没有“嘶啦”的电流声，屋内越发宁静，他冲江尤扬扬下巴，示意她过来，却被拒绝。

“我就站这儿。”

容若木语带嘲弄：“站一宿？”

“你横竖就是不走了是吧？”江尤脚贴墙根“罚站”罚得也带了火。

“行，你不走，我走！”她怒气冲冲地拉起行李箱，快走几步经过沙发，却被人一把薅住。她僵硬地着回头，看见那人神色冷淡地盯着她。

“报警？”

“怎……怎么会！”江尤一把抖掉被抓紧的手，干笑道，“不要把人想得这么卑鄙。”话虽这样说，内心却对一步之遥的门把手欲哭无泪。

就差那么一点了啊。

江尤撇撇嘴，离那人更远些，灯光在这一瞬“噗”地灭了，黑色张牙舞爪地布满整个空间，令江尤心里“咯噔”一声。

十二点整，熄灯了。

方才淡得几乎能被忽略的路灯光线在这时大盛，扬眉吐气地照着两人的脸。江尤本以为两人还得钩心斗角地你来我往一番，手却突然被人拉去，她刚想尖叫，一张硬卡片就被塞进手中。

容若木此刻已经不耐烦到极点，翻身往沙发上一躺，冷冷道：“这周双色球的头奖号码，拿好，回去睡觉。”

他这息事宁人的态度一表露，江尤初心也是保障自身安全，不想再起冲突，两人一拍即合，她抿唇退回自己的床铺下方，慢慢抓着梯子爬上床，拿着被子狠狠蒙住头。

容若木枕着靠背，听着那边微小的动静，这一程的精彩经历所拱起的热血在这一刻，也慢慢冷却下来。

腕表忽地闪烁两下，容若木满怀希望地扬起手腕，神色却一点一点严肃起来。

“若木，暂时无法保证回归安全，此事从长计议。盛教授。”

舌尖还泛着痛，想到方才几欲将内脏搅碎的震动，他瞳孔缩了下。

看来，真被沈潇的乌鸦嘴说中，他回不去了。

他眉头一拧，转头看向床上鼓起的小包，目光深邃。

雪后的夜空纯净而漆黑，江尤被吓得睡意全无，悄声在床上翻来覆去，手指在按键上搁置许久，始终没有按下去，纸片就像个承诺，在枕边提醒她，这人似乎真的不会伤害她。

可这一切太匪夷所思了。

江尤从柔软的被褥中坐起身，扒着床栏往下看，沙发上的人胸膛正轻微起伏着。她想了想，光脚下地拿手机当手电筒四处查看。笔筒、钢笔、镜框、抽屉夹层她都翻找了个遍，压根儿没有类似于摄像头的东西。

圣诞夜、英俊又能算卦的男人，还有……套套，这太像个恶作剧。

江尤心乱如麻，蹑手蹑脚地经过沙发时，视线落在他露在外面的手表上，这是他唯一的联络工具，里面大概有能满足她求知欲的东西。

思索了一下，她慢慢伸手……

下一秒，手腕被人扣住，路灯光芒虽是微弱，她却将男人眼底的厉色看得清清楚楚。

江尤咬咬牙，破罐破摔地反扣住对方的手腕，她施展开擒拿术，却不料手腕几个翻转又被人抓住，后背一沉，被他一下用膝盖顶在沙发上。

容若木飞扬的眉轻挑，声音低沉："说到底，你还是不信我。"

这样的动作很危险，男人为防她反抗压制住她，靠得极近，她能感觉到他说话时带来的气息，毛孔瞬间炸开，她又挣了挣。

"你放开！"

容若木稍一松力，江尤立刻反挣出来，滚到沙发另一边，揉揉满是红印的手腕，瞪他："你这样让我怎么信？"

"容若木，我的名字。"

她没好气地回他："江尤。"

"嗯。"容若木点点头，虚心请教，"请问，是给你的酬劳不够多，还是我之前的态度存在攻击性，让你这样惴惴不安，半夜三更过来招惹我？"

"哈？"江尤面带讽刺，"彩票是下周开奖吧？"

看容若木露出一副果然如此的表情，她发觉自己进了套，咬咬牙：“再说，我不稀罕这个。”

容若木“嗯”了一声：“是我考虑不周了。”

容若木坐回沙发，将腕表对准墙壁，光芒有序地铺在上面，映出光屏。江尤惊叹于他设备的全能，竟然还有便携式投影仪，多看两眼后，也把目光放在墙上。

L 市图景一点点显露出来，容若木努努下巴示意她看。

“定位没错的话，我们在这儿。”

此刻 L 市大街上安静冷清，邻街楼亮起暖光，依稀可以看到欢庆圣诞的人们。这如卫星般的监控在江尤眼中不过是他拿着哪部纪录片糊弄她的把戏。

江尤不明白他转移话题的目的，疑惑道：“那又怎样？”

“要不要打个赌？”

容若木偏头，黑亮的眸如同一口深井。江尤在这淡漠的眼神中无端生出一丝寒冷，落地灯打下灯光，明明是暖暖柔光，照在这具好看的皮囊上却觉察不到丝毫人气。

她退后一步穿上棉拖，和他隔出一段距离：“不要。”

容若木把玩着腕表，刺啦的电流声传递过来，在深夜有些阴森。他看一眼指向两点的时钟，说：“现在还早，我们商量一下。”

“要不要看个电视剧？”

没等江尤拒绝，墙壁上的影像开始动起来。他们所在的红点一秒内扩大成实景，是 L 大校园。

江尤有些惊讶，熟悉的风景骤现，却又有些诡异。

时间在10:00左右时像是慢镜头回放，屏幕开始剧烈抖动，西南角的老式教学楼被特意拉近，斑驳红砖支撑不住重量，由一层开始坍塌，整个空间像扭曲了一样，慢慢形成废墟。

“我把速度调慢了八倍。”

江尤看得手心都冒了汗，每日来往的地方在眼前变成瓦砾，虽是影像，却有种身临其境之感。难言的情绪堵在她胸腔，愤怒一点一点溢出来。

“喂，玩笑不是这么开的。拥有百年文化的学校被你用视频P成这样，内心很荣耀吗？”

她最受不了的是竟然还有鲜活的生命从四楼跳下，砖瓦像张着血盆大口的死神，将他们咬得鲜血淋漓，那一幕简直惨绝人寰。

“20××年12月25日，L市发生6.8级地震，地震持续24秒。L大百年历史的化学楼坍塌，因临近期末，学生在内复习，伤亡近三百人。”

容若木漫不经心地看向她脚边的行李箱：“你明天坐火车回G市，还有时间看一眼人间惨剧。”

江尤冷笑一声：“荒谬。”

L市地震局都没发布预警，他红口白牙就给这么多人判了死刑，当她脑子漏风吗？

“那这赌约我当你应下了。”容若木低眼看她，光芒照在他背上，给面容打上侧影，整个人都显得神秘莫测，“我输了，任你处置。”

你身上有什么可让我惦记的！江尤撇撇嘴，觉得这赌太不实际。她反问一句：“我输了呢？”

“放心。”容若木退回到光下，满脸嫌弃，“总不会是以身相许。”

清晨，窗外洒下第一缕阳光，江尤就被熙攘声吵醒。宿舍门被敲得砰砰作响，这拆门的架势除了宿管阿姨也没别人了。

江尤睡眼惺忪地爬下床铺，磨蹭着去开门。等门开了条缝，她忽然想到什么，脚抵住房门就朝后看，视线还没集中到一点，门就被推开了。

宿管阿姨满脸严肃地进来，先是凑到窗前查看一通水泥管，又大概丈量了下高度。

门外女生围了个圈，都是洗漱着瞧热闹的。江尤暗下扫视一通，容若木并不在。她刚想松口气，三个炫彩盒就被扬到鼻尖。

江尤的脸唰地红了。

“昨晚从你们楼下找到的，我从一楼找到这儿，都不承认，是你的吗？”

宿管阿姨夹着一把扫帚，表情谨慎而肃穆。那一瞬，江尤竟感受到小学时被小竹棍支配的恐惧感，舌头僵住般，一声不吭。

宿管蒋阿姨对江尤有印象，不只是冯铮的事。文静的小姑娘身手倒是不错，翻墙、助男生进宿舍，她睁眼闭眼就过去了，但这小姑娘若做出格的事，她不能袖手旁观。

“你另一个室友呢？”

“昨天去美国了。”江尤飞速答道。

“那这东西不是你的？”蒋阿姨认真地望着她。

不是，可确实又算是她的。江尤心下嘀咕，纠结在脸上一闪而过。蒋阿姨晃到桌边，摩挲着破碎的核桃壳，白皙的指尖拨了两下，目光转向皱皱巴巴的沙发，若有所思。

江尤快走两步把沙发表层绒抚平，不好意思地笑了笑：“过几天回家，我还没来得及收拾。”

话说得轻巧，也就她自己知道，这会儿后槽牙咬得有多狠。

蒋阿姨呵呵笑一声：“还真不像你的性子。”

江尤被蒋阿姨熟稔的口气说得一愣，但话题总算揭过去就没敢多说，假笑着寒暄两句，蒋阿姨就背着手感慨着小年轻的热烈奔放，出门左转继续上楼了。全新的包装盒被蒋阿姨拿在手中，警示一般朝江尤左右摇晃着。

她是明眼人，没拆盒、没越界，这是不准备追究了。

人群蜂拥着又上了六楼，风风火火的。

人声渐渐远了，江尤瘫软地坐在沙发上。

没力再考究宿管阿姨的心态，她醒醒神起身。在搜寻过床下、衣柜后，她又去窗前探头看水泥管，没有任何被攀爬过的痕迹。

容若木消失得无影无踪，倒让江尤有些怀疑是否做了一场梦。

她揉揉脑袋，在水池边洗把脸清醒一下，努力心无旁骛地去收拾行李。在将马克杯放入背包时，桌上被宿管阿姨抠剩的核桃壳让她愣了下，随即又想到L市的地震预警。

“我们拭目以待。”

清冷的声音似乎又在耳边回荡，江尤心烦意乱，手下动作又迅速几分。她抬眼看到床前的相框，班级合照中的笑脸张张青春洋溢，闷气顿时升到胸腔，啪地又把它扣到桌上。

埋头思索了一瞬，江尤决定出去走走。

L 大东西校区间有一座彩虹桥，长度可观，学校专门配置小型公交车为学生提供便利。江尤出门右拐就拦了一辆，准备去西校散心。

刚坐上车，身侧挤过一对母子。

江尤没抬头，车被司机开得颤颤巍巍，像要散架似的。她磕磕绊绊地在手机上找到几条 L 市地震信息，大多发布于三四年前。

这无异于给她吃了一颗定心丸，她的神经终于不再绷得紧紧的。

昨晚那人胸有成竹的表情，她差点都信了。

呵，撒谎也不撒个靠谱点的。

车缓缓驶过化学楼，那里依然庄严肃穆，安静宁和。

身侧的男孩正坐在母亲怀里看《海绵宝宝》，声音开得有些大，江尤从昨晚睡了不到三个小时，被吵得太阳穴突突地跳。

平板电脑里，蟹老板的秘制配方被偷，黄方块和虫子穿过去走过来地帮他寻找，满屏幕“咯咯咯哈哈哈”。男孩轻晃小肥腿，低声跟母亲交谈。

“海绵宝宝一定是超越光速过来的。”

“为什么呢？”

“老师说，人比光还快，是会回到过去的。”

“这样啊……”

……

“我的预言比他们准……”

“大哥我们不能改变历史啊喂……”

朦胧间，这两句话又清晰地回到脑海，江尤一个激灵坐起身，吓了二人一跳。男孩的话像冰刀凿进她心里，冷意一点一点泛出来。她眼圈发红地望向前方，高喊一声：“师傅，麻烦停车。”

两分钟后，跑过东校的北门，朝化学楼奔去的江尤觉得自己真是疯了。

昨晚的种种在脑中回放，哪怕荒谬，哪怕不信，她也想要查验一下。

冷气吸入肺部，她跑得胃痛，又不敢懈怠，渐渐觉得脚下发软，跑不直似的。放慢脚步停下后，她才发觉，不是她的问题。

地面在剧烈晃动，不远处的物理教学楼粉尘噗噗掉落，不少人尖叫着跑出来。大地震颤得江尤一个趔趄跪在塑胶跑道上，根本无法站起来。

她心里“咯噔”一声，朝几百米外看去。

电影特效才会出现的场景——坚不可摧的石墙，此刻变为最脆弱的豆腐块，钢架从内侧被挤压出来，整栋楼发出最后一声嘶喊，“轰”的一声，沦为废墟。

不过几秒。

江尤踉跄着爬起奔过去，化学楼在操场的另一边，她穿过空地，使出短跑比赛的气力，在离那里百米处，被人拦腰搂住滚在塑胶跑道上。

熟悉又陌生的嗓音在耳边骤起，军绿风衣遮挡住她的眼。

“你疯了，还往那儿跑！”

江尤的心脏这会儿有点超负荷，她急促地喘息着，清新的气息透过风衣传来，像是给了她充足的氧气。她狼狈地从容若木怀中爬起来，跪坐在地上，明明没有喊叫过，却嘶哑得说不出话。

容若木拍掉身上的尘土，遥望着远方，各色住宅区，多米诺骨牌般轰然坍塌。

“原来，地震发生时是这样的。”他的口吻带着令人心寒的漠然。

江尤惶恐地看他一眼，浑身使不出丝毫力气。

她猛然想到他那句“人间惨剧”，形容得太过贴切。

容若木揣着兜俯视她，对身后绝望的嘶吼声置若罔闻，明明是高瘦的身影，却似散发着光环般，遮挡住那一片人间炼狱。

他凑近江尤惶惶中带着碎光的眼。

“我赢了。”

江尤惊恐地回头，方才晃晃悠悠奔过彩虹桥的迷你公交车，半个头已经被砸瘪，几分钟前还坐在她身旁的母亲正抱着鲜血淋漓的孩子，哭叫着求救。

各方跑出的学生们在安全处眼神迷茫地望向承载着回忆的地方，女生互相拥抱着默默哭泣，这一场死亡惊魂，留给人的不只是后怕这么简单。

江尤僵硬着扭身，容若木已退到两步开外，军绿上衣纤尘不染，明明人就在眼前，她却似同他相隔在不同的世界。

“你真的是……”猜想就沉在江尤心中，而那人也看向她，洞悉一切的眼神里，没有丝毫否认。

江尤艰难地咽咽口水，她阴错阳差招惹到的，真的是个大人物。

踉跄着站起身，她还在抖，双层打击加注于一身，从内而外地发冷发颤。容若木看江尤一步步走来，拧眉想伸手拦住她，却被她闪身躲过。

“你可以见死不救，我不能。”

刚毅和冰冷的神情撞入他的眼，似乎心都颤了一下，他收回手。

“有的人注定会死。”

“学弟学妹还在备战考试，我的同学在准备论文。那栋楼有那么多生命……”江尤脚步顿了顿，没有停下，“而有的人注定是要被救活的。”

Chapter 2

冤家路窄

救援队来得很快，物资源源不断地沿经碎石道路被运过来，志愿者和营救部队在远离震源的宽阔地区搭建帐篷，协助灾区人员度过寒夜。

江尤向母亲江云瑾报过平安后，也投入紧急救援中。她学过紧急护理知识，在医疗队还没来到前，同医学院的学生一起对伤员进行现场救治。

容若木靠在树林一角，拍拍树干。百年老树在天灾下还算给力，枝干被晃掉不少，根基却坚固如初，精神领袖一般，俯瞰灾民与天“斗争”。

不远处，一抹小巧的身影正从宿舍楼出来，胳膊环成圈紧抱着枕头被褥，露出一双疲惫的眼。

从地震发生到现在，十个小时过去了。

容若木完全可以抛下这片满目疮痍之地，长城、故宫、秦皇陵，太多于他而言新奇无比的事物需要去探寻，他却动都不动，瞧向远处，若有所思。

我是不甘于赌注……他内心有个声音这样说。

风掀起灰尘，刺在脸上又冷又疼，他身前突然伸出一只手，洁净的口罩隔着塑料薄膜躺在其中，被风扰着又“扭动”两下。

容若木抬起眼，女人正静静望着他，肥大的工服被她穿得颇为随意，长袖裹着半个手掌，唱大戏似的，但分明又不是学生。她保养得极好，让他一时分辨不出年龄。

“嗯？”见他长时间没动作，女人又抬抬手里的东西。

容若木接过口罩道了声谢谢。

女人笑了，熟悉的音色在耳畔，让容若木终于记起这人是谁。就在昨晚，楼道内敲锣打鼓似的喧嚣中，让他对软硬不吃的宿管阿姨的声音印象颇深。

蒋韵华靠在树旁，容若木猜她大抵是把自己当作了学生，却没同她闲聊的意思，起身拍拍土，微微颔首便想跑。

蒋韵华叫住他：“同学。”

容若木回首。

“曾经有人对我说，人的每一步踏出后，都有固定的果，但不同的人，步幅不一样，步频不一样，就成了不同的果。所以，莫拘泥于框架，莫遗憾于未来，或许，你种的因就成了果。”

容若木有些疑惑，沉默半晌，却并未从这番颇有深意的话中咂摸出什么味道来，只觉得女人深潭般沉静的眼中，隐约有种温柔的色彩。

这让他警惕起来。

“我和您……认识？”

蒋韵华瞧见他眼底熟悉的审视，摇头笑笑：“我只是想，这场灾难或多或少会给毕业生带来些麻烦，也许毕业推迟，也许就业困难，希望你们能调整好心态，好好面对明天。”

她转换话题道：“后面的库房还堆了几床被子，有点沉，不介意帮帮我吧？”

三言两语便指挥人干活，想来这大概才是她的最终目的。容若木瞧向远处，目光定在一个小点上，点了点头。

江尤抱着棉被冲蒋阿姨打个招呼，瞧见对方身后的人影时，顿时愣了愣。柔软的布料蹭在下巴上，她努力往下压压，露出整张脸。

她惊讶：“哎，你竟然来了，这么有人性？”

容若木额角跳动了下，恍若未闻，从她身侧蹭了过去。

江尤压抑一天的情绪消缓了些，她挪动两步想凑过去，被容若木一脸冷漠地闪开：“离我远点！”

江尤：“……”

什么嘛，还是没人性没风度的家伙。

“我跑了十几趟哎，作为男士，不该绅士一些为女士效劳吗？”

话音刚落，蒋阿姨抱着棉被走下台阶，两床棉被被狠狠塞进容若木怀里。末了，她把江尤的枕头也抽出扔在上面。

男人面露隐忍，蒋阿姨温和一笑：“别抢，都有份儿。”

江尤和容若木走到广场，这片区域只接起了几个灯泡，光线很暗，风偶尔吹动帐篷，传出呼啦呼啦的声音。为免余震再有伤亡，全校学生在这里安营扎寨。

“帅哥，采访一下，是怎样的信念让你‘迷途知返’，在高尚的路上越走越远的？”江尤脸埋在棉被里，背对风口，调侃道。

容若木爱答不理地走着，没说话。

“哎，我转身那刻真的差点感受到人性的扭曲和道德的沦丧……”

“……”

“人格的升华把你变成哑巴了？”

“闭嘴！”容若木忍无可忍地扔下被子朝帐篷外走去。

江尤没有去追，万般祈祷他心理承受力差些，再别回来了。

裹紧被子抱住膝盖，她一动不动，整日的奔波令脑子兴奋又疲惫。亲身经历灭顶之灾后，在危险面前，绝大多数人是不敢合眼的。虽说救援队运送来大批帐篷，但实际上，能回家的学生都回家了。

江尤半合着眼看向远处的灯光，昨晚还彩灯闪烁、洋溢着节日氛围的校园，顷刻间就成这样，令人心情太糟糕。

再想到身侧有个实打实的未来人，她的心情更糟糕了。

帐篷一角被风掀开，修长的阴影打下来，遮住江尤看向路灯的视线。路过的人动作一顿，没料到她还醒着，有些诧异：“怎么还没睡？”

江尤摇摇头：“睡不着。”

拢紧身上的羽绒服，江尤手撑地，动作轻微地站起来，尽量不打扰其他熟睡的同学。

穆清看出她的想法：“出去走走？”

死里逃生的庆幸感充斥在帐篷内，太压抑，压抑到令她忽略了心头那抹异常。她应了一声：“嗯。”

地震后的天仍旧清澈，繁星密布，乱石积攒的道路上停着几辆商务车，窗户开了一丝缝，有几个人窝在里面睡觉。

“新宇科技”四个字印在车门上，在路灯的照耀下，黯然无光。

“想什么呢？”

穆清走到她面前，昏暗的小灯下，他的脸部轮廓极为温柔。

江尤每次见他都是西装笔挺，这次为行动方便，他穿了一套宝蓝色加绒运动装，精英感褪去些许，显得青春张扬。

熟悉的气息令江尤似乎回到她用崇敬目光仰视对方的时光，她浑身不受控制地抖了抖，退了两步。

和穆清相遇纯属偶然，下午新宇科技送来物资，志愿者协助搜救并分发物品，江尤在帐篷内接应时正见穆清和他的同事把伤员扶进来。

“没想到有一天我会成为学长麾下的一个小兵。”江尤勉强笑笑，“世事无常。”

整整一天的奔波劳碌令人身心俱疲，但更多的是精神上的沉重。穆清知道她的一语双关，低声笑了笑：“没准会是一位大将。”

“学长太抬举我了。”

穆清在经济学院甚至整个L大都赫赫有名，大三炒股，大四招揽“有志同窗”与任氏集团合作开创任耀科技，仅仅一年，成为L市最具发展潜力的电商企业。如今，新宇科技分公司在G市落脚，版图扩大，未来不可限量。

“有幸见证任耀分帝国的崛起，真是荣幸。”江尤轻呼口气，态度毕恭毕敬，“只求老总莫压榨劳动力，往后请多多指教。”

“这是求我手下留情？”

“望惦念同校情谊。”江尤抱拳。

时隔一年，两人久违地这般打趣对方。

穆清低眼看她。女生的表情郑重其事，小巧的下巴微缩在高领毛衣里，露出灵动的双眼。这样鲜活的模样，让他想起今天接触的血肉模糊，忽然有些后怕，还好，她没事。

这一刻，被轻松感环顾，他才觉得整个人松懈下来。

大踏步朝前迈去，穆清的嘴角也沾染笑意。

“嗯，没得商量。”

“喂……”

江尤小跑几步赶上，唇动了动，玩笑没再开下去。

两人并肩走着，周遭寂静无声。

沿途墙倒树折，想到今日种种，江尤抬头望向星空，那些星光似乎能将所有抑郁吸走。

大概气氛使然，又大概尽管有刺横在心间，这会儿也只有学长是熟悉的人了。

江尤有些犹豫地张口：“学长，你相信……”

话未说完，一阵地动山摇后，她被穆清扑倒在地。

深夜 11:14，L 市再次发生余震，L 大几处本就摇摇欲坠的宿舍楼使命完结，彻底倒下。余震发生时，江尤还在操场附近，被穆清按倒在地，砂石扑在身上，狼狈不堪。

18 号宿舍楼废墟前有几个人聚集，江尤被穆清搀着经过时，看到那抹修长的身影，被余震吓蒙的脑仁又开始隐隐作痛。

“你看到有人跑进去了？”搜救队队长四十多岁，兵场上摔打出的威严，令他全身都带着肃杀之气。十几个小时的搜救没停止过，他的双眸仍明亮有神。

“没有。”容若木心中烦躁，看向一旁。一条警犬吐着舌头喘出雾气，双腿无力地缩在碎石边。它哀叫一声，目光紧盯废墟下方，那个他依托沈潇查验过埋着人的地方。

“你有什么依据确认下方有人？探测仪没反应，再者说如果发生余震，队员都有生命危险，这不是开玩笑的时候！”

“下次余震在凌晨四点左右。”容若木不耐地抬眼，“你们再不实施救援，那人就凉透了。”

“臭小子，你……”

“常队！”江尤慌忙喊一声，抽离穆清搀扶的手，一瘸一拐地过来。

“是我见人进去了，我腿脚不方便，托他过来说的！人命关天，抓紧时间救人吧！”

女生还在焦急地解释什么，穆清低头看看空落的手，不由得看向前方。面容冷峻的男人稍显不耐，正被江尤轻拉着点头。

从没见过……她这么紧张的模样。

男人忽然看过来，灼灼直视着他，眼神饱含趣味。

穆清，线上线下领域结合，无人售货连锁的领头人。一手漂亮的履历，是令许多男人都艳羡的人物。沈潇曾说，科技的昌明是站在巨人肩膀上的，而这人便是他“巨人说”中出场最多的例子。

若是沈潇在场，估计能很好地诠释“迷弟”这个词。

江尤不知这人就这几秒思绪能飘那么远，赶忙扯了扯发愣的容若木，使了个眼色。

搜救队立即展开挖掘工作，楼房坍塌时，墙壁构成三角结构，支撑住墙体，在顶层几块大石被掀开后，下面果然蜷缩着一个奄奄一息的人。

搜救队的人发出一声惊呼，常队正想回头感谢，却没见到那两人了。

“明天准备回 G 市，所以表哥特意来接我。”江尤被穆清送回帐篷前，容若木又不知跑到哪里去了。她发现人的潜力是无穷的，一个谎脱口而出，其他谎就能“接踵而至”。

穆清点点头，没有细聊的意思：“正巧 G 市有业务要谈，我顺道捎你们回去。”

江尤干脆地应下了，那个“大包袱”是她的心头梗，拒绝不得，又丢不得，只得先回去从长计议。

“那早些休息。”

“嗯，谢谢学长。”

穆清摆摆手，看女生毫不留恋地转身，略显失落地垂下眸子。

他有些自嘲地笑笑，朝商务车走去。

“你亲戚真多。”

江尤刚回身，就被靠在帐篷内的容若木吓一跳，这人神龙见首不见尾的本事太让人发毛了。

她白了他一眼：“不然呢，你让我怎么说？”

容若木歪歪头：“同学？”

江尤扯扯嘴角：“拉倒吧，同学会缠在身后摆脱不了？”

容若木被她甩牛皮糖的态度噎了一下，随即凉凉地看她一眼：“赌不起？”

“谁说的！”江尤声音扬高了些，又飞快捂住嘴，低声道，“不过你别太过分。”

“不会，看你大公无私乐于助人的品格，你应该很乐意伸出援手。”容若木哼笑一声，想到女生刚才急得泛红的眼，嘴角弧度再次上扬。

江尤有些后悔，但想到那条人命，觉得还是值得。

她撇撇嘴：“我心里舒坦。”

“是非那么分明，那实施赌约吧。”

容若木变换个舒适的姿势，偏头看她：“带我回家。”

凌晨四点左右，余震引起一场慌乱，在江尤的提心吊胆之下，容若木那家伙很有眼力见儿地消失了。

“那小子和地震局什么关系？”常队寻找无果后，满心郁闷。

江尤叹口气，于那人而言，大环境的变幻都在他意料之中，身份中所持有的神秘光晕，早把他同所有人隔为两个世界，她也不知他是谁，对常队没头苍蝇似的行为爱莫能助。

想到这儿，江尤犹豫了一瞬，这样，那家伙对她的安全仍有威胁啊。

穆清走到车前，将推拉门缓缓拉开，看到车内的人时，动作微微一滞。

身后江尤正埋头苦思，脑袋直接朝着前方的穆清撞去，顿时回了神，此时见到车里的人不禁惊讶出声：“哎，你在这儿啊？”

接着，她拧眉，这是又换衣服了……

容若木这人偏爱休闲打扮，这会儿兜帽卫衣外套了件轻薄羽绒马甲，长腿一盘，正坐在狭小空间里。外头兵荒马乱，他两手空空，跟度假似的。

想到两手空空，江尤嘴角抽了一下。

穆清想到外头有些混乱的场面，道：“有人找你。”

他转身想叫回常队，江尤赶紧把他拉住，她的指尖还带着清晨的凉意，微微发抖。

穆清动作一顿，低眼看她。

江尤干笑着道：“反正没什么大事，可能纯粹表达谢意吧。表哥大公无私、品格高尚，挺不拘小节的，就算了吧。”

话一说完，看到穆清古怪的眼神，江尤就想打嘴，都什么乱七八糟的……

穆清没深究，给远处的同事们打个招呼，让他们坐上来。

江尤为免麻烦，主动钻到里头和容若木并排，穆清在后视镜里看她一眼，淡淡道："坐稳，我们马上出发。"

"好。"

高速被落石拦截，穆清开车从小道穿出去。从灾区驶出后，车内的压抑感退去，气氛明显活跃了些。

"昨晚余震就够惊心动魄的，难为那些经历现场的人了……"工程部老张先开口，拍拍胸脯还心有余悸。

穆清偏头看他："这回好在学生出校过节，不然伤亡怕是更严重。"

"那倒是，过节还能救命，长了见识。"

营销部老王叹口气："万事啊，离不开个'巧'字。这地震，我还真不止经历一回了……"

江尤没参与讨论，在后面老实待着，离身侧那人远远的，一声不吭。

容若木拿下遮脸的帽子，懒散地看向她，调侃道："大公无私、品德高尚不是你的修饰词吗，这么大方都安给我了？"

江尤声音压得低低的，回答得牛头不对马嘴："你的衣服哪里来的？"

"一键换装……"

看江尤面露迷茫，容若木也疑惑道：“问这个干什么？”

“什么原理？”

“说了你也不懂。”

“……”

江尤恨恨地咬咬指尖，脑海中一闪而过《皇帝的新装》，心想“莫不是一切皆为虚幻”，瞬间神经有些崩溃：“你不会是裸奔吧？”

营销部老王正谈到亲身经历的D市夜间大地震，好巧不巧讲到被震醒那段儿，听到她的话脸都绿了：“我穿了衣服跑出来的！”

后面半个小时车程里，江尤缩在角落，脸红得透透的，再没说过一句话。她往后视镜看一眼，穆清的嘴角也是上扬的，心情很舒畅的样子。

容若木把帽子重新盖回脸上：“最怕空气突然安静。”

江尤狠狠捶了他一拳。

“玩过换装小游戏没？”容若木唇间带着笑意，“发挥想象力，把2D纸片人同现实空间结合。其实现今已有科学家在研究购物APP上的虚拟换装技术，以方便消费者能买到适合自己的衣物。”

“那就是假的……”

容若木无奈，抓住她的手腕摸到自己身上：“自己感受。”

柔软的布料蹭在指尖，江尤纠结一路的心稍稍平静，轻甩开他的手，撇撇嘴。

“哼，没什么了不起。”

后面两人继续小声嘀咕着什么，没多久又安静下来。穆清抿抿唇，将车停到加油站，动作轻微地将车关上，看见容若木从那头推开门下来。

加油站点禁烟，穆清指尖弯了下，摸摸裤兜，感觉烟瘾这会儿有些上来。他扭头寻找空地的工夫，瞥见江尢在朝外看。

容若木呼吸着清新空气，感觉车厢内的浊气都从胸腔散出来。他向来不喜欢坐车，不管在现在还是在未来。

“你真的是江尢的表哥？”

突如其来的一句发问把容若木的注意力引过去。

看容若木面露诧异，穆清有些心烦地揉揉头，也感觉到自己的无理：“抱歉，我没别的意思。”

容若木的眼神带着探究：“你喜欢她？”

穆清觉察不到他话中的敌意，他像是在冷淡地阐述一个事实，却又对这事实存在一丝疑惑。穆清搞不懂他的疑惑从何而来，却应得干脆利落：“是。”

无论时光绵延多久，人都是八卦的生物，津津乐道于古时各大家的情史、趣事。穆清或许在事业上是伟人，婚姻却为世诟病，而另一个主人翁……

想到这里，容若木忽然有些烦躁。

车门再被拉开时，江尢立刻坐回原位，耳边声音带着一如既往的清冷，轻轻传来。

“你以后离他远点。”

“啊？”

容若木继续维持舒服的姿势，没理她，脑中思绪转了几遍，觉得自己太过多管闲事，又补充道：“没事了，都是你自找的。”

“……”江尤一脸蒙，她都干什么了？神经病吧！

“我又怎么了？”

容若木指指胸口：“建议你克制住蠢蠢欲动的心。”

这都是什么跟什么！

江尤太阳穴微微发胀：“我的心特老实特平静，倒是你，总用模棱两可的警示在我的生活里踩出点水花，真是太讨厌了。”

容若木回嘴：“那抱歉，被你讨厌的人要成为你家常客了。”

江尤气得咬牙切齿。

她这副没有丝毫攻击力的神情令容若木的心情突然好起来，他轻笑一声，抬眼看到穆清回头时有些暗沉的眼，转瞬便收敛笑容。

他拧眉，好像的确干预太多了。

“接下来通报本次L市地震伤亡损失……”

寂静中，一条广播忽然插入，像是针强心剂，打在人疲惫的心尖上，所有人振奋精神，屏息凝神，容若木收回目光，指尖动了动。

“目前伤亡人数……”

数字在哀恸的语调中一掠而过，他身躯一震，心中却掀起一抹巨浪。

分毫不差，结果与他所知竟然分毫不差。他施与援手的人，成为幸存者中的鲜活数字，却又似乎本就应该属于其中。

“或许，你种的因就成了果。”

蒋韵华的话像一口钟撞入容若木的脑海，未来是无数的手在推动，难道，他竟也成为其中一员，把握在手中的果，是否因他也出了一把力？

目光投向窗外，G 市标志性景点在眼前划过，容若木压下所有思绪，提醒身侧有些郁悒的人：“到了。”

商务车稳稳停在中央帝景门口。

江尤下车，拿过行李，心下冷嗤，他倒是比她还认家。

凛冽的冬风扑面而来，消除混沌感，穆清下车送行，低下眼，看到女生短发轻翘，正垂眸不知在想些什么。

“一月初记得报到。”他轻声提醒她。

江尤回神点点头，扬起晶亮的眸笑笑：“真是麻烦学长了。”

话刚说完，她羽绒服上的帽子被人掀起，一下扣在眼前。

“走了。”笔挺的身影径直朝 22 号楼走去。

江尤撇撇嘴，对其他人道声谢，转眼那人的身影就离了自己几米远，她索性迈大步伐跑了过去。

“这小子哪像江尤的表哥，倒像是债主。”营销部老王把车窗关上，嘟哝一声，又扭身闭目养神。

穆清拧钥匙的动作一顿，面无表情地握紧方向盘。

黑色商务车掉转头，如离弦的箭般飞速驶出去。

江尤跟在容若木身后，楼栋越来越近，她也越来越头大。不拖泥不带水带个男人回去……这种变相见家长的行为，这人该不是不懂吧？

容若木并未理会身旁表情异样的江尤，他低头按几下腕表，

将寥寥信息传给沈潇，听那边慎重分析，态度庄重而严肃。

江尤站在一侧，被两人排斥在外，有心挖大脑洞考虑这人的生活环境，再想到他同自己相差无几的年龄，她猜，这人怕是真不懂。

若说初见他恐惧至上，简短两日相处，江尤心存更多的倒是新奇了，但涉及家人的话，她又犹豫了。

江尤放慢脚步，站了一下，与他隔开距离。

容若木沉浸在交流中，只踏步朝楼层迈去，江尤趁机转头向外跑。

结果一步还没迈出去，兜帽就被人拽住，拉了回来。

“去哪儿？”容若木的声音听不出丝毫情绪。

江尤摸不清他的恼怒程度，耷拉下眉眼道：“我还是带你去别的地方吧。”

“为什么？”

“我怕吓到我妈……”

容若木冲她张开五指，摆摆手：“我不是三头六臂。”

“哎呀，不是因为这个。”

容若木倒是疑惑了，看向女生。她低眼立在身侧，围巾因为她方才的动作微微垂下，露出精巧圆润的耳垂，微微泛红。

他静默了下，看向远处。

“那我们就先去翰林书店跟你妈打个招呼。”

“你连我妈在哪儿工作都知道？”江尤有些崩溃。

“不是你家自己开的吗？”

江尤捂住额头："你还有什么不知道的？"

"我不知道的我怎么会知道？"

"……"再和他饶舌下去，大概两人能争执到天黑，到时江云瑾都下班回家了。

江尤定定神，长叹口气："这样，我们约法三章。"

"说。"

"第一，不准跟我妈说你的身份；第二，一会儿见到我妈别说话，都由我说；第三，不准长住，我会给你找住处的。"

容若木定定地望着她没有说话。

江尤被他平静的眼神盯得毛骨悚然，鸡皮疙瘩都要起来时，忽见他露齿一笑，温文似翩翩公子，眼中那抹寒冰却未全然散去。

"阿姨，您好。"

江尤猝然回头，江云瑾拎着菜篮子正在楼道口望着他们。

"前天给书店投简历的就是你吧。"

江云瑾拿钥匙打开门，把两人让进来。她招呼江尤给容若木倒水，先进厨房把菜篮放下，转个弯拿了些砂糖橘出来。

"对，我是江尤的高中同学，今年研究生落榜，准备边打零工边复读。"容若木接过，道声谢，又接着道，"宿舍环境不好，所以打算租房也一并找您帮忙了。"

江尤窝在角落种着蘑菇，闻言猛地抬起头——这家伙，原来早把后招想好了。

"这倒是没问题。"江云瑾是个热心肠，女儿当初备研的艰

难她看在眼中，自然对容若木产生些怜惜，“不过我怕江尤工作会吵到你。”

江尤在旁边狠狠点头。

“没事，我们作息时间应该一致，这点您不用担心。”

“那这样，我给你排班，每天大概工作四到六小时，周六周日不休息。空闲时间你自由安排，工资我还按照招聘公告上的给你。”

“妈……”江尤拉拉她的衣袖。

“你们是同学，能帮衬一下是一下，更何况小伙子前几天没少帮你，人要知恩图报。”江云瑾拍拍江尤的手，起身轻咳了下，“若木是吧，今晚我把房间给你收拾出来，你先委屈下在沙发上将就一晚。”

“好的，谢谢。”

江云瑾点点头，起身走向厨房。

江尤扭头目露凶光，压低声音：“约法三章，除了第一条，其余的都被你吃了？”

“我不介意把第一条也吃了。”容若木目光一闪，作势起身。

江尤一急，飞扑过去，狠狠把他压在身下：“你敢！”

这一下力道微猛，等两人回神时都发现姿势略显旖旎。江尤愣愣看着眼前直挺的鼻梁，后面威胁的话不由得就被吞下肚。

他们距离很近，她眨眨眼似乎就能碰到他细腻的皮肤，五指扣在他的胸膛上，规律而有力的心跳声怦怦传过来。

江尤像被蜇了一下快速起身。

容若木维持原动作静默一会儿，猛然哼笑一声，撇过脸：“原来你比我想象的更主动。”

江尤起身想去厨房找江云瑾，听到这话，脸蛋微烫，也冷冷一哼。

“原来开外挂的人这么好扑——”她竖竖中指，“弱爆了！”

江云瑾正在厨房收拾鱼，动作细致利落，不输鱼摊上吆喝剁鱼的壮汉。她眼角鱼尾纹蜿蜒进鬓角，皮肤却很好，看五官不难想象年轻时的貌美。

见江尤进来，她把湿润的手在围裙上抹抹，打开灶台：“进来做什么，都是油烟味。”

“我帮您打打下手。”

废弃塑料鞋柜被江云瑾撤掉隔层挪来放蔬菜，江尤从上边拿下蒜和葱，半蹲在垃圾桶旁。身后“刺啦”一声，鱼下锅，满屋烟气升腾。

“新宇那边，一月初别忘了报到。到公司后有眼力见儿些，别犯傻。”江云瑾锅铲挥得熟练，嘴下也不停，“期末书店生意会忙，厂商那边订了不少书，忙的话我就不回来了，你那个同学人怎么样？”

孤男寡女共处一室，她还是不放心。

这些年母女俩风风雨雨过来，女儿的乖巧懂事让江云瑾省了不少心，但出门在外仍会惦记女儿安危，如今到家门口，更怕被人欺负了去。

“没事，他学他的，我干我的，我们不会牵扯太多。”江尤顿了顿，又道，“他可能住不了多久。”

“怎么说？”

“他挺怪的。”江尤撇撇嘴角，“没准哪天就另谋高就了。”

油烟熏得眼睛有些疼，江云瑾拿手肘挡住咳嗽一声：“那也是好事。”

江尤心下叹息，的确是好事。把蒜瓣放在案板上拍碎，她拍拍江云瑾的背，江云瑾似乎又单薄了些，她想提醒江云瑾多注意身体，书店工作尽量抛给那位开挂人士，话到嘴边，又吞回去了。

江云瑾那样心软的人，绝对不会同意。

江尤端着鱼汤出来，碗底有些烫，她赶忙快走几步放下。江云瑾探头出来：“问问小容，要不要再加个菜。”

指尖还留着碗底的温度，她下意识地望望四周，扯扯嘴角道：“不用，我们两个吃绰绰有余。”

Chapter 3
欺人太甚

容若木绕过闹市，穿小道走过 G 市中心小学，孩子的尖叫声穿透耳膜，太阳穴隐隐作痛。他快走几步躲过魔音，距离目的地渐渐近了。

沈潇一路上都同他保持通信状态，闲聊的话题总不离那对母女。史料不过是死物，亲身接触的人却更为丰满，本该借此机会体会这人生百态，容若木却逃了。

“她们没准在眼巴巴地等你回去。”

“你也说没准？”

沈潇满脸不认同，这又是安排住处又是安排工作的，末了这人却不承人情。

“这么冷冰冰不好吧，好歹是恩人。”

容若木这一程被他烦得不行，几次心理暗示他还有点用，才

没断了联络，只冷冷回复他一句“我是债主”，任他那头胡天海地不停歇，也没再吱一声。

沈潇和容若木同窗三年外加共事许久，简直是容若木肚里的蛔虫。平日，这人就和长辈存在交流障碍，总恨不得跑到天边去，江云瑾这慈眉善目的老太太此般热络，容若木心内温热，讨好长辈那套又做不来，怕寒了老人的心，只会逃避。

沈潇又想到实验室里的盛教授，堂堂一科研教授，追在容若木屁股后头整整十三年，低声下气，总说着“我伺候我家小祖宗都没这么费劲……”，但每每提起容若木的贴心之举，又鼻涕一把眼泪一把地面露欣慰。

沈潇无声笑笑，容若木这人虽面冷，心却极易被暖化，简直是“口嫌体直”的模板。那对母女的善意，终会打开这人的心扉。

目的地在G市中心小学附近的一所民居楼，年代久远，破败不堪。住户大多搬走了，还剩一些老人因为恋土情结在这里颐养天年。建筑属于一厅一室公寓房，走进楼道口，侧目就是蜿蜒扭曲的走廊，常年接触不到阳光，空气中满是潮湿气息。

沈潇收回思绪，望着屏幕感慨道：“斯坦德真会找地方。”

一千年前，斯坦德来此将设备埋于地底，存储并传递数据，但由于低估磁场干扰、氧化等威胁，信息传递不通畅，研究就此停滞。

容若木受命将东西带回，多番寻找，总算不负众望。但沈潇定位过，设备在地下近三十米，工程量浩大。

和没找到没什么两样……

“私闯民宅，撬地挖坑，派出所N日游。”沈潇伸个懒腰，“别找事儿了，短期内就游览游览名胜古迹吧。”

容若木没理他，两手轻攀从窗户内翻出。迎面从楼道口进来两位拎着菜篮子的大妈，正有说有笑地靠近。

“赔偿合同下来，我就跟我老伴回小院住……”

“我跟老李合计，用赔偿款加点积蓄买个回迁楼。”

“盼了这么久，这破楼说拆终于拆了，还有点舍不得。”

沈潇一愣，这才察觉这处位置的熟悉之处，有家房产公司刚接手民居楼，准备拆迁盖一座大厦，而后，这个项目会被新宇科技截下。

“你招惹的可是个了不起的人。”沈潇咂咂嘴，“姜太公钓鱼都没你有准头。”

名字都没提，但“鱼”是江尤没跑了。

容若木脚下顿了顿，找个角落翻看信息。

今天是元旦假期前的最后一个上学日，孩子们疯跑出校园，恨不得鞋都要甩掉，沈潇跟着他的视野瞧着，好笑中又带了几分理解。

“高中那会儿的非人性化课程，逼得我从八楼宿舍楼往外逃，心里还想怎么就我们这么苦这么累，宿管大爷身子硬朗，跟在身后追我十条街。现在一瞧，敢情不管什么时候，学业都是荼毒祖国花朵精神的强力药，不过如今也算是苦尽甘来。”

容若木很久没回忆学生时期的事了，被他话头一带，思绪偏

了几分，又恍然记起前几日，白杨树下苦口婆心的宿管阿姨。他总觉得哪里有些不对劲，但茫茫人海，人有百样，或许她经历丰富，才心境通达。

蒋韵华的事他同沈潇说过，这会儿不禁想提起，寥寥几句话谈，两人又陷入沉默。

沈潇蓦地笑出声："还是那句话，你就贴着江尤吧，这人大概有古怪的吸引力，什么莫名其妙的人都能招过来。"

想到之前发生的一系列无厘头事件，容若木心中的烦躁退了少许，赞同道："你的结论太对了。"

容若木在外晃悠两天后准时到书店上班。

这四十八个小时里，他和沈潇没闲着，窝在居民楼的角落想了不下三十种方案，可都宣告失败。这处地广人稀，遛弯大妈在严冬出来得少，但因着他有些"鬼鬼祟祟"的行为，最近门窗都封得挺严。

看来误解很大。

"中心小学附近说的自言自语的神经病是你吧。"

江尤靠收银台边上教他收银，这会儿看书驻留的人不少，偶然有叽喳声，盖过她的低语。

"用这个扫描条码，之后敲这里，交易结束记得把匣子关上。"她比画两下，看容若木头都不抬，在他眼前晃晃，"嗨，问你话呢。"

容若木不耐地抬头，瞪她一眼，眼含警告。

江尤讪讪一笑，话在舌尖梗了梗，转眼又理直气壮起来："前天你怎么没打招呼就走了？”

容若木品出点怨念的味道，眼皮一抬：“怎么，你不是不待见我吗？”

“是啊。”江尤承认得倒是干脆，“你好歹把鱼汤喝完再走啊。”

“珍馐美味？”容若木敛下表情，“我不爱喝鱼汤。”

“你以为我爱喝吗？因为你，我喝三天了！”

简直是噩梦。

鱼汤是江云瑾对考研学子的最大诚意，当初备研阶段，江尤差点喝到吐，被江云瑾硬逼着灌了下去。如今，因为这位“考生”，她再次重温这场经历，她不爹毛才怪！

“若木害羞，不好意思面对长辈的温暖，你体谅一下。”沈潇弱弱的声音从对面传出来。

江尤离得远，一时没听清。她心头一动，皱眉道：“你还在和他联络？”

“不然呢？留他孤苦无依孤身一人？”沈潇起了兴致，“别欺负我们家若木，虽说他不爱说话，但小女生们就喜欢他这冷劲儿，狂热程度跟追星差不多。”

“喊……”江尤有些嫌弃，“谁敢惹他？”

分分钟被他的冷漠吓跑好不好。

更何况这两日，她听着外头静悄悄的，以为这人放弃这块落脚地，爽约跑了，几度从被窝笑出声，结果刚到书店门口就见他一袭工装，正在老妈的指引下熟悉场地，这副鸠占鹊巢的架势，简直让她恨得牙痒。

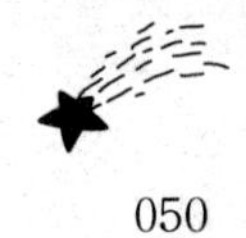

可谁让她赌输了呢。

“那就好，”沈潇聊得带劲，“不然迷妹们听到风声，大概率给你 P 黑照。”

江尤听得来气，伸手把容若木的手表关了，斜睨着他：“上班时间，不能‘打电话’闲聊！”

容若木淡淡看她一眼：“不是说不惹我？”

“那我招惹你有风险吗？”

“你可以试试。”

声音如以往平淡，江尤却琢磨出些安全的意味。她磨磨牙：“要求你遵守店规，这可算不上什么针对，入口就是‘保持安静’指示牌。”

容若木被她幼稚的行径逗得嘴角微扬，越过她朝方进门的顾客走去。江云瑾较他而言，离得近，人已经到那人面前，挥手让他去收银台，又一脸笑意问来人需要什么。

江尤紧盯容若木的轨迹，看他回来，瞪他：“你笑什么？”

“笑你只许州官放火，不许百姓点灯。”容若木把前台杂乱的书整理好，抬脚留下句“看着前台”，信步闲庭地朝各类书架走去。

江尤愤愤地吹吹刘海，又换脸般微笑着给人结账。

整整一天，趁江云瑾不在的工夫，江尤绕在容若木左右，找碴儿挑刺，但对方不接招，任她一拳拳打在棉花之上，气得几欲吐血。

她丧气地捶着腰回到前台，静静站着。

听说书店有帅哥，不少女高中生来凑热闹，容若木像棵没感情的树，长臂伸向各处指着满足她们需求，脸上渐露不耐。

江尤偷偷一乐，退了贴吧账号。察觉到容若木求助的目光，她立马低头一本正经地擦着前台，再抬眼时，那人果然放弃，寻了处低调地儿避难。

她托着下巴，目光还凝在那人身上，眼珠滴溜溜一转。

穆清难得回 G 市，冯铮正巧带着组合的几个小伙子回乡开演唱会，两人就凑到一块儿了。听惯了演唱会的歇斯底里，冯铮这回特意找了个清雅的标间，告别酒吧。

“不是你的风格。”穆清轻啜口酒，眉眼带笑。毕业后，他们分隔两地有一年多，这还是第一回聚在一块儿，做好准备是让人头大的酒吧，结果倒是让他意外。

冯铮半倚着椅背，坐得跟没骨头似的，在外的意气风发、雷厉风行都撤下来，又回到一副纨绔子弟样儿：“这跟最喜欢的歌被设置成闹铃一个道理，干这行，差点把我对音乐的热情干没了。”

“那干脆回去继承家业。”

“拉倒吧，当我是兄弟就别当说客，我心里有数……”冯铮皱眉，“行了，别说我了。任垚说你们这边的新宇科技起来了，我好歹是个股东，别把钱给我祸祸没了。”

“没事，将来公司背债，总有你一份。”

“嘶……这事儿你倒忘不了我。”

冯铮知道他说笑，笑骂一句，看任耀科技的发展势头，真心替他们高兴。

当初创业时，任氏集团拿了大头，但无私奉献是商人做生意的大忌，任家不至于为孙子玩票性质的创业做“母亲河”。所以后来任垚、穆清、冯铮他们三个没少为资金费心，黑夜备方案，白日舌战群雄，公司终于在毕业时初见起色。

那会儿冯铮正冒出做经纪公司的念头，萌生退意，任垚知道后，把他捶了一顿，穆清倒是没说什么，让他把一部分融资弄走，毕竟冯老爷子正火冒三丈，儿子死外面都不想管的，赞助更是别提。

他跌跌撞撞地在兄弟的帮助下站起来，这份情，一辈子都不会忘。

“我倒是希望，你别给我两肋插刀的机会。”忆起过往，冯铮还是难掩激动，端起酒杯。

两人对望一眼，一切尽在不言中。

冯铮酒量不好，这几年陪酒闯荡的日子也没把他的酒量练起来，几杯酒下肚，脸色就有些泛红。穆清看喝得差不多了，拉他出门透透气。

临近元旦放假，满大街都是节日促销，不远处某家婚庆商铺刚结束活动，两人穿过街道，成双成对的情侣迎面走来，两个大男人在男女搭配堆里有些显眼。

“咱俩这样容易被人误会，”冯铮呼出一口酒气，态度散漫得像是自嘲，“我可是有家室的人。”

他的声音有些小，北风一吹，似是吹散在这片热闹声中。咖啡馆飘出阵阵苦涩香气，萦绕在鼻尖，穆清深吸一口，堵得胸口都压抑起来。

冯铮五月份刚和荣成集团蔺千金订婚，两人见面次数单掌都数得过来。他背起行囊远赴他方时，曾调侃过，冯老爷子唇齿间妥协的最后一道底线，大概就是他的婚姻了。

一语成谶。

穆清下意识地想拍拍冯铮的肩膀，指尖动了动，还是撞了他一下。

“你这样的我看不上。”

冯铮低头笑笑，想到什么，偏头看他：“小学妹下周就要去你们公司了吧。”

没等穆清回话，他挑挑眉，又道：“大抵是缘分。”想想自己，就替这位暗恋未果的大兄弟欣慰，“共患难，同公司，办公室恋情……”

穆清没说话，冯铮雀跃却饱含艳羡的语气，让他心里一阵阵地难受。

林町是他们这场事业厮杀的见证者和参与者，她对资金市场有着极强的敏感性，杀伐决断利落得让人叹服，关键时刻轻飘飘的几句提醒，总恰逢其时地拦住他们迈向深渊的脚步，而冯铮的臂弯大概是她干脆的性格中难得撒娇任性的发泄处了。他们总猜想，不，应该说是笃定，两人会有鸡飞狗跳但不乏暖意的未来，却未料两人会在爱情的悬崖中跌得这么惨。

任垚唏嘘，拦住爱情的向来是时间，击破爱情的是信任，冯老爷子这管催化剂，简直催出海枯石烂的效果。

任垚可以作为爱情的旁观者对此评头论足，而穆清被钉在爱

情界限之上，看冯铮和林町的情深缘浅，唇齿间俱是苦涩。

对江尤的情感在胸腔内像沸茶般翻滚，立于她前，穆清却仍面不改色。他可以镇定自若地对她那位表哥说“我喜欢”，面向她时，眸中却不敢露出半丝欣喜。

他怕，她眼中露出“原来真是如此”的厌恶目光。

酒气这会儿涌上来，穆清眸色黯淡，眼圈却漾开一抹血红。他抹了把脸，有些烦躁：“大概吧。”

大概会有冯铮畅想的一切，大概时日恒久下去，两人形同陌路。

而如今，她肯跨入新宇科技，对他而言就是雀跃无比的结果了。

冯铮满脸不可置信，脚步猛然停住，这一刻，他是真被穆清搞糊涂了。

“兄弟，我真好奇你到底在想些什么。”

他们两人自小形影不离，穆清有着被长辈啧啧赞叹的克制、睿智与机敏，有着踏破荆棘的魄力与刚硬，这些是他望其项背追逐多年而不能得的。所以，这两年，他更不理解穆清在江尤这道门前的犹豫不决。

察觉到穆清对江尤的感情是临近毕业，几个朋友去酒吧进行最后的狂欢，好巧不巧，江尤欢送同门师哥师姐也在同一处。他们本没注意到那儿，是被起哄喝酒的吵闹声引过去的，只一眼，穆清似被座位扎到般，起身就朝那边走去。

冯铮坐在原位，看穆清巧妙解围，看穆清自然而然带江尤到这边打招呼，看江尤回到那边后再无人为难。他当时还调侃穆清要勇于争取，小学妹在他身旁的拘谨模样绝对是对他有意思。

穆清却只是摇头："她是真的怕我。再说吧，公司还有大堆烂摊子要收拾。"

一句"再说"，就过去了一年多。

珍藏合集版CD，穆清借着他的由头送；分公司新宇科技招聘，穆清抢了人事部的活，层层筛选看是否有那个心心念念的人。临了人都送上门了，穆清却仍旧踌躇不前。

冯铮望着前方陷在阴影中的男人，眼中满是疑惑，语气却带着前所未有的真意。

"穆清……"他喉咙抖了抖，视线投向不远处氤氲雾气下的灯光，"我追了林町两年半，分分合合，虽然最后身边的不是她，但我不后悔。

"你呢，你又做过什么？"

元旦放假，书店照常营业，江尤帮江云瑾把最后一摞书搬回书库，就被江云瑾劝回家。除了江尤回G市那天，江云瑾在家住，晚上她就没回来过。

江尤为此有些庆幸，家里有个洪水猛兽，妈妈还是不回来为妙。

江尤进卧室就把门插严，打开电脑修改论文。导师让她年前交稿，身边没有图书馆，她后续改得有些艰难。头昏脑涨地在百度百科上搜了几本书，她趴在电脑旁，有些烦。

客厅门传来一声响，江尤一个激灵坐起身。

外面脚步声渐近，之后又渐远，不久后传来水流声。

某人进洗漱间了。

江尤敲敲脑袋，这两天两人的相处模式是低头不见抬头见，见面谁也不说话。她心含戒备地靠在门边听他出门，听他回来，听他在小屋里走来走去，神经都要衰弱了。

“最近不行，人太多……哪里都多……”

容若木在和沈潇说话，声音微小，一会儿就没了动静。门轻轻被阖上，开始有淋浴的声音。

江尤眸中一亮。

她尽量把脚步声放到最小，悄然拉开卧室门，朝洗漱间走去。

容若木抱拳倚在瓷墙上，环视四周，空间不大，却很干净。

淋浴区扯了一层牛津布帘子，以防水溅得哪里都是，镜面光滑无痕，升腾的热气落下一颗颗或大或小的水珠，虽是模糊了，却仍能清晰地看到一双小手正悄悄打开门，在洗手池边摸索。

他勾勾嘴角，轻声咳了一声，小手受到惊吓后立马缩了回去。

容若木扭身把淋浴喷头的水流开得更大了些，门外的人似乎松了口气，持之以恒地把手又伸进来。

江尤一手攥着门把，一手朝里摸，边摸边欲哭无泪。十天前她绝对想象不到她会趁着良家妇男洗澡的工夫，溜过来偷东西。

自打遇到这个人，避孕套从天而降、地震、偷窥，各种不符合她人生的剧情像脱缰的草泥马在草原上奔腾开来。

一只手够得有些酸麻，江尤准备抽回来换个姿势，结果刚缩手，一只湿漉漉的大手突然抓住她的手腕。

江尤瞬间崩溃，“啊”的一声尖叫着闭上了眼。

“变态！”

门缓缓打开，容若木衣裤完好地站在江尤面前。女生眼睛闭得紧紧的，睫毛颤动，脸都快红成了虾子。

“你睁眼。”

江尤不听，晃着手臂想抽离他的控制：“神经病、裸露狂，谁要看！”

“不睁眼我亲你了。”

江尤眼睫毛动了动。

“这么期待？”

沈潇听着声响，被刺激得不行。相识数年，他哪能想到有朝一日能听见容若木这种颇有总裁范儿的话，若是让心系容若木终身大事的盛教授知道，绝对要逼出中年男儿泪。

他的思绪天马行空地飘着，没料到容若木又来了一句，而且语调全然是不耐烦的。

“你睁眼，能不能矜持点儿。”

江尤悄咪咪半睁开一只眼，灰色运动裤映入眼帘，她又睁开另一只，黑色 T 恤也好好地套在容若木身上，淋浴头还在喷洒，有水珠溅在他身上，几块黑色印记慢慢加深。

“浪费。”江尤挣脱他的手，侧身把水关掉，若无其事道，“我等着洗漱，你快点。”

说完，她把门拉得更开些，朝外走。

谁料，身后人一把拽住她的睡衣领，把她拉回来。

领口有些大，江尤反身就把手放在胸前，眼睛湿漉漉的：“变态，你想干什么？”

“变态说谁？”

“变态说你！”

愣了两秒，江尤意识到自己被耍了，眼瞪得圆圆的：“喂，井水不犯河水啊！”

沈潇捂脸笑，这小丫头的井水都快淹没洗漱间了，是谁给她的勇气说出这句话的，奥斯卡给她的？

低低的笑声飘荡在空中，听得江尤毛骨悚然。一眨眼的工夫，腕表被容若木摊开，放在掌心：“你找的是这个？”

江尤装傻：“什么？”

“那解释一下，你刚才在摸什么？”容若木指指洗手池边爪印状的水渍。

人赃俱获，江尤垂眼，没吭声，狭隘空间里充斥着沈潇的嘿笑声，容若木把腕表关了。

沈潇惋惜地摇摇头，错过一场好戏。

整个洗漱间安静下来。江尤心慌得很，定睛看着他的掌心。

她的睫毛很长，轻微颤动着，轻柔的光打在上面，像缠上一圈光晕，一碰就碎似的。在书店时颐指气使的娇俏气息骤然退去，安静得让容若木有些不适。

容若木轻声道：“我们谈谈。”

江尤转身：“谈什么？谈你如何入侵我家，入侵我的生活？人生不是故事，不是所有人见到新奇的事物都会迎合，更何况，你是那么地新奇。”

说到这里，江尤停住脚步。

“其实，我并未在意过你的身份。妈妈早有出租意愿，租给你不过是顺水推舟；书店需要兼职工，不是你也会有别人。但我无法忍受，你同那端密谋着我一无所知的事，我很怕，怕被人狠咬一口……”

容若木望着女生的背影，眉梢皱起，疑惑像团迷雾盖在眼前，他始终不懂：“既然如此，你为什么帮我？”

容若木不傻，赌注、威胁是最表层的假象，能堆积出这些的不过是江尤的纵容。他没有毁天灭地的能力，没有迷惑人心的幻术，回到 G 市的这段时间，江尤心存担忧报警求助或者绑了炸药和他同归于尽，他都没办法。

可她没有。

他想到相识那晚，同江尤的赌又何尝不是同自己的赌，他赌她懦弱胆小、被恐惧支配会对他言听计从，最终她的确“从”了，却没他想的那般不堪。

地震那天，她立在身侧那担忧的模样，回到 G 市她张牙舞爪地威胁他不许住下却又妥协的模样，令他心中困惑，却又漾开一抹奇异的感觉。

但对人性深刻的剖析令他分外明了，人不该这般，贪婪自私、自取灭亡才是人性永恒的主题，所以，他才会出现在这儿。

“没什么为什么，大概行动快于大脑。”江尤驻足。她都不知道自己做得对不对，人总有不可告人的隐私，更何况这些对容若木而言更是机密，她不强求，却又不想置自己和家人的安全于不顾。

她回头看他沉思的面庞：“我们再做个交易吧。”

“什么？”容若木回神，有些跟不上江尤的思路。

江尤虚空地指指他掌心：“你的诚意换我一份安心。”

容若木沉默了，她还是对自己心存警惕，哪怕只是一块小小的腕表，也让她如临大敌。情理之中，却让他隐隐生出些不满。

思绪几经回转，他将东西抛给她，先她一步打开门。倏地想到什么，回首将她的衣着收入眼底，他补了一句：

“天气冷，晚上多穿些。”

江尤下意识地紧了紧衣领。

十点半，江尤擦擦湿漉漉的头发，坐在床边。

床头柜搁置着她的“战利品”。

那是块款式再古朴不过的腕表，表带磨损得厉害，一看便戴了数年。秒针滴答行走，和墙上的时针指向一个点，普通得不能再普通。

她只是拿起打量几秒便又放下，生怕给它带来什么损伤。

这次的“强取豪夺”，在江尤意料之外，但又在情理之中。她枕臂侧躺着，凝视表盘被灯映照出的浮光，陷入了沉思。

她和容若木间横亘的那个炸弹倒计时太久了，久到她站在没有容若木的空间里，都感觉像被困于隐形的牢笼，寝食难安。这次的坦诚，手中的筹码，炸出一丝火花，最起码在她郁郁不安的心墙上灼出一条裂缝，让她得以喘息。

毕竟，一直以来她不如表面那么豁达。

杂乱无章的思绪渐渐被困意席卷，江尤打个哈欠，不再自扰。她掀起棉被躺下，没两秒，想到那人的叮嘱，又赶忙坐起身。

“小型摄像头？窃听器？”她低声嘀咕几句，想了想，拿一块黑布把它紧紧包裹起来，才安心睡过去。

凌晨四点，沈潇揉揉迷蒙的双眼，外头街灯闪烁，准备和他一起迎接黎明。自打和容若木绑成搭档，这个点儿的系统维护他就没断过。

沈潇边苦兮兮地尝试与那头联络边腹诽着，该跟盛教授要求涨工资了，起码得能多买几瓶保住秀发的试液才对得起他这勤恳的老牛模样。

这样想着，他又打了个哈欠，睡眼蒙眬间，屏幕腾地蹦出来，定睛一看，傻了眼。

“啊啊啊啊啊啊！”

容若木一宿没睡，在隔壁借用江家台式电脑搜索着故宫资料，听到惊天动地的尖叫后，仍镇定自若地继续敲击键盘。

江尤缩在床脚，惊惶地盯着墙上投射的影像。

沈潇这回彻底精神了，头顶压趴的呆毛根根竖起，心下嘀咕，大清早的，若木整得挺刺激啊。

他故作镇定地举起掌心：“Hi……”

江尤把枕头砸了过去。

两分钟后，江尤踹开容若木的房门，把腕表往床上一扔：“别再让我看见这玩意儿。”

容若木眯眯眼，沈潇的大脸还投在墙上，人正无辜地摊手。

面前人的小脸一会儿白一会儿红，气得不轻，他嘴角的弧度有点大。

“诚意领会到了？”

江尤现在跟他说话都想国骂开头：“你别欺人太甚！”

“预防针给你打过，好心我还是有的。”容若木上下扫视她的装束，表情满意，“起码没裸聊。”

“……”

他悠悠将腕表扣上，昨晚莫名的郁气这会儿消退不少：“看我多善解人意。”

“……”

江尤的脑仁纯粹是被人用惊讶兴奋的语调喊醒的，这会儿还没运作起来，整个脑袋都只充斥着生气这一种情绪，反驳功力几乎为零。眼睁睁瞧着他拎了双肩包往外走，她想拽住他。

“你又去哪儿？”

容若木闪身避开，摆摆手：“去哪儿你都觉着我抱着毁灭地球的心思，别问了。”

他的声音低沉，语调较前几日的冷淡竟是还低了一度。

江尤不甘地上前，便听沈潇道：“小妹妹，我们要对你心怀不轨，要不要过来看看？”

话虽这么说，语调中的调侃却是表露无遗。江尤咬咬唇，有些犹豫。

“不来赶不上‘末班车’咯！”

挑衅的话回荡在耳边，挂钟敲响五下，她抬头望向灰蒙蒙的天空，再望向大踏步走向前的人，咬咬牙，快速换好衣服跟了上去。

新宇科技通知她九点准时报到，现在还早，到时再过去也来得及。

G市城郊长了一片卫矛，冬季寒风萧瑟中，落叶缤纷，更衬得它们绿油油。

天已经蒙蒙亮，沈潇这会儿脑子清醒过来，开始喋喋不休：“你该早通知我的，昨天我倒头就睡，顶着鸡窝头，形象多不好！”

“你当是相亲？”容若木冷笑。

沈潇干笑，猜想小姑娘惹的火这是蔓延到他身上了。怕被针对，他慌不迭地摇头：“没有，哪能啊，小姑娘名花有主，有钱有颜有爱，哪瞧得上我这根烂草！”

“有爱？”

沈潇默默地捂住嘴，感觉似乎从他身上咀嚼出了更大的怒气。

“可她又不知道……”沈潇低声嘀咕一句，趁容若木还没挑刺，赶忙道，“到了，到了。”

说完，他又吐吐舌头：“你的小尾巴也到了。”

江尤始终和容若木保持十多米的距离，远远望去，他正拿着不知哪儿来的宣传页，凝神和沈潇对话。

两人距离太远，江尤努力竖起耳朵也听不见几个字，她凑近些，忽见容若木回头望了一眼，赶紧蹲下。几秒后，她再慢慢扒开前方的遮挡向外看时，愣了。

瞧不见任何身影了。

江尤疾跑过去，前方只是一片绿色，偶尔有经过的车扬起声车鸣，就又离开了。羽绒服厚重，她走了一圈，气喘吁吁的，叉腰休息了一会儿，有些不甘心。

城郊，远近无人，不可告人的勾当。

江尤心下腹诽着，迟疑着向前走，刚扒开绿叶，瞬间被人拦腰抱住。

尖叫都没来得及发出，她被一把拽上车。

耳边呼啸的风声骤然消失，沉闷的环境让她的心都提起来，耳边是凉如白水般的声音。

“来得正好，免费导游。”

江尤闭闭眼，强迫自己压下心慌环顾四周。这车不知是他从哪儿搞来的，很新，带着淡淡的皮革味道。她努力让自己的声音不发抖：“你带我去哪儿？”

“卖了。”沈潇吊儿郎当地答道，“我们这两天打听出了一个人口贩卖市场，把你扔那儿，若木就不担心回不了家的事了。”

江尤眼眶一红：“你骗人！”

她满怀期待地看向一脸平静的某人，却见他点点头。

“嗯。”

沈潇“扑哧”一乐：“你看，我就说是吧！”

江尤的心跳瞬间加速，铺天盖地的恐慌一下就席卷了她，不过两秒，她就在六神无主中揪出一条出路，双手扑向方向盘。

容若木眉头紧皱，并未阻止，只道一声“抓紧”就猛转方向，江尤被带得一晃，一片眩晕中感觉车停了下来。

从上车到脚软落地不过几分钟，江尤却感觉经历了一个世纪。

她小脸刷白地推开容若木，扶着墙喘气：“做个人不好吗？”

这家伙，在她生命中简直是毒瘤一样的存在。

容若木很淡然，背向阳光，俯视脚下，江尤转过身，差点又被吓一跳。

视野所见是一片古代建筑，红砖绿瓦，一簇簇一座座，气势恢弘得让人屏息。红日在东头升起，地上的斜影如同有生命般不断变化着。

朱红城墙、雕梁画栋雄视各面方物，圣殿庄严，见证着千年历史。

江尤深吸一口气。

几分钟时间，眼睛一闭一睁，她竟然来到距家几百公里的地方——

故宫。

Chapter 4

故宫探秘

被迫背井离乡的江尤，被“两人”从故宫后门带入。

没被拐卖这件事并没让她产生由衷的喜悦，虽然故宫美景给她带来的震惊很大，但明显不如报到第一天就有迟到被辞退风险的震惊大。

沈潇在一旁打趣她：“你当导游啊，我们都是外来户，被你科普好了，心情愉悦就送你回家。”

江尤直接打开手机浏览器：“故宫占地面积 72 万平方米，明清两代皇家宫殿，是世界上现存规模最大的宫殿型建筑，国家 5A 级旅游景区……

“世界五大宫之首……

“建于明成祖永乐四年，永乐十八年落成……

“现为故宫博物院，藏品主要以明、清两代……

“满意了吗？”

沈潇咋舌：“你这样的导游，倒贴钱都不想请啊。”

江尤本来就因为归家之路被威胁恼火着，听这话彻底炸了。

“我真的忍你很久了，还有……”江尤转身怒视另一位优哉游哉的“佛系”游客，“你什么时候让我回去，我要迟到了。”

“你自己要跟来的。”容若木推开一道陈旧的门，浑不在意道。

“讲讲道理好不好，是你拽我来的。”

沈潇当吃瓜群众笑得嘴角疼，“导游”不过是借口，那片卫矛丛远近无人，随时可能发生未知的危险，若木还是有些绅士风度的，不过若木不解释，那他也乐得看江尤爹毛。

“那正好满足你的好奇心。”容若木轻抹锁扣，古旧的铜锁“啪嗒”一声打开，他推开房门，“欢迎参观我们的日常。”

江尤一脸不可置信：“逃避门票、溜门撬锁？”

沈潇皱眉解释道：“别说得这么难听，各色景点凭证购票，若木把身份证拍在售票处，那儿能收吗？”

江尤：“……”大概会被当作精神病赶走。

“对嘛，道理你也都懂的。”沈潇又补充道，“若木走前会把票钱放捐款箱的。”

江尤：“……”

她转过头去，这会儿陈列窗的灯还未打开，容若木立在橱窗前，于他而言，碰触这些古董简直如探囊取物般容易，而他也确实这样做了。

江尤眼睁睁瞧见他堂而皇之地将葵瓣口盘拿了出来，动作中带着小心翼翼。

“宋代哥窑青釉。”她靠前仔细读着词条，“存世稀少，全世仅存几百件……”

她猛然看向他：“你不会要偷走吧？”

“那倒是不会，但这个口盘……”沈潇想到它的结局，惋惜地噤了声。

江尤品出些不好的意味，还欲再问，容若木眉眼间带着凛然道：“其实既然无法心存敬畏，何必挖出来？古物长眠地下不见天日，倒比几百年后湮灭在历史中要来得好。”

从古至今，人们总是一面歌颂着先辈留下历史印迹供后辈参考，又一面将残留文化底蕴的古迹弃如敝屣。工业的辉煌，有时背负着许多历史文化嘶喊出的泪水，人们却恍然未觉，欢欣鼓舞着科技的到来，麻木地注视着遗迹的远去。

气氛骤然冷沉下来，江尤被他冰冷的表情震慑得后退两步。

“人都是贪婪的生物，你我都是。”

容若木看向她，眼眸中的锋利似乎要将她的脸刮出血来。

“人们珍藏古物，倾注心血，行为的核心是价值。我无处可归，得阿姨和你相助有合理落脚处，心中不乏有窃喜意味，而你，手握我曾给你的那张纸，是不是也在期待这周即将开奖的号码？

“呵，这就是人。”

江尤表情有一瞬间的碎裂，脑中嗡嗡作响。随后，她像慢动作回放似的抬起头，眼中带着茫然。

“我忘了……”

“嗯？”

懊恼填满江尤的脑细胞，让她几欲咣咣撞大墙。天啊，她竟然忘记依仗这人身份，她还有着发家致富的机会，而那张纸，那张纸……

她塞进经历过地震的羽绒服内，一同扔进了洗衣机。

容若木满目不可置信，他明确知道这人对自己身份的确认，但怎么能蠢成这样。惊讶间，袖口又被抓住，方才冷肃的氛围烟消云散，他视野内只剩这人可怜兮兮的眼。

“不可能。”他瞥过眼，率先说道。

江尤撇撇嘴，松手，本身也没抱太大希望。

沈潇戳破：“哪怕他想给你，他手头也没有啊，跟当初一样。”

“嗯……嗯？”江尤瞬间瞪大眼，拳头一握，刚抿唇憋出声“骗子”，转眼被他推进了隔壁房间。

和方才古色古香的气息不同，这一处被返修过，富有现代气息，但很少被打扫，灰尘堆积，破铜烂铁放了一堆，门旁边还有个放票根的箱子。

容若木小心地翻查两处，对这个荒废的储藏间不感兴趣，抬脚往外走。

江尤鼓着河豚似的脸跟在身后，心内虽愤愤不平，但又强烈暗示不能被人瞧扁了，没再继续追问下去。她跟着转了两遭，目光恍然落到票箱上，脑中蹦出个想法，犹豫地拍了拍容若木。

“彩票不给剧透，这个……总归能拿出来吧？”她指指票箱

里花花绿绿的纸。

容若木看她一直没深究，惊讶之余看到票箱又面露嫌弃：“故宫到此一游的纪念？”

江尤凉凉地看他一眼，细胳膊探进狭小的扁口：“算了，自己动手丰衣足食。”

票箱很高，再往里江尤就够不到了，透明玻璃里清晰地映着她通红的手肘，容若木蹙眉，把她的手抽出来，几下把锁打开，抓出一把票根。

“够用吗？”

江尤对他溜门撬锁这招确实是心服口服的，把多余的票根投回去，点点头。

她和人交往时总是平和或跳脱的，这会儿又是一根绳上的蚂蚱，不想搞太僵，强颜欢笑又竖起拇指道：“您是真的优秀，李云龙老婆秀芹的秀。”

容若木没 get 到点：“李云龙是？”

江尤本想一笔带过，又倏地变了想法。她眨眨眼，回得真心诚意：“参加‘黄麻’运动后投身革命的英雄，抗日、解放、建国时期屡建奇功的一代名将。名将们用鲜血换来我们现在的美好生活，故宫也在此基础上得以修缮，是值得我们敬仰敬重的人。”

容若木品着她的一语双关，笑了：“我信你才有鬼。”

江尤默默咬了下舌头。

时针划过八点，两人在沈潇指引下，钻进不少故宫未对外开放的房间。

沈潇一直对方才的票根保留好奇心态，疑惑道："小丫头，你拿那个做什么？"

话音刚落，头顶监控闪了下亮光，容若木眼睛一眯，快速带江尤躲进另一间屋子。江尤正纳闷，门外传来一道雄厚的男声，她吓得一个激灵抓住容若木的衣角。

"老早就见这边有个人影，我眼花了？"

隔壁门"吱呀"一声响，有另一个人的脚步声跟过去："这会儿还没开门，哪会有人，你神经太紧张。"

"但愿是吧……见天守着这堆祖宗，都快疯魔了……"

容若木扭头看向怀里的人，女生牙咬得紧紧的，小脸煞白地抓着他，风衣下摆快被攥成了抹布，他拽了拽，被她用更大的力气抓了回去。

那两人听声是进了杂物间，想到那屋的隔音效果，他声音猛地提高："这么害怕？"

江尤顿时睁大眼，仰头就把他嘴堵住了："你小声点！"

"人都走了，怕什么？"容若木把她的手撤下来，声调更大了些。

江尤差点要跪了，微热的气息盘在头顶，她脸一红，赶忙站起身。这一动作，她看到他嘴角难得的坏笑，声音都尖厉了："你又吓我！"

这一声"吓我"下去，回音都飘了三声，容若木还没来得及说话，就听到一声异响，嘴边弧度退了下去。

“你过来。”

“嗯？”江尤对他突如其来的命令正茫然着，身后突然冒出一个高大身影。

沈潇长时间盯着屏幕，眼睛酸涩得不行，就揉眼的工夫，屏幕内的容若木已经飞速起身把江尤拉过来。他愣了愣，看容若木拿拳抵挡着那人攻击，电光石火间，被人拿匕首狠狠划在胳膊上。

“若木！”

血腥味弥漫的空气中，江尤被这变故吓得一愣，看向身后。

那人三十岁左右，穿着厚实的军绿棉袄，脚边拖着一个满当当的蛇皮袋子。略显沧桑的脸此刻狰狞地抖动着，他抽搐着嘴角开口：“你们就不能小声点？”

提心吊胆静候一夜，他本想故宫开门偷溜出去，结果来了两个不速之客。他们每说一句话，他心脏就飙上一百迈，马上快要超负荷了，他们声调却越来越高。

这是嫌他没被发现吗？那被发现前就先把他们弄死。

沈潇对此没一点心理准备，惊慌道：“若木，若木，你没事吧？”

容若木摇摇头，江尤手忙脚乱地撕下里面的衬衫，紧紧包住他的伤口。突如其来的慌乱漫进心田，她也不知为什么，眼眶有些发酸。

这人嘴上不是善茬，但每次遇险似乎都在……保护她。

沧桑男哈着气，眼神发狠：“想活命就赶紧给我滚出去！”

血水浸透白色的布料，江尤轻按着，心揪在一处，头也不回：“凭什么？”

沧桑男愣了下："什么？"

"凭什么属于国家的东西，被你像拎着最便宜的烂苹果一样拎走？"江尤让容若木按着伤处，站起身，被沾上血渍的手在身侧垂着，看着骇人不已。

"你知道，我刚被人教育一番吗？'好人居多'这词儿在我嗓子眼转悠好久了，但我还是想用行动表现，可这会儿就被打了脸。"她冷嘲热讽地笑了笑，看看掌心，忽然有些释然，"还有，你知不知道，他伤成这样是耽误我回去报到的。"

沧桑男不耐烦道："你到底在说什么？"

"没什么，"江尤动动指骨，快走几步一拳挥了过去，"找个理由打你而已。"

沧桑男心惊地后退，匕首却被她一脚踢飞，随后腹部挨了不下十几拳，三个过肩摔后被揍翻在地，他呼哧呼哧喘着粗气，脸狼狈地贴在地上。江尤膝盖顶在他的脊梁，擒拿招式下压他的胳膊，疼得他嘶嘶抽气也不敢喊疼。

"你叫大点声，就能有人来救你了。"容若木懒懒地靠着墙，脸有些苍白。

沧桑男龇牙瞪他，声音低低地骂着脏话，满是愤怒。

容若木眼中闪过丝狠厉，下一秒骤然笑了，因为江尤一拳又打在那男人的下颚，逼出一声闷哼。

她冷嗤："嘴巴这么脏？教你做人。"

外边传来"嗒嗒"的跑步声，江尤揉揉酸痛的手，抬眼同容若木对视上，几秒后迅速起身，躲到容若木身边。

门“砰”的一声被踹开了，故宫的保安老宋有些愣。

地上鼻青脸肿的男子像是开了阀门，嗷嗷叫唤着，满地打滚，墙角瑟缩着一对小年轻，瑟瑟发抖地望着他。

鼻青脸肿的男子匍匐在地上冲他伸着手，鼻血都快流到了嘴里：

“呜呜呜……救我……”

大清早，派出所开张大吉。杨庆刚接完超市报警电话，就见警员老张领了三个人进来。

他不禁问：“哎，怎么了这是？”

故宫的保安老宋一脸惊魂未定：“故宫没开放呢，从里头揪了三个人出来。”

“这个月第三起了吧……”何况现在还是月初。

“可不是，我都怀疑哪儿有洞没补，怎么见天往这儿领人。”

江尤看护着伤者容若木，一同坐在椅子上听他们闲聊。沧桑男手背在后头，蹲在桌脚，耷拉着脑袋。杨庆低眼就见到那张惨不忍睹的脸，挑眉：“动用私刑了？”

“没有……”视线在羸弱的小年轻身上顿了顿，警员老张也一头雾水，“不知道。”

江尤身侧的手机“丁零”作响，她低头扫一眼，九点四十分了，学长穆清发短信问她是否出了什么事，见她没回应，又打了电话过来。

容若木半合着眼倚着，看都不看她。

杨庆倒是通情达理，大手一挥：“接吧。”

电话接通的瞬间，穆清彻底松了口气，慌不迭地问了一串。

电流那头的声音有些不清晰，断断续续地把大量信息塞进他的脑子里。

女生说：“学长，我觉得你可能不太信……我这会儿在派出所……”

略带犹豫，她又加了两个炸弹：“还……隔着家几百公里。”

杨庆目光扫过江尤几次，看向闭目养神的容若木，男人眼皮都不抬，直接把派出所当作休憩地。

警员老张看容若木这模样，嘴唇嚅动一下，有些不满地蹙眉。

杨庆倒不在意，招呼老张去忙别的，拖了椅子坐在容若木对面。

“大学生吧？”

容若木敷衍地点点头，眉间皱着，带着不耐。

“什么专业？”

江尤那边已经打完了电话，看这边有开审的架势，赶紧快走两步把话接上：“他是历史专业的。”

容若木无力的目光中瞬间带了一丝戏谑。

杨庆来了兴趣：“我爱人就是学历史的，你们什么都学吧？秦皇汉武、成吉思汗？”

江尤张张嘴，被容若木一刀拦截：“不，我学社会主义历史。”

循循善诱的天被聊死，怀柔政策被不配合秒杀，杨庆转瞬就想换上冷脸，手机忽然响起，他警示性地看他们一眼，站起身。

江尤想低声跟容若木串好供，被杨庆带着诧异的目光看了几

眼，没再敢动。

杨庆再回来时，矛头点直接指向沧桑男：“你怎么进来的？”

沧桑男嘟哝着开口，声音没底气：“我是游客，进来玩的。”

“带着明清瓷器玩？”杨庆轻轻地踢了踢脚边的蛇皮袋子，冷笑，“祖传的？”

沧桑男眸子一亮，鸡啄米似的点头：“对！”

“对什么对！”杨庆瞪他一眼，看向容若木，“他这身伤是你打的？”

容若木捂着袖口，懒洋洋地看杨庆一眼，没说话。江尤指尖动了动，想抬起来，被一只有力而冰凉的手压住了。

她低着头，掌心的凉意一点点透过来，焦躁退去了几分，可心头莫名打起鼓来。

沧桑男眼珠一转：“我们是同伙儿，分赃不均打起来的。”

容若木抬眼，眸中不带实质性的内容，却让沧桑男背脊一凉。他悠悠张口：“我们昨天来的，闭馆时没按时出去，被锁了，这家伙我们不认识。”

“你别脏水都往我身上泼，过河拆桥！”沧桑男演得还挺真。

“那你的票呢？”僵持几秒，江尤忽然开口，从羽绒服口袋里翻出两张票根，指指上面的日期，“你这天的票呢？”

“丢了！”沧桑男梗着脖子瞎掰。话音刚落，胸口被人狠狠踹了一脚。

杨庆收腿，扭扭脖子：“给你个剧场还真当自己是奥斯卡影帝了。老张，带他去做笔录。你俩——”他瞪眼，“二十几岁是白活的？三岁孩子都知道被反锁在家打 110 报警，你们的手机是摆设？”

江尤被这番转变惊得瞪大了眼，忙摆出虚心求教的态度，点头应是。

“还有，”杨庆有双鹰眼，早注意到她红肿的指尖，“女孩子打架这么凶猛……”他忽然笑起来，“小子，你以后当心被家暴。”

两人一愣，江尤想摆手否决，手腕又被沉重的力道压下去，心不受控制地跳动两下，她仰头看到容若木棱角分明的侧脸。

不知是窗外阳光太温暖还是容若木面色太过苍白，她竟依稀看出他面上带些粉色。

沧桑男满脸愤愤地被铐下去。

杨庆跷腿坐下，他本就是健谈的性格，碍于派出所的环境，憋得不行，点燃指间夹的烟，深吸一口，冲他们摆摆手：“别再让你阿姨担心了，少找事。”

两人眼神一变，他的话分明是对容若木说的。

江尤张张口：“可是他……”

容若木打断她，冷淡地点头：“让您费心了。”

他礼貌地看杨庆一眼，伸手就将愣怔的江尤拉了出去。

走出派出所，江尤一把扯开容若木的手，阳光正盛，惊慌加紧张令她出了层薄汗。路边有辆惹眼的玛莎拉蒂，她绕过车身，走在前头，忽然回转身，眼含警惕：“你到底还有什么瞒着我？”

她这会儿只感觉到深深的无力感，同容若木间的对峙，自始至终就是她在面对一团迷雾，前方到底是什么，她只能根据面前这人赏赐般的描述自己勾勒，她甚至都怀疑对面会不会是深渊。

容若木将衬衫袖口整理好，撸下毛衣，派出所内的温暖差点让人忘记室外的严寒，冬风呼啸，喉咙口被灌进冷风，他轻咳一声："我不知道。"

一切本尽在掌控中，却变数横生。

阿姨？呵，他思索许久，接触到的人除了江云瑾，大概就是那位不知所云的女士。

他问她："未经调查便下妄论的结果，你觉得是不是欺骗？"

江尤没被他绕走："别偷换概念，我说的是你的隐瞒。"

"那好，"容若木如实道来，"杨警官口中的阿姨，我并不确认，仅仅是猜测。这个人你也认识——"

"谁？"

"蒋韵华。"

"……"太荒谬了。

江尤转身就往前走。

她现在只想回家，手机上的钱够她拦下一辆出租车去车站，高铁最快两小时会到达 G 市。她会好好上班，实习结束回校完成学业，之后入职心心念念的公司，平淡度日，自此再不要同这群神经病有瓜葛。

蒋阿姨透彻而总饱含深意的眼眸在脑海中一闪而过，她控制不住开始冒鸡皮疙瘩。

腕表这会儿又被打开，沈潇不知两人的谈话，看江尤拦车的背影，喊得迫切又热络。

“妹妹要不要搭顺风车？”

江尤头都不回。容若木脸色谈不上好看，冷若冰霜的样子吓跑不少脚已经踩在刹车上的司机。

江尤无奈地收回打车的手：“我想静静。”

容若木点头：“给你两分钟。”

江尤简直要被气笑了，这是听不懂她要分道扬镳的意思吗？她索性不解释，用手机导航着车站方向，气势汹汹地往前走，手机电量微弱的提示蹦出来几次都被她按下去，力道大得让不少人注目。

沈潇咂咂嘴，无意再看这两个小年轻折腾，他今晨起得早，眼皮子打架，都快变成三明治了。他打个哈欠，道：“你这边没什么事，我就去补觉了，明儿见。”

“嗯，我会告知盛老给你扣工资的。”

“哎？兄台，可否有些人性？惹你的人就近在眼前，犯不着找我撒火。再说，我有亿万家产要继承，不差这些。”

眼中聚集起些烦躁，但顷刻间又被容若木压下去，他淡淡道：“教我。”

“什么？”

容若木头疼得厉害：“‘女人心海底针’这话真是足够传诵万年，隐瞒她被挑错成心怀不轨，吐露真相她又不信，我不想再围着一个时刻要爆炸的炸药桶了，告诉我方法，点燃还是让她哑火。”

沈潇面露悲戚："兄台，你终于懂我在你身边的感受了。"

"滚！"

"哎，你总归要站在她的角度思考问题嘛！倘若你面前都是他人带来的迷雾，你会不会有急躁和不安感呢？将心比心，人家就是个跟我们同岁的小姑娘，你指望她跟半截入土的老人似的看透一切，佛系对待？"

今日横生的变故骤然闪现在脑海，容若木沉默下来。

"嗨，你又走不了，慢慢和她磨合呗。更何况，你总是要离开的，没必要太考虑她感受。"

容若木眼中闪过丝什么，本想反驳，嘴唇却只是嚅动了下。

他点点头："嗯，我知道了。"

前方女生低头百无聊赖地走着，屏幕黑漆漆的手机被她塞进包里，整个人郁郁寡欢。

沈潇看了一眼，问："那你们准备什么时候回去？家里可还有人等着。"

江云瑾怕容若木不方便联络，把书店里半新的手机给了他。两分钟前她联系不到江尤，拨来电话，他言简意赅地给她送去一颗定心丸。

通话过程中，沈潇全程在，难得见容若木对长辈有如此和颜悦色的时候。

"马上。"容若木揣兜停住，首都刚下过一场小雪，薄薄的一层，踩下去可见路面的泥泞，依稀辨认出一道歪歪扭扭的脚印，和主人一样纠结地蔓延到女生脚下。

“怎么来的，怎么给她拽回去。”

任垚手肘搭着方向盘，依稀可见前方两人走到一处，并肩踏向转角。他打了个哈欠，和穆清的聊天界面还停在女生清丽的证件照上，照片中女生的短发服帖地搭在额角，发丝柔软，双眸却又带丝倔强。

他盯了两秒，回忆拉开帷幕，挺直而纤弱的脊背、渐行渐远的身影和朦胧不清的侧脸，一帧帧、一幕幕，从回忆中走出来般，让他微微失神。

穆清发了视频通话过来，他调整下心绪，接通，嘴角挑起桀骜不驯的笑。

“风风火火喊我到派出所，还以为你被叫去喝下午茶了，原来是惦念小妹妹。”

穆清刚开完晨会，心神不宁了一个钟头：“你到那儿了？情况怎么样？”

“不怎么样。”任垚反手一转方向盘，停顿几秒，听到那边不畅的呼吸声，轻笑，“我人都没进去，他们人就出来了。”

“他们？”穆清语气有些异样。

“对，朝车站方向去了，大概要回去。”

任垚点燃一支烟：“瞧小妹妹那态度可能是和男友吵架了，兄弟你还有机会。”

任垚本科毕业那年，去M国念硕博连读，穆清和小姑娘的纠葛一直是经由冯铮这个第三方八卦来的，大概就是爱而不得，这会儿瞧穆清剃头挑子一头热，也不禁调侃。

“老话说，宁拆一座庙，不毁一桩亲，这事我做不来，但在兄弟道义上我是怂恿你的……干巴爹！”

“滚！”

“过河拆桥。”

助理推门进来，提醒穆清十一点接待荣成集团总监和法律顾问。穆清点点头，穿上外套，转移话题：“你的分公司还靠我运营，再说风凉话，我帮你倒闭上天台。”

“哟呵，好怕怕。”任垚哼笑一声，恢复正经，“不胡扯了，老头子又招我入‘宫’，我去看看。冯铮的巡回演唱会快到首都了，有时间我们聚聚。”

“好。”

话虽这么说，三人都是忙人，任垚管理任耀科技这个大头，焦头烂额，旗下分公司新宇科技又分走穆清这个一把手，短期内聚会也就是想想。

惆怅似乎又加了一层，穆清在走廊拐角抽完一支烟才下楼。

荣成集团是L市最大的一家房产公司，总部在G市。穆清看中帝城广场一角，想进行无人售货项目的试运营，但价钱几次三番谈不拢。这次再探口风，那头不松口的话，穆清准备上报总部放弃这次合作。

新宇科技到荣成集团的车程较远，抄近道会经过城边的一处荒地，穆清在G市建址办公司奔波得多，对这些地方稍稍熟悉，下意识就踩油门朝外开去。

卫矛丛仍旧是绿油油的，生机旺盛。偶有不知名的飞禽经过，嘶哑地惊叫着离开。车轮在土地上掀起层尘土，纷纷扬扬地活跃在空气中。

有卡车在狭小车道迎面过来，穆清脚下减速，视线无意间在后视镜一扫，瞳孔缩了一下。

卡车司机堪堪从他旁边经过，看那小车摇晃的车身，吓得他都出了身冷汗，探头大骂了声“傻缺”，他用力挂挡，又飞驰出去。

小车掉了下头，“嘎”的一声停了。犹豫半晌，穆清拿过手机，拨出那个熟悉的号码。

“对不起，您所拨打的电话已关机。Sorry……”

穆清的眸子沉了沉，注视远方。

这一段路人烟稀少，女生大概是怕冷，大衣外套了层轻羽，距离模糊了视线，依稀可见她走得急切。男人跟在她身侧，不离分毫，见她走得不稳，特意伸手虚扶一下，绅士却又似有某种暧昧。

他们……是什么时候回来的?

“前方路口请直行……”

导航忽然冒出一声提示，打断穆清的思绪。恍神间，前方的人影消失了。

穆清揉揉发疼的眼，再抬眼，还是杳无人烟。

他自嘲地笑了笑，江尤怎么会来这种地方。这次和她重逢，浓烈的情感似乎终于有了宣泄口，强烈的占有欲令他对她身边的每个异性都产生了威胁情绪。

明明，他们还没有过什么。

穆清意识到自己的敏感，却止步于前，不敢敞开心扉。说到底，在感情方面，他并不像对待事业时那般坚强。

指针快到半点，时间不再留给穆清思考的余地，还有更为迫切的事情需要他去办。他握紧手机，想到江尤电话中明日报到的承诺，静下心神。

这是她的开始，希望也是他们的开始。

黑色的车再次掀起一层风，风裹着沙土朝四周飞去，尘土久久才落下，和那颗心一样浮躁。

江尤半蹲在卫矛丛里，看绝尘而去的车，捶捶酸痛的脚。

“你就不能晚会儿还车吗？早知道拦下刚才那辆，哪怕是给点钱也好。”

容若木回身把兜帽一把扯过她发顶，看她松鼠般毛茸茸的模样很满意。他揣兜大踏步朝来时的方向走去，没有回应她的嘀咕。

他猜，江尤不会想上那辆车的。

到家时，十一点整。

江尤跟在容若木身后，看他将外套挂在门廊前，丝丝寒气在狭隘的空间里飘散，将暖意带来的混沌感缓缓逼退。他一如既往的冷静自持，如先前平淡地要求随她回家一样，开口道：“走，我们去你卧室。”

江尤：“！”

容若木抖抖领口，室内的温度给力，脖颈处骤然生出的汗意令他有种铜像般闪光的性感。

江尤脑中空白了一瞬，被他催促道：“快点，给你看样东西。”

“什么？”江尤愣愣地领头推开门，只听“啪嗒”一声响，面前的人脸色一变，手腕被他重重一握就被压在正对门的床上。

这次的停歇明显比上次更久，她能感受到他全身绷紧的肌肉，手指被他攥得发疼，心口处怦怦的心跳声，透过他微潮的毛衣传递过来，早已分不清彼此。

“你……干吗？”江尤艰涩地开口，紧张、惊讶、恐惧齐聚一堂，在脑中开起联欢，心中的懊恼也来凑上一份，如果说哪回真出了事儿，也怪自己没有防人之心。

一声轻笑从角落处传来，清脆又带丝熟悉。江尤回神，辨别了下，瞬间汗毛孔都要立起来。

她惊慌地扭头，容若木这会儿已经坐起来，手撑在床边，骨骼分明，还带着方才骤然聚起的暴戾感。

江尤慢慢地撑起身，诧异地注视着面前这位面容姣好的女人。

只见她悠悠丢掉手里的球棒，将手高高举起，和容若木对视一眼。

“嗨……surprise！”

“……”

这真称不上什么惊喜。

住了十多年的老屋，突然就横空冒出一位对她而言太熟悉，又跟江云瑾八竿子打不着的人，这诡异感，也只有江尤初遇容若木的时候品尝过。

许是一回生二回熟，江尤觉得自己尤为平静，可能容若木在派出所给她打的预防针已经把所有的惊异细胞全灭了。

三人相顾无言。

时间一分一秒过去，江尤的平静又全转变为失落。

手机振动声打碎一室静寂，蒋韵华掏出来看一眼，飞快挂断，被两人眼尖地捕捉到屏幕上“杨庆”两个字。

“还真是您……”江尤喃喃道，却没再说下去。身侧的容若木动了动，她如梦中惊醒般，从床上蹿起来。脚下的拖鞋早不知甩到哪儿去了，地暖升腾着热气，却根本焐不热脚掌。

“你们聊。”

江尤逃似的拉开门，蒋韵华下意识去拉她袖口，却被闪开，动作幅度之大，像是在躲避什么妖魔鬼怪。手背“啪”一下甩在门板上，她却像感受不到疼痛，又退了两步。

蒋韵华眼中瞬间带了丝受伤。

“江尤……”

委屈巴巴的神情出现在她脸上，像模拟过太多次，若有若无的亲密感萦绕在两人间，并不违和，这让江尤归因于她们在L大并不短暂的时光，这样一想，更加难受。

“蒋阿姨。”

江尤终于喊出口，在床上僵持的那几秒，无数思绪在脑海里闪过，身体的本能令她发抖，头脑的本能却恰到好处地制止她，这令她不得不反思。

她到底还是接受了他们，却不甘于在这个空间，面对这两人更像个异类。

蒋韵华张张口，江尤却把她打断了。

“本科四年、研究生快两年，我们一直在一栋楼里，真是巧……

“我现在还记得我高烧成肺炎时，是您带我抛弃校区医务室，打车到二院挂号看急诊，这点我能感恩一辈子。我晚归时怕打扰您，爬过几回窗，被您发现特意留了偏门给我……这几年，虽然和您相处、交谈不多，却总感觉我们有种难言的默契……”

她说到这儿笑了笑，似有留恋，话锋却又一转：“可现如今，我觉得自己像把门锁，被您守在身边，只等那个凑巧揣着钥匙的人。

“我真好奇，这几年的情谊在您眼中，算什么？”

蒋韵华嘴唇动了动，想辩驳，对上江尤失望的眼神，没有开口。

江尤没想怎样，沉默此刻不该属于他们，她勉强笑了笑。

“我真的不方便待在这里，你们聊吧。”

她承认她怕事，她胆小，那她从心，不再参与了。

门缓缓打开，又慢慢阖上，只剩两人留在逼仄的空间里。

蒋韵华艰难地望向容若木，没有江尤在旁，她对这人总有种惶恐的心态。

容若木慢慢站起身，视线在她脖颈上的枪形吊坠上缓缓划过，嘴角勾起抹异样的笑。

“来，我们谈谈你到底是谁。”

第二天清晨，江尤早早坐上101公交车，吃一堑长一智，容若木在家拆天拆地炸地球，她也不准备管了。昨天，她回书店待了一下午，晚间归家时，那两人都不在，容若木更是整宿未归，倒弄得她一夜无眠。

江尤总觉得又会有什么奇葩事在等着她。

新宇科技在与市政府同一条街的高端写字楼上，规模不大，只包了四楼至六楼。江尤从电梯口出来时是八点半，公司里还没几个人，人事助理 Anna 正从茶水间泡了枸杞养生茶出来，见她来了，打个哈欠，招呼她去办公室。

“公司刚建成不久，有大批事儿要加班加点地干。各部门的人每天累成狗，都等着蹭这上班前几分钟睡个懒觉。”Anna 推开门，说得很实诚，“要不是因为你来，我是打算八点五十九分踏进来的。”

江尤面皮扯了扯，不知道该做什么表情。

Anna 看她谨慎的模样，“扑哧”一声笑出来：“逗你呢，说什么都信。晨会前我们需要把入职培训做一下，同批入职的同事我们统一培训过，你来得早，我们也能早点结束。”

江尤长舒一口气，点点头。

Anna 入职多年，新人这种毕恭毕敬的模样早瞧了个遍，不用相处多久，拍着她肩膀喊她撸串喝酒的就能排一条街，她心知这会儿说啥都没用，只淡淡地笑了笑。

两人入座，Anna 打开 PPT，按序播放。

江尤被 Anna 严肃的气息感染，神经绷得紧紧的。

“新宇科技是任耀科技子公司，专注电商零售。公司建于前年 12 月，虽说只有一年，但在 G 市已成为电商龙头产业，公司文化是延续总公司的，崇尚创新、自由、公平……”

说到这儿，Anna觉得太书面化，简言道："公司文化氛围很好，各部门间打成一片，不分上下阶层。公司这批同事都是总公司老人，跟着穆总打下来这片江山，知根知底，艰难时，忙得脚不沾地抱着同事的大腿都能睡过去，当然，这种情况还在持续……"

江尢："……"

无语间，门"嘎吱"一声响，穆清推门而入。

"我一猜江尢就在这里受你恐吓，"穆清拎起桌上江尢的工牌，"总共招进十个新人，昨天被你吓走四个，今天准备五五开吗？"

Anna嗤笑一声："没强大的心理素质，迟早也是跳槽走人的货。再说，昨晚后悔的今儿不是挠着墙想回来吗？人生可以有不少选择，但在我这儿，选择只有一次。"

"我现在懂当初于飞招你进来为什么乐得一蹦三尺高了。"

"经理慧眼识才。"

"脸大。"

还有太多文件要看，穆清扯皮几句，就带江尢出了人力资源部。

总监办公室在五层东南角，江尢推门而入，便稍稍吃惊地打量着。里面面积不小，房间分内外两间，各有一台电脑，内间有一排锁柜，塞满了各色文档。

穆清把门上的钥匙取下来，递给她："这是备用钥匙，以后你在外间办公，我把一些公司资料给你，这两天你熟悉一下。"

他接着说："你的职位特殊，各部门都要了解，相关软件提取数据流程都在文档里。等你上手后，我带你去谈个项目。"

江尢初出茅庐，还有些懵懂，秉承"少说话，多做事"的原则，抱着一摞资料就去啃了。

穆清坐在电脑桌前，听着键盘敲击的声响，忽然问道："江尤，你昨天几点回来的？"

正经办公的氛围里，这句话略显突兀，江尤浏览网页的动作一顿，尽量语调平淡道："四点多吧，到家大概五点了。"

她赧然道："给您添麻烦了吧。"

"我们之间没必要这么客气的。"穆清清清喉咙，按捺不住内心的纠结。

"昨天……怎么回事？"

江尤想了想，扯谎道："故宫信号不好，我们一晚上都没联络到人，清晨才被工作人员发现的……"

穆清笑了笑，眼中却没有笑意："你……们？"

江尤只想着糊弄过去，减少容若木的出场率，赶忙道："说错了，我一个人。"

一个人吗？

穆清将文件拿起来，满眼的汉字图标数据，没有一个标符落在眼里。他揉揉眼，窗外雾气笼罩在上空，景色并不真切，更不用说看清每个人。电脑"叮咚"一声响，建工部王科发来了邮件，说新看的地方消防不达标，项目最好还是和荣成集团合作。

内室气压低下来，江尤猜想穆清估计又在忙，没空理她，长舒一口气。容若木的事，她只希望了解的人越少越好，那是一颗定时炸弹。

地毯上传来轻轻的脚步声，江尤正按流程从软件中提取数据，见穆清脸色并不好看地拿着手机出去了。

难道他发现她说谎了?

江尤心一提，正惴惴不安，微信传来提示音，有人加她好友。

她把手机摸索过来，备注一栏的三个字带着主人的冷淡：容若木。

江尤愣了，思索间，手一抖，就按了同意。

当即她就后悔了。

这么快的手速，都表露出自己要和好的意愿了，绝对不行!

所以撑口气在心头，她又把人拉黑了。

容若木盯着气泡旁鲜明的感叹号很是无语，好歹是个社交热门APP，生生被她玩转成了翻脸工具。

江尤这头左思右想也觉得这操作的确是蠢到了极点，准备重新申请过去，容若木又扔了好友邀请过来。

“你绝对能被写进奇葩图鉴。”

江尤嘴角一撇，索性在申请栏噼啪打了几个高规格的话回过去。

“工作中，请勿打扰。”

良久，申请栏弹了对话出来。

容若木：【微笑】好，等着。

江尤：嘁。

容若木靠在收银台边，看向门口雀跃似小鸟的拉着江云瑾话家常的身影，人生境遇真是神奇，一段乌龙、一次碰撞，就能促成一场相遇，明明相识很简单，每个要素却又那么重要。

他想起昨日在心头掀出巨浪的蒋韵华，她的出现，带着明显的刻意，像是瞅准他所思所想，在这一节点，给他迎头一击。

江尤被抛过来得如此明显，他想淡然应对，却发现根本做不到。

他划开江尤的朋友圈，置顶图片是她摆在床头的招财猫钱罐，空白处有一行娃娃体的汉字：挣大大的银子，买大大的屋子，给她该有的幸福。

江尤发朋友圈的频率很低：朋友生日，合照加祝福；餐馆饭菜难吃，配图加吐舌的表情包。明明是平淡到没有波澜的小日子，却又置顶着矛盾的“野心”。

容若木自下而上翻阅得很快，最近一条的发表日期是他来到这里的那天。

没有配图，没有符号，简单四个字——

三观尽毁。

看到这儿，压在心头的郁气像找了个出口，悄悄撒了出来。他终究是忍不住笑了，这一刹那，他感觉也许真的被命运拴住了指尖。

江尤咬着笔头翻阅着纸质版PPT，眼神虽落在那一沓纸上，思绪却是飘的，桌上的屏幕亮起的那一瞬，她立刻盯过去。

容若木：【微笑】你别后悔。

江尤像是松口气，嘴角刚想弯起，却似被什么打击到，一脸沉闷地低下头去。

她为什么要因为一个回应雀跃着，明明对面是个面上淡然，心里蔫坏的怪胎啊……

她揉揉脸，掌心托在热乎乎的太阳穴上，叹一口气，大概因为自己是个会心软的怪物吧……

穆清出门走到走廊一角，方位特殊，正对人事办公室，他正吞云吐雾，抬起头来，便和于飞打了个照面。

最近公司模特的聘用合约到期，又没续约意向，于飞筛人筛得焦头烂额，这会儿有应聘者在会议室等着。她接了电话风风火火出来就见前方云雾缭绕，瞬间眉毛一竖：“又是你！打嘴仗、压榨我家员工就算了，你还来释放毒气，身为总监格调高一些成不成？”

穆清眉间舒展开，将烟灰弹在垃圾桶上：“就一支。”

“哈？”于飞冷笑，“你这一支就是在全楼层划出吸烟区了好不好。有你带头，我门口这个监控顶什么用！”

她拿手挥舞着，散开烟气，挑眉：“和荣成集团的价钱还是没谈拢？愁成这样？”

穆清抬眼看她：“不急着去会议室？”

于飞继续冷笑：“公司大半的钱都砸一个项目上了，我得提前打听下，看搞砸没搞砸，想好自己的下一个去处吧！”

穆清笑了笑，掐灭最后一点火星：“你这张嘴……你和 Anna 真是不是一类人不进一间办公室。”说话尖刻。扎针的嘴，豆腐做的心。

于飞不置可否：“这是靠练的，Anna 没可塑性我也不招她。”

明眼看出穆清不愿透露，她转移话题：“新来的小姑娘不错，多培养一下，没准过个五六年能把你顶了。”

新宇科技建立之初，各部门各司其职，穆清忙于应付各类交际，找机遇和突破口，不掺和员工招聘这块，门槛都是于飞定的。江尤这次虽是“走后门”，但在于飞的监管下卡得更为严厉，两次面试，江尤逻辑清晰，业务能力也不错，于飞和 Anna 商议后，没异议才拍板决定。

穆清冷淡地点点头。

“我这边有个培训，为期半个月，你这个顶头上司能批准，我就把她的名字报上去。”

“不用。”穆清摇摇头，“我亲自教。”

于飞眼神有些异样：“你这是……”

不知想到什么，她正色道：“江尤到底是新人，社会经验不多，这个项目是个坑，不怕一万就怕万一，你让她插一手，未来但凡有些差错，她可就是靶子。”

“你也说了，这是靠练的。”

于飞：“……”刚说的话就被拎起来砸了脚。

她有些烦躁：“行吧，你是老总你最大，不过别太过，项目要是砸你俩手里，老娘直接就回总部。”

穆清只是笑笑，看她踩着细高跟，“哒哒哒”地过了拐角，不知哪个应聘人员又要遭殃。

这会儿指针快到十一点半，分拨吃饭，有部门同事经过，刚招来不久的新人战战兢兢地打声招呼，一溜小跑过去。他拧眉望着，看到远处门口被 Anna 领进来的人。

那人也瞟见他，美眸中全是惊喜。

Anna 朝这边看一眼，面无表情地拉着人去会议室找于飞了。

穆清边感慨境遇的奇妙边回办公室，江尤正研究站内网研究得入神，他靠在门边，看她拿笔帽将散下的刘海随意撩起，额头微露，衬得她的小脸越发尖俏。

察觉到视线，江尤抬眼，看穆清顺了顺衣角进来。

“在公司你要有伴了。”想到于飞那雷厉风行的模样和方才见到的那张俏脸，穆清觉得这事八九不离十。

“啊？”江尤有些错愕，“谁啊？”

“李格。”

Chapter 5

祖宗驾到

容若木正值晚班，将书一摞摞往书架上放，书店这会儿人不多，再过十几分钟到八点半，就要关门了。

玻璃门撞击风铃，回响不绝，他抬眼，江尤正呼哧呼哧地跑进来。

她环视下四周，无视正把脸藏在书后面、偷瞄容若木的花痴少女，直接道："我妈人呢？"

"她说有点事出去了。"

容若木掀开隔板，噼里啪啦地录着销售数据，不由得想到江云瑾苍白的脸，最近似乎工作量太大了，可他总觉得那种苍白不太正常。

他微微愣神了下，注意到江尤灼灼的目光，他撇开眼，又觉得自己管得太多。

江尤攥攥拳头：“李格来了。”

她想他应该对这个人印象深刻。

“嗯，我知道。”容若木散漫地整理着会员卡，江云瑾把钥匙给李格了，没猜错的话，李格这会儿应该正在家里。本想提前告诉她，但聊得不愉快，就搁置了。

“你知道？”江尤呆了呆，“她都没告诉我，你怎么知道的？”

容若木动作一顿，反问她：“那你呢？”

“你什么都告诉她了？”江尤置若罔闻，“她是不是都发现了？”

李格是L大经济学院的本科留学生，和江尤同窗两年后又考取了L大研究生，对江尤知根知底，容若木的身份太容易被戳穿了。

她着急地咬着指尖，往门口走了两步，又转身，满目焦急：“怎么办？”

容若木无言，他发现江尤最近像只惊弓之鸟，但凡有些风吹草动，都像裂变的核弹似的。他让她自己冷静下，看人走得差不多，把闭店牌子挂上，又拉下卷帘门。

“我们现在是一条绳子上的蚂蚱。”江尤静了会儿，头有些痛。李格能来，她自然是爆米花似的开心，但一想到李格的大嘴巴，她又如面临深渊般沮丧。

去年迎新晚会，江尤应学姐们要求担任主持，李格作为“亲属”，挂了工作牌进后台，走错化妆间，正好看到准备献歌一曲的管科学院李教授把假发摘下来。

“她笑了半个月，整栋宿舍的人在当晚都知道了李教授谢顶。”

江尤轻抵着额头，越说越头疼，“三个月后，全校都……李教授索性不戴假发了。”

李格用纯真而无害的传递，给予李教授勇敢，让他战胜了心魔……但如果哪天李格把这套用在他们身上，江尤不能保证不把她打死。

容若木把最后一笔账算清，锁上抽屉。他摇摇头，物以类聚，人以群分，一浪更比一浪强，难得还有人能有逼疯江尤的本事。

“李格的宿舍安置下来了，今晚纯粹找你话家常。”

“你又知道了？”

容若木点点手里的钥匙：“没猜错的话，她在家等你。”

江尤和容若木到家时，里面一片漆黑。容若木在门廊把灯打开，江尤从他身旁越过去，满怀戒备地将里外搜了个遍。

江尤提心吊胆地坐下来，看他：“怎么个情况？”

容若木耸耸肩。

有思想的大活人自由转移，他的手到底伸不了那么长。

李格单就“洋闺女”这一样就能引起不少注意，更不用提她疯疯癫癫的性格。江尤思来想去放心不下，给她打了电话过去。

电话很快接通，又很快被挂掉。

没一会儿，李格发了短信过来：“和男神吃饭中，请勿打扰。”

江尤：“……”合着她心绪不宁、想三想四是虚惊一场。

高度紧张下脑力运作这么久，江尤一舒心，整个人都松散下来。

容若木打开电视，新闻正播报到L市地震修缮情况，L大全校远离危楼，已经全部迁移到大学城校区……教育部接受采访，对相关校领导的调查还在进行。

容若木往旁边回望一眼，见江尤眼皮半耷拉地倚着沙发，精神不振。

“咕噜”一声，盖过电视的声音，江尤脸蛋发烫，回头看他正看自己，梗着脖子道：“看什么，没见过唱空城计？”

“呵，没见过唱这么响的。”

容若木起身翻看冰箱，江云瑾提前回来过，塞了不少蔬菜在里面。大概饥饿也会传染，他摸摸肚子，将袋子提溜起来，塑料袋上不知沾了什么，暗褐色，早就结成了硬的。

他愣了愣。

江尤凑过来：“怎么，你会？”

“不会。”容若木侧过身，把外层透明包装撕掉，扔进垃圾桶。他挑拣出西红柿和黄瓜，拿刀在案板上比画两下。

江尤饿得不行，看他这架势就是不会做菜的，把他撵到一边：“算了，我来。”

没时间再琢磨菜谱，江尤又挑了豆角、土豆、茄子出来，热上油，麻利地耍了下刀工，就全下锅弄成一锅杂烩。米饭是隔夜的，她想了想，倒进鸡蛋，又添一碗炒饭。

江尤的九年义务教育全然是在学校度过的，她是住校生，一年四季吃食堂，寒暑假回家，又是江云瑾最忙的时候。不想给母亲添麻烦，她自学成才，咽过几次无法形容的饭菜后，也慢慢琢磨出了些简单的菜。

“你这是碰上好时候了。”江尤打开窗，让烟再散得快一些，“我刚学做菜那会儿是能吃死人的。”

容若木没说话。他倚在门边，看她动作不停，人间烟火的气息一瞬便沾染整间小厨房，有着他从未体验过的温馨，心口莫名有些发涩，又被他压下去。

静立片刻，沈潇发来视频通话。

容若木接通后往客厅走，小屋光景晃动在屏幕内，沈潇从没这样细致地瞧过，也是稀奇，嚷嚷着让他把角落的数字彩电打开。

江尤端菜出来，正见电视上女主播抑扬顿挫地播报本地新闻，画面中一张被打了马赛克的血腥图片一闪而过，惊得她差点把盘子甩出去。

“据记者了解，死者王某是 ×× 保险公司经理，于 × 月 × 日凌晨 1 点 47 分，与丈夫赵某发生口角，后赵某走进厨房，拿出菜刀乱劈王某后背数刀，120、民警赶到时，发现王某已死亡……”

她缓缓将视线投向餐桌旁，乍见容若木眉尖一皱，心道不好。

容哥怕是又要跟她谈人性。

江尤快走两步把盘子放下，声音有些大，菜汁溅了几滴油在桌面上。她探身过去拿麻布擦了两下，见他仍是淡淡瞧着，没张嘴的意思，才松了口气。

“你看我来这儿总遇见稀奇事儿，盗古董的、杀妻的……”

容若木悠悠开口，话还没说完，不知哪家在看直播，声儿开得恨不得把人震出三里地去，主播歇斯底里地叫过来：“哪个王八蛋把我家地刨了！让我找见，我弄不死……”

沈潇“扑哧”一声乐了。

笑声持续时间有些长，良久又化为一声叹息。

“看来你来这儿不是没原因的，这人啊……”

江尤：“……”

其实本没碍着她的事，但被这两人排斥在外的情境，让江尤自然而然就背了人类文明的锅。这口气胀在肚中也并非一天两天，从故宫回来后，她大抵是懂了容若木好似总瞧不上任何人的欠揍态度根儿出在哪儿了。

虽说面对她们时，容若木没有了刚来时的淡漠，毕竟人和人之间的咫尺相处总会淡化疏离感，但大概，除了江云瑾和自己，现今他在面对哪个人时都率先将卑劣的帽子扣于人脑门之上，心存厌恶。

江尤坐在桌前，盯着碗中的米粒，忽然饥饿感全无，反倒是喉咙像是塞了把草，少得可怜的空气在里面穿梭着，憋得她发慌。

良久，她咽咽口水：“好人……总是多的。”

筷子尖戳着碗底，江尤有些无措。她想她不该自责，二十多年来，她活得坦荡，自问问心无愧，作奸犯科跟她不沾边，阴谋诡计她也没想过，只可能在哪个瞬间，某个无意举动推出“飓风”，但都说无意和无知了，孰能无过?

她觉得“人都是贪婪的生物”这个定论就是错的。

容若木目光闪了闪。

她说得不错，好人总是多的。L 市的地震中，L 大的学生自救行动、全国性的自愿支援行动，确实让人动容。这段时日，容若木在旁观，看人们以命抗天、以心抗天，或许他能改变些什么，却微不足道。

而江尤，的确不错。

自他们相遇，他将身份剖开给她看，她也将隐瞒庇护留给自己。或许初衷是恐吓加威胁，但现今……内心到底如何，起码他自己是说不清楚的。

气氛沉寂下来，沈潇看两人相对无言，也叹口气插刀道："江尤，盗窃盗到故宫头上来贴补家用，这可是你亲眼所见，违法犯罪的新闻你大概也是从小瞧到大，这是见得了光的，见不到光的呢？一颗老鼠屎坏一锅汤，啧啧，好人多大的福气也被这些人耗光了。

"大学那会儿我们学思政教育，历史经济学掺杂在一块儿教学，近现代被批判杀鸡取卵的奸商企业们整整被划出四十八小时的视频课程，嚯，学得我都要吐了。

"哎，对了……"

江尤额角突突的，人性使然，自小被传递集体价值观，他们的鞭挞像是记耳光狠狠抽在脸上，让她想还回去。知己知彼百战不殆，她和两个"奇人"隔着一段历史的薄雾，哪怕想反击都找不到头绪。

更何况，他说的都是事实……

沈潇的嘴机关枪似的，容若木瞧江尤的脸色越发难看，心头一动，将视频切断。沈潇的大脸消失在屏幕中，聒噪跟着一起消失了。

江尤拿起碗，碗底温热，让她冰凉的指尖回暖了些“我才知道，你搭档的嘴是有电池的。”

她扒拉两口饭，食不下咽：“而且‘遥控器’似乎是歧视全人类的。”

容若木没回应，坐在她对面。饭菜这会儿凉得差不多了，他刚将眼前的碗筷拿起，被江尤一筷子敲击在碗沿上：“吃了‘贪婪的人’的饭会变坏人的。”

江尤气没消，沈潇的话一竿子打死一群人，把全世界都给骂了。“我从始至终都觉得你跟我一样，并不分三六九等。”这种物以类聚型的批判让她心里有种说不出的难受。

女生睫毛微眨，眼底带些颓败，沈潇的言论有些绝对，却亦是情有可原。

容若木看向她，放下碗筷：“大学时，我和沈潇因为课业关系，修过心理学。毕竟我们的职务在这里，研究课题在这里，这就让我们剖析过去的时候，看到太多人性丑恶。

“正如你们当代司法检察机关，会用谨慎而冷漠的态度对待每一个案件，他们活在当下，法情会融合，而对我们而言，我们探究时并不会产生‘共情’。”

江尤想到前一段时间兴起的节目，某家讲坛、某松奇谈，人们用旁观者的姿态对历史评头论足，或善意或恶意，或激愤或冷漠。她还记得李格和她在宿舍暖在一个被窝里，看节目里考究一位爱国将领的风流韵事，剖析人性，剖析罪恶，惊讶得将瓜子都撒了一地。

“中国上下五千年的历史都这么精彩的吗？”

江尤不予置评，却心里感叹，大难当前，人们只会想到英雄做过什么。茶余饭后，英雄的韵事就是人们的谈资。

现今，人性善恶亦是在容若木他们的喉头滚动着，她亲历着这段评价，内心丧得快要抑郁了。

收拾起碗筷，江尤把菜推过去，明明不该有瓜葛的，但命运牵连，又有什么办法。她叹口气：“算了，我总是这么善良。”

容若木嘴角勾起抹弧度，不知该说她心大还是傻。

“其实你也说活在当下。”江尤站起身，碗筷随着她的动作碰撞，灯影投下，他抬头，看到她眼底未消的暗沉，“既然你在这儿，那该给人们该有的公平。”

说完，江尤进了厨房。

容若木透过玻璃窗，能清晰看到她立在水池旁。水花轻溅在她脸上，她闭目抹了抹，湿漉漉的手扣在池沿，微微启唇，表情还是有些气愤的。

时间似乎都放慢了，容若木读出她的口型——

唉，我的心为什么要这么软。

他忍不住笑了出来。

傻姑娘。

李格来到G市后，与江尤的距离仍像是隔着一条银河。月中两人才碰面，江尤不由得感叹，心若不在，闺蜜梦也就不在了。

见色忘友，在李格身上真真体现得淋漓尽致。

江尤当时正分析新宇科技的耗损，数据筛选完刚按了提交，门铃就响了。江尤打开办公室的门便见李格，面带桃花，嘴角带笑，但看到江尤身后空荡荡的座位，脸色立马变了。

江尤“扑哧”一声就笑了。

“你来G市前专门去四川学了变脸？”她把李格拉进来，“顺便去了泰国吧？性子都变了。”

话音刚落，一阵天马流星拳挥舞过来，江尤护住胳膊，手指骨都快被捶断了，果然，李格还是“原汁原味”的性格。

“我差点以为你‘魂穿’了。”江尤笑道。

“别用汉语欺负我，”李格捋捋耳边的碎发，“我汉语不好。”

江尤笑看李格一眼，有些惊奇。李格今天这身明显做了准备来的，修身娃娃领毛衣裙搭长筒棕色皮靴，外套一件蓝色大衣，显得整个人恬静又美好。

果真人靠衣装，在学校时，被学业压榨得无心打扮，李格是一直穿着厚重长款羽绒服晃悠的，但即使那样，也是挡不住的好看。

“气质不一样了。”江尤评价。

“人总需要爱情滋润的。”李格美眸一闪，捅捅江尤的肩膀，“学长呢？”

江尤总以为李格到G市是妥妥地为友情而来，没料到自身魅力差到极点，人家是奔着男人来的。她倒真没瞧出李格和穆清竟然有猫腻，但想想也释然，穆清离校后，他们便断了联系，期间他们发展如何，她确实不知道。

只是被刻意忽略的异样感在心头仍萦绕不去，她叹气：“藏得够深，连我都不告诉。”

“现在不是知道啦？”李格笑了笑，她的眼睛带着混血儿的深邃，漂亮得像是宝石。她习惯性地把手插在口袋，扭身的一瞬，笑容便淡了下去。

当局者迷，旁观者清。穆清对江尤的心思，明眼人都瞧得出，她知道得太多，却不想江尤知道了。

太像个笑话。

李格太了解穆清的一切，她读过他参与任耀集团首创的一切新闻，看他从总部拨出分支，创建新宇科技，所以她比任何人都清楚江尤踏入新宇科技这道门时意味着什么。

明明该祝福的，却不甘心。

她想，如果江尤的态度是不喜欢，穆清该有个爱他爱得奔放热烈的人陪伴。

所以她来了。

李格对江尤秀秀钥匙，没等江尤接过，就又放进口袋：“我这趟是打算给你送钥匙的，既然学长不在，我就走了。”

江尤：“……”还真不像为我到这儿来的。

“找总监要预约，找你登门直入就好。”李格俏皮地眨眨眼，“哪天学长在这儿，你给我发消息，我再过来送一趟。”

江尤虽然没谈过恋爱，但浸淫在各版言情总裁小说中的她，对李格的那点小心思秒懂。她“啧啧”两声：“谁说恋爱中的女生都是傻子，真是猴精猴精的。”

“这事儿分人。”

“嗯？”

“你不是我的菜我干吗傻给你看？”

“原来如此……”江尤一秒悟出了道，阿弥陀佛一声，门又被“咚咚”敲响了。她猛然想起于飞说今晨要跟她谈点事，这会儿李格一搅和，她忘了这茬了，大抵等不及，于飞就直接找上了门。

心下变得忐忑，严肃瞬间回到她脸上。

“有事要忙？”李格问她。

江尤点点头。

李格做个“OK”的手势，先行一步打开门要离开。

穆清天没亮就给于飞打招呼，让她订好江尤的差旅。下周二他要和任垚具体商议和荣成集团的合作，随行的资料这段时间也已让江尤整理，需要她简要汇报一下。

于飞猜，荣成集团这块硬石头啃不下来，他们大抵要另辟蹊径。

门打开的一瞬，见到李格，于飞也愣了，八卦之魂在全身游荡，她往后看了一眼。江尤正站在那里，面上的笑容带些歉意，内室空荡荡的。于飞瞬间觉得没劲，但又想光天化日朗朗乾坤，穆清不至于在办公室玩得这么刺激。

“于经理好。”李格低头打声招呼，快步闪了出去。

于飞看着李格离去，回身问江尤：“你们认识？”

“大学同学。”

于飞笑得意味深长：“你们学校倒是人才济济，公司建成校友俱乐部大概不成问题。”

江尤笑了笑，侧身让她进来。

于飞把包放下："穆清跟你说没，要去总部出差。"

"提过，说不确定。"

于飞点点头，穆清当时还有些耐心，想着对荣成集团软磨硬泡大概能谈下来，这会儿估计被磨得差不多了。双方怎样聊的她不清楚，但能把随行的老好人建工部老杨逼得回来破口大骂，荣成集团也是能力不凡。

"时间定了，在下周二。"于飞把差旅单抽出来，放到桌上，"把这个填一下，时间是19号到21号，按规定上班时间填写就成，报销规格是每天早中晚餐分别20元、40元、60元，住宿你会跟穆清住一个酒店，规格是840元左右。"

江尤之前帮导师做项目，打车和青旅的报销单加一起也就两三百块，算着这数字瞬间觉得规格甚高。

"这么……奢侈的吗？"

"总部在L市，总部CEO和穆清是狐朋狗友，说是出差，两人喝着就滚一块儿去了，一般用不着住酒店。"酒店报销金额占大头，把这个剔除，没花费多少。

再说，有任垚那个纨绔子弟在，两人饱餐一顿花的钱，早中晚加一块后面带个零都不止。

看江尤略带惊愕的眼神，于飞察觉到刚才话的不妥："哦，你别误会，我说滚一块儿是烂醉如泥的滚，清醒的时候他们不这样。"

江尤眼神更怪了。

于飞嘴没把门，总把人的思绪带偏，她习惯了，也就习惯不解释了。起身让江尤坐到一边，她帮江尤打开国际差旅系统，输入新宇科技全拼和穆清的 ID 账号密码。

“这几天我帮你把账号申请下来，你先用穆清的。”

江尤点点头，看她操纵鼠标在界面轻点，发出“咔咔”的声响。

于飞把各项标准点了一遍，噼里啪啦打上备注，关了界面。小姑娘在旁边愣神，估计在回想方才的操作流程。

她静默了下，忽然问：“有男朋友吗？”

江尤被于飞的问题一惊，脸有些红：“没有！”

“激动什么？”于飞笑得戏谑，“新宇是遵守法律法规的企业，婚假、产假都有，哪怕你明天结婚也辞退不了你。”

“我就是个实习生……”

于飞哽了一下，入职系统内江尤的信息全按正式员工来的，这点主人公还不知道。

她岔开话题：“咳，过来人给你个建议，到 L 市看见 CEO 机灵些。”

江尤点点头，总部大概严苛，她表现不好会给穆清添麻烦。

“离 CEO 那个变态远一些，人至贱则无敌，他在贱之顶峰。”于飞背着手出去了，嘴上叹息，“老娘就是为躲他才到这贫瘠之地，再送你到他嘴边蹂躏，于心不忍。”

江尤：“……”

新宇科技有不少老人，提及任垚都是见鬼的神情。法务部程经理是整个公司年纪最大的，眼镜片厚成啤酒瓶底，整日抱一杯枸杞养生茶，缩在办公室眯眼看文件。

他告诉江尤："从遇到任垚第一天时，我就在茶里放了第一颗枸杞。"

很久以后，任垚到新宇科技视察，摸着老程快要被热量燃烧没的零散秀发，感叹："这就是爱。"

清晨六点，第一缕阳光透过阁楼窗户，照得人暖洋洋的。

江云瑾图方便，一直在书店的阁楼住。昨夜她腹部胀得难受，挨了一晚，浑身乏力。药吃了两个多月，初时见效，但这会儿作用已经不大了。

她从床上坐起来，楼下传来卷帘门被拉开的声响。楼下人的脚步声沉稳，不久传来开机和噼里啪啦敲字的声音。

是容若木。

最近他来得早，走得也晚，男孩子话不多，却勤快。虽说会莫名消失那么一小会儿，但总在书店不忙的时候，她也就由着他去了。

容若木现今全天在这儿，江云瑾怕耽误他学习，人少时就推他到阁楼看书，没多一会儿他就下来，在摆放历史书的架子前闲逛，急得她都想把各版"李永乐考研教程"塞他怀里去。

"小尤那会儿大四没开学就在准备，拉锯战有一年多。说句难听的，万一考不上，你这一年岂不是又荒废掉了！"江云瑾说得语重心长，似乎又想到陪伴女儿那生不如死的一年，焦急全写在脸上。

这话奏效，容若木静默地看她一眼，眸中似有些什么，听话地上楼了。

但是但凡楼下有些事，他又会及时下来，冷着张俊脸，帮着忙上忙下。江云瑾趁机去楼上瞅过一眼，书本摊在一边，电脑开着，各类关于名胜古迹的新闻在页面晾着。

她灰了心，想这孩子好是好，就是太不积极进取。

江云瑾拢拢头发，在洗漱间洗把脸，看着镜中蜡黄的脸，她想了想，又拿廉价的粉饼简单扑扑脸，不白得吓人，起码有些气色。

门忽然被敲响了，她愣了愣，把门打开。

容若木站在门外，工装在身，脸上带着审视。他像不经意间扫视四周，却又带着隐约的刻意。视线凝聚在床前的小药瓶上，他目光闪了闪。

江云瑾紧张地遮了下。

“江阿姨，有人找您。”容若木让开身，身后的人从狭窄的门口露出来。

那人西装笔挺，四十多岁，银丝眼镜挂在眼上，却遮不住他泛着精光的眼。他微微颔首，看江云瑾有些无措的神情，安抚地笑了笑。

“江女士，能不能借一步讲话？”

“那我先下楼。”容若木向她示意下，转身。

江云瑾赶忙叫住他：“小容，今天书店不开，你下班吧，回去复习功课。”她语气柔和，带着一丝不易察觉的无力，“你明天准时过来就好。”

容若木点点头，直接转身离开。

楼下卷帘门“哗”的一声又被阖上，显然准备给二人细聊的空间。陈放听声笑了笑，眼角挤出皱纹：“是个懂事的小伙子。”

“有话直说吧。”江云瑾柔软的脾气难得带丝强硬，“他让你来的？”

陈放笑容收敛，点头：“少爷之前在派出所调查过江小姐，阴错阳差地知道了您的事，任总也知道了。

“他想和您谈谈。”

从书店出来，容若木没立刻回家。半月来的繁忙让他体验了点研究所外不同的工作生活，虽说简易，但有不一样的滋味，乍一空闲下来，他倒有些不习惯。

他戴上耳机，沈潇在和他语音通话。

“你该及时提醒我的。”沈潇不知那天哪句话捅了马蜂窝，更不知句句中招，这场奇遇他们不可避免地和江尤接触太多，相熟后就把掏心窝子的话都说了。

容若木一哂：“你的行径太风骚，拦不住。”嘴里近乎装了电动小马达，不按按钮压根儿止不住。

沈潇摸摸鼻子：“那起码等我把话聊完吧，都是正事，你晾我半个多月，那合着我说那些，到底她生气还是你生气？”

“再不说我就挂了。”

“哎哎！别！”沈潇心里苦闷到极点，给教授打工做小伏低就算了，这位居无定所无依无靠生死全然掌握在自己手中竟然还跟位大爷似的。

“你也就欺负我脾气好。”

“嗯。”容若木毫不客气地应了。

沈潇牙磨得那个响，纠结吧，显得大老爷们特矫情，不出口气吧，自己又气得慌。最先选搭档的时候他图的什么，图他会气人，还是图他僵尸脸？

想想就恨不得回到过去，把自己狠揍一顿。

“你再耗时间，我就挂了，费钱。”

沈潇觉得牙根有些松动，恨恨地道：“你把之前你研究的那套代码发给我，盛教授要用。”

容若木这头沉默了。

他晃悠到 G 市中心小学，找了街边的长椅坐下。学校对面被夷为平地，地基刚打了一半，有零星工人在往外走。他坐着看了会儿，忽然开口：“没别的办法回去了？”

“有就不找你要你的宝贝了。”沈潇语气沉下来。容若木的代码只是模拟实验过，还是半成功状态，专等他回去继续研究呢，谁承想……

容若木轻轻“嗯”一声，目光骤然又被引过去。几个工人蹲在路边，愁容满面，依稀有几声叫骂。

沈潇语气认真：“我们开过会，教授踌躇满志要把你带回，所有人都在加班加点，你这边别有压力，先把该办的事办完。”

容若木眯眼，站起身，揣兜走过去：“嗯，我知道了。”

Chapter 6

长城之行

“我知道你不想见我。”

安新医院的 VIP 病房，头发斑白的男人坐在轮椅里。阳光透过窗户，照耀在窗沿的一盆杜鹃花上，那是生命的活力，和两个年过半百的人形成鲜明对比。

江云瑾被陈放带到这间病房，坐在沙发上一言不发。

“我也知道你……恨我。”

任家家主，L 市首富，任青松，如今身体也被时间摧垮，目光虽矍铄，却带着悲伤。他这一生爱着面前这个女人，被迫分离，被迫脱离她的生活，被迫成为江云瑾口中江尤早死的生父。

年轻时内心燃起的火焰足够燃烧一生，他是这样想的，却不知在江云瑾心中，这股热烈早成了灰烬。最俗套的富家小子和平民姑娘的故事，诞生于婚姻后的爱情，爱恨痴缠，大半生被这四个字概括。

“我们没什么好说的。”江云瑾面无表情，“你说过不打扰我们母女。”

“我知道你们过得不好。”

江云瑾回以冷笑：“你要看是谁逼的。”

她在年华最盛时遇见爱情，承受背叛，经历绝望，未婚先孕成为小镇的笑柄，自此被撵出家门。没有一技之长，她强撑起天，养育出如今热情而善良的女儿。

江云瑾庆幸没把孩子养成情感缺失而淡漠的模样，生而为母，她该给予的就是全部。

“你不能左右女儿的意愿，更何况，你还没告知她。”

“那是我的女儿！你还对她存着妄想吗？她从小就没有爸爸，你奢望早就身死的父亲出现在她面前时，她要痛哭流涕地拥抱你，向你倾诉这些年她受的委屈，她没有父亲照样努力成长的日子吗？”

“云瑾……我……”

江云瑾站起身，浑身都在发抖：“你死心吧，我在一天，江尤就没有认祖归宗的那天。哪怕我哪天没了，我在地府召唤，她也是我江家的鬼。”

任青松颓然地瘫坐在轮椅上，纵然两鬓斑白，眉眼间亦是不难瞧出年轻时的俊朗。江云瑾将他这副模样瞧在眼里，这就是她爱了半辈子的人，纵然她恨，用自己的刺同他抗争，却还是忍不住难过。

任青松轻喘两声，指示身旁的陈放将抽屉打开，里面是一沓文件和一张银行卡。这二十多年，江云瑾没收过他一分钱，他年复一年存了金额进去，看里面的数额与日俱增，好似自己的愧疚便能减少，他期盼亲手交予她这天很久了。

“我想补偿，补偿亏欠，从离开江尤那天就在想，想她能不计前嫌，远远扑过来喊我一声爸爸……”

这句话狠狠戳中江云瑾心中最疼的痂，她失力地坐下来，把脸埋在手中，没说话。

“这份文件是我子公司百分之二十五的股份转让协议，未来你们还需要用钱……更何况，江尤大了，步入社会还需要推手，任家会给她最好的。”

江云瑾身躯一震，她抹抹眼角的泪，深吸口气：“你死心吧。江尤自己有能力，不必依仗你。”

任青松苦笑。

“更何况豪门是非多，我十月怀胎的孩子，不是在我入土后，进你们家当靶子的。”

任家少爷，任家主母，甚至任家高寿的任老太，都是横在女儿江尤面前的坎，她年少时经历的那些，不想再让女儿承受了。

她拎起包，把脸颊边冰冷的泪抹掉：“任总，话不投机，我还是不打扰了。”

江尤把文档拷进U盘，再看外边，天已经暗沉了。她伸伸懒腰，把U盘放进夹层，拎包往外走。

除了荣成集团的事，还有大堆应酬要穆清忙活，江尤制作了Excel表格，整一周都是标着对号的备注，她瞧着都替他心累。

有关无人售货项目的事，两人在吃工作餐时聊过，细致规划没说，但纵观大局和粗略流程，就知道要耗费不少人力、物力，更何况，这是项跨越式的电商线下融合，成功与否根本未知。

江尤不由得感慨，胆子太大了。

离开公司前，江云瑾给江尤发消息，让她去书店把新做的菜拎走。

江尤拉开书店卷帘门，里面没人，前台放着包装好的饭菜，带着腾腾热气。

她给江云瑾又拨了电话过去，被挂断了，发消息来说是在复印部打印最新广告单，让她先回去。

江尤有些纳闷，她回来后，和江云瑾的联系似乎还没在校那会儿多。

江云瑾大抵是真的忙，成天见不到人影。

那容若木在书店都干吗了?

江尤皱眉，又把卷帘门阖上了。室内恢复寂静，只留墙上的挂钟在滴答走着。

没多久，楼上隔间的木门被人从里面打开了。

江云瑾眼眶红肿，扶着楼梯下来，整个书店的潮湿气和方才的饭菜香混在一起，不太好闻。她走到前台，一眼看见贴在电脑后的字条：妈，饭我拿走了。好好吃饭，好好休息。

泪，又止不住了。

翰林书店到中央帝景有一段路，江尤没安装那些小黄车软件，一直步行。迎着月色刚走到楼道口，就见三楼的自家窗口趴着一个小人影。

她吓了一跳，这会儿四下无人，她也不敢喊，怕他一不留神跌下来。

屏息跑到花丛边，她飞快地给容若木打电话。

几秒钟后，容若木懒懒的声音传过来：“干吗？”

“客厅窗户！”江尤目光扫到不严实的窗帘，有影影绰绰的光透过来，几近崩溃，“你又在家干了什么？”

“研究数据。”容若木皱眉，想了想，关闭按钮，一把拉开窗帘。紧贴在玻璃上的小屁孩呆愣地看着他，肉手使劲扒着窗户把手，手用力得泛白。

江尤这会儿又走回楼下，见容若木冒头，莫名地放心下来，扬声喊道：“程一维，你这臭小子，又想干吗？”

这是五楼郎姐家的小孩，邻里间走动得比较多，大学放假期间江尤给他补过课，他认了家门，没事总来找她。这次他干脆门都不敲，另辟蹊径。

小家伙一慌，手有些发软。他没看江尤，持之以恒地把目光放里面：“哥哥，你家有投影仪！”

容若木冷冷扫他一眼，从里面把纱窗打开，寒风透过来，吹得脸都要僵了，也难为他待外边看这么久。

“你自己爬进来，还是跳下边那姐姐怀里？”

程一维嘴张成了“○”形，正常来说，不是他把自己抱进去吗？

“哥哥……”

容若木无动于衷。

被人间冷漠刺激到的程一维失落地往上蹬了蹬小短腿，中间还滑了几下，让江尢看得心惊胆战。等瞧见熊孩子终于以圆润的弧度滚进去后，她三步并作两步噌噌就迈上了三楼。

门一打开，一大一小的两个人正望着她。

熊孩子头上戴着针织帽，光洁的额头下一双电眼忽闪忽闪的，臃肿的羽绒服把他包裹得像个球。没待江尢说话，这位小小巨蟹暖男颤颤巍巍走过来，用冰凉的小手拢拢江尢因为跑步敞开的外套拉链：“外面冷，别冻着。”

江尢一把将他的手握在掌心暖着，横眉冷眼道：“别跟我来这套，你妈呢？”

“我妈知道我到这儿来。”

“知道你攀窗户吗？”江尢冷笑，太阳穴隐隐作痛。

程一维这小子纯粹是被放养惯了，郎姐心大，能放他在整个社区乱跑，自小到大惹猫逗狗的本事与日俱进，脾气好的金毛都能被他追成二哈，简直是个混世魔王。

程一维人小鬼大，知道这是秋后算账的节奏，眼珠滚了滚，扭头看向容若木。容若木被这小不点灼热的目光烧得不自在，转身从冰箱里拿了瓶水，走向卧室。

“哎，哥哥！”小短腿咚咚跟着跑了过去。

“叫什么哥哥，叫叔叔。”江尢一把将他拽回来，心想更恐怖的真相是他该叫你祖宗。这个想法在脑子里滚了一圈，她因为自己的恶趣味打个寒战。

看那人懒洋洋地留下个背影，江尤警告小鬼：“下次再爬窗户，我就让你爸整治你。昨儿我瞧见你爸买了新的习题册吧，再捣蛋，我让他把《亮点激活》《开心寒假》《快乐寒假》都给你买全了。”

本来憋在胸腔的好奇被这句恐吓震慑得消失殆尽，泪珠啪叽一下就从程一维眼睛里掉出来了，他吼得撕心裂肺：“我不要做题！”

“不想做题就乖乖的！我把电视给你打开，到十点，我就送你回去。”

这边搞定，江尤走去阳台给郎姐打电话，讲了几分钟，再回头，沙发上早没了人影，容若木的房间门微敞着，程一维正猫腰往里看。

电话那头郎姐满口道着添麻烦了，江尤回了几句就挂断电话快步走过来，她怕他再搞事情。

刚到门口，门被一下子拉到最大。程一维盯得聚精会神，以为自己下意识地把门拱开了，回头看到背后的江尤嘴冲锋枪似的把话突突出来：“江尤姐姐推的！”

容若木忍不住先笑了：“你也是个人才。”

见容若木面色稍霁，程一维顺杆爬，问得小心翼翼：“我能看看你的投影仪吗？”

江尤在楼下的时候没听清小家伙那声喊叫，这会儿乍一听，稍稍宽心，但转念一想，一个投影就能让这小子置安危于不顾了，又恼火起来。

“臭小子，你能不能有点出息？”

“不能！”程一维撇着嘴，“我同桌给我炫耀好多天他家彩电能投屏了，我要找个投影仪，压过他！”

江尤抱拳冷笑：“呵，你目标还真是远大。”

程一维见状，嘴撇得更高：“江尤姐姐，我不信你就没跟同桌攀比过……”

“我攀啊，”江尤脸上露出嫌弃，“但我不崇尚这种享乐奢靡主义，你姐姐我上学那会儿，可是用做题速度碾压同桌的，他做对一道，我做十道，撵着他边做题边掉眼泪！”

“……”

江尤瞥他一眼：“小同学，《亮点激活》滴要不要……”

程一维的眼泪又掉下来了。

容若木抱拳望着这搞笑二人组，静默一下，大手一揽小鬼的脑袋瓜，把他搂过来：“进来。”

走了两步，目光落到安利不成反被鄙视的某人身上，他冲她扬扬下巴。

江尤迟疑了下，跟进来。

容若木的房间和江尤的房间相隔一个洗漱间，平时两人房门都关着，彼此井水不犯河水。江尤很少进他的房间，上次进来没有细看，房间里和他搬进来之前比变化不大，衣柜放了几件他常穿的衣服，台式电脑开着，背景图是江尤搂着江云瑾的合照。

台式电脑是从江尤房里迁过来的，江云瑾说是方便容若木查

找资料。这人大概抱着尽量减少痕迹的想法，除了在桌面保留一些网页和表格，电脑里一切都没变过，等他走的那天，这些估计也会删干净。

想到这儿，江尤莫名有些怅然。

目光瞥到身侧仰着头满眼崇拜的小鬼，她又自我安慰。日久生情是人之常情，哪日这小不点一家搬走，她大概也会舍不得。

“咔嚓咔嚓”的声响传过来，把江尤的思绪打散，她回神。

容若木和程一维这会儿正面对面坐在地上，将她的高透放大镜镜片卸下来。她眼皮一跳：“喂！”

容若木懒洋洋地看她，指尖靠唇，轻轻比画一下：“嘘。”

江尤不甘心地抿抿唇，半蹲下，看他操作。床底堆放的空鞋盒被他扯出来，挖了几个有序的窟窿。内里用几块抠下的纸板组成小空间，可容纳一个手机，她看他专心致志的模样，似乎有点明白他想做什么。

容若木动作很快，几下把镜片黏在侧边的洞口，从身后掏出自己的手机。他随意找了个视频播放器，把屏幕倒置，阖上鞋盒盖，看向江尤。

两人一对视，江尤沉默着站起身，把灯关上。

一瞬间，亮影投在墙上，清晰不已。整面白墙都生动起来，海绵宝宝嘻嘻哈哈地笑着。

容若木调高了音量，程一维看得目不转睛。

江尤盘腿坐在一旁，手肘压在腿上，托腮瞧着，有些新奇。七彩的光从墙上投过来，映在这一大一小身上，气氛莫名地柔和到了极点。

“感觉有时你和我想象的还是不太一样的。”江尤喃喃道，“难得瞧你对孩子还有这份耐心。”

容若木收起地上的纸屑，轻拍裤腿，她的身边总有那么多的“变故”，他不得不学会应对。想到什么，他挑眉问她：“你想象的我什么模样？”

“毒舌、冷酷、难缠……”江尤一一数来，看他青筋突起，吐了吐舌头，“好啦，别生气，你温柔时给人的感觉简直炸裂好不好！”

容若木没理她，站起身看向小鬼：“过瘾了？”

无论方式如何，投影的目的还是达到了。程一维的新奇劲这会儿达到顶峰，思绪几乎和动画情节融为一体，敷衍地点点头。

“乖乖的，到十点，让你江尤阿姨送你回去。”

江尤：“……”敢情这家伙刚才都听着，还不忘毒舌报复一把。

她皱皱鼻子，迅速闪身出去，怕透进去的光亮扰了小鬼兴致。拿回的菜已经温热，她这会儿胃口全无，想着吃两口随便将就一下。

门“吱呀”又响了一声，高大的身影投下，对面的人不请自坐。

江尤没说话，拨开盒盖。

两人静静的，容若木拿筷子，她没阻拦的意思，扒拉口米饭，开口道：“说真的，你糊弄孩子的本事真强。”

“孩子的求知欲不填满，后患无穷。”

江尤咬着筷子尖：“这也是你心理学研究出的成果？”她又

摇摇头，“你那是普遍案例，对这小鬼你不能按照常理来推。”这两年的遭遇让她痛定思痛，“欲壑难填知道吗？你神通广大法力无边，他以后就是你的常客。”

容若木皱眉：“很难缠？”

江尤迟疑了下，没说得太绝对：“怕你精力不够。”

两人没再说话，吃完收拾了碗筷，时针正指向九点，小家伙噔噔又跑出来了，手里举着的手机还在语音通话中，他眨眨眼，语调很兴奋：“哥哥，我也要去长城。”

这神展开弄得两人一头雾水。

容若木额角一跳，接过手机，是沈潇。

沈潇是个话痨，江尤和容若木都知道，可程一维不知道。他正看章鱼哥被海绵宝宝折腾得死惨死惨的，通话消息就过来了。

程一维平时没少玩手机，胖胖的指尖轻轻一戳，就点了绿键。

沈潇先是诉苦一番故宫数据的复杂，又吐槽了一下盛教授的压榨，歌颂了一番兄弟情，发现容若木脾气还蛮好，一言不发，又给他点个赞，犹豫着说这边还想要楚长城的数据，想让他实地勘察一下。

程一维听不懂沈潇的专业术语，但在语文老师的教导下，很会抓中心思想，扎根在脑中的就两个字——长城。

沈潇在那头听见，人都蒙了：“这是哪位小英雄……”他后知后觉，“我给你们添麻烦了？”

容若木看一眼被程一维扑上身满脸生无可恋的江尤，心态还算好：“没事。”

江尤被程一维晃得快散架，看某人悠然旁观，气不打一处来，指指他：“你找容叔叔，跟我没关系！”

程一维眨眨眼，小脸红扑扑的，转身往前靠了一步。

容若木掌心向外，制止他：“站在原地。”

程一维噘噘嘴，满眼委屈，还想找江尤，却见她手机响了。

容若木静在原地，看她接通后往外挪了两步，轻声道：“学长。”

他的眼睛瞬间眯起来。

穆清收到国际差旅发来的差旅申请，知道于飞和江尤沟通过了，叮嘱她别忘记要带的文件。

江尤在这头点头应着，听穆清又问道：“明天周末有没有空？”

室内空间不大，虽说是三个人，另外两人却都特意为她留下通话的静谧气氛，所以这句话，清晰地传入在场的人的耳朵里。

程一维明显感觉大哥哥身上的气息骤变，瞧见对方并不好看的脸色，他下意识地挪动了下小脚。

容若木眼神盯准了他：“可以。”

江尤一心两用，听见这话差点爹了毛，瞪着容若木。

“磕了碰了我不管，吃喝拉撒我不管，丢了我也不管。”容若木笑了笑，笑得毫无温度，“你，要不要去？”

梦想成真的喜悦早在体内形成冲击波，程一维还管什么丢不丢、吃喝拉撒的，欢呼雀跃着在屋里跑了一圈：“耶！我去！”

江尤闭目静静心神，再睁眼时，语含歉意道：“抱歉，学长，我有事……”

容若木嘴角勾起，转身慢腾腾地进了屋。

程一维没待多久，被郎姐遛弯顺带着捎回去了，临走前，小手挥舞着像个 Hello Kitty，不断提醒着江尤明日之约。

江尤只觉得身心俱疲，她坐在沙发上想了一会儿，朝容若木的房间走去。

卧室门没关，有光从门缝透出来。她推开门，容若木整个人惬意地半倚在床上，见她进来，眼神都不给半个。

“你故意的吧？”江尤语带不满，把大灯打开，拖了张椅子坐下。

光芒瞬间照入整个视野，有些刺眼。容若木合上书，语气冷淡：“嫌我妨碍你约会了？你可以不去。”

“什么约会，只是工作上……”

“你没必要跟我解释。”容若木打断她，语气像是结了一层碎冰，凉飕飕的，“我不是你的谁，再说，你也说小鬼是个麻烦，我照看不了麻烦。”

“那你不用带他去的。”江尤斜他一眼，“大不了明天我带他去趟舍利塔，就在城郊。”她语气幽幽，“转移他的注意力就好，小鬼是精，但终归是小孩，对各种玩来者不拒的。”

容若木：“你不早说……”

“你哪里问我了祖宗？”她打个电话的工夫，他就拍板定了。

“而且对孩子，要有最起码的诚信。”

“没瞧见郎姐听见我们照看小鬼乐成什么模样了吗？”

江尤默默给明天的长城之旅烧了炷香。

“早点休息吧……”

天还没亮，江尤就被“咣咣”的砸门声弄醒了。耳边听到隔壁去开门的声响，她卷卷被子，还想再眯几分钟，未料，锁住的门被人在外面搅动得“咔咔”作响。

她皱眉坐起身，愣了几秒，捋捋头发，走过去。

门被打开时，外头的人大概没料到，随着惯性一脑袋就扎在江尤腿上。程一维穿得厚重，肉肉的一团撞过来，江尤也没觉得疼，就是太阳穴因为睡眠不足而隐隐作痛。

“这么早？”江尤揉揉眼，看一眼小鬼身后的容若木，着装整齐，也不知他几点就起来了。

程一维蹦了蹦，怒刷存在感：“妈妈说最早一班的火车在六点，我们现在赶去正好。”

“坐火车去？”大概大脑供血不足，江尤浑浑噩噩的，觉得哪里不对劲，她下意识地看向容若木。

却见他拍拍小家伙的脑袋，说道：“晚点也来得及。她没睡够，我们等等她，你也再睡一觉。”

“我睡不着。”小家伙仰着头。

“去茶几那儿喝点热水，休息一下，我们这两天会很累。”

程一维听话地点头，跑过去了。

江尤愣愣地看着，难得这人还有和颜悦色的时候，刚想调侃一下，就见那头杯子一歪，小家伙倚着沙发呼呼睡着了。

“你给他喝什么了？”江尤赶忙跑过去，声音有些急。

容若木道："放心，对身体没副作用，到目的地就醒了。"他又补充一句，"难道你想他回去跟父母愉悦地说坐了'过山车'？

"……那下次劳烦您先给我打个招呼。"

"看心情。"

江尤磨磨牙，转身去洗漱了。

二十分钟后，城郊荒僻之地，程一维在江尤背上睡得香甜，从家里到卫矛丛要很久，她累得气喘吁吁，额角的冷汗经冷风一吹，透心凉。

心里的怨念快升到极点。

出门前这人双手抱拳实打实一个甩手掌柜，她咬着牙想把沙发上的小人给拎起来，却未料身侧人快她一步，她正想感激涕零，小人被他拎着放她背上了。

"减肥。"他语调悠悠。

江尤带着小鬼上秤都不到一百四十斤，听见这话，心里狠狠竖了个中指。

天慢慢被他们走亮了，这一段路四顾无人，只有江尤微重的喘息声。容若木往后看了一眼，小鬼脸颊凑在她的脖颈，整个人睡得惬意舒适，他停住脚步。

背包转瞬被他卸下来，扔在脚边，他伸伸手。

江尤这会儿累得都想打跌，喘口气，满脸央求："大哥，别逗我了行不行。"

容若木没说话，从她背上把人接了过去。

江尤愣了愣，嘀咕一句“还算有良心”，捡起了地上的包。

容若木把小鬼往上颠了颠，男孩子骨头重些，但终归是小孩，背起来压力不大。他瞥一眼江尤的细胳膊细腿，这会儿正微微打战，他面无表情道：“你这样山脚都爬不上去。”

江尤调调肩带，想都不想反驳道：“你有劲，你有劲背我上去啊！”

话一出口，内含的熟稔让两人都愣了下，江尤抿唇快走两步赶在他前面，替他扒开前方的卫矛丛，有些尴尬。

江尤的短发微微遮住她秀气的耳垂，晨光映照下，是石榴般鲜艳的颜色，容若木跟在后面，眼神暗了暗，快走几步追上。

到南召楚长城没花多长时间，除了江尤在惊惧下差点把容若木脖子搂断这点小插曲，一切很顺利。程一维悠悠醒来就见到遍地皑皑白雪，小腿一蹬，还没说什么，容若木就把他放下来。

“我们来得真快！”

程一维往前跑两步，前方路途不通畅，有落叶砸在纯白无瑕的雪面，溅起点点雪霜。虽是山脚，独有的凉意令他打了个寒噤。

他兴致高昂地踩着落叶一步一迈，江尤赶忙跟上，这里人烟稀少，地形也险峻，大意不得。

容若木从背包里拿出相机，顺着山岩拍了几处，信步跟上。

“我们来得大概不是时候。”江尤哈哈手，握握拳。她爬过古北水镇的长城，那会儿是夏季，坡不算陡，拾级而上，耗些时间和体力就能爬上顶坡，这边却并非她印象中长城的模样。

垒石成墙，未经任何雕琢，沿途全是碎石，坎坷难走，加上积雪，更是举步维艰。她瞧前面那蹦跳的小身影瞧得心惊胆战，脚下雪地靴又打滑，一个趔趄，被身后的容若木伸臂扶住。

隔着厚厚的手套似乎都能感觉到那坚实的肌肉，明明没有直接接触，江尤却烫到似的松开手，有些狼狈地站起来。

容若木拧眉，冲前方的小人冷冷道："你再乱跑，我把你丢到下面寨子做童养婿。"

程一维很懂什么叫"识时务者为俊杰"，迈出去的一只脚弹簧似的嗖地缩回来了。江尤踩过薄雪把他提溜回来，提提他的口罩："你给我老实点，不然滚到山下救都救不了你。"

"那我跟你走。"小鬼怯怯地看一眼容若木，估摸着情势，拉紧了江尤的衣袖。

江尤扑哧一笑，到底一物降一物。

越往上走，温度越低，距离沈潇说的墓地所在地还有好几里路。沿途的植被在冬风的抚摸下，枯萎得凄凉可怜，岩石裸露在外面，迈在上面硌脚。

程一维硬撑着抓紧江尤的手套，小脸冻得红扑扑。

"这路真难走。"他有些嫌弃地踢着石子。

容若木低眼看他："这算保存完好的一段，其他段会更难走。"

"为什么？"

"大概因为人。"容若木嘲讽地笑笑。

程一维似懂非懂地点点头。

江尤眼神一暗，她懂他的意思。她昨夜搜索过，楚长城是现今历史最悠久的长城，时间可追溯至春秋战国。多年来，丰富的矿石石材资源是商人免费的财富，无节制的开采令山体裸露，城墙与地面几乎相平，城墙坍塌，存活千年的古物在几十年间面临生存危机。

江尤拉过程一维的小手放入自己的口袋，面上不带丝毫情绪：“那走吧。”

气氛又恢复压抑，她想，她办不到同他一般，针砭时弊，宣扬真善美。他对人性的看法已然根深蒂固，她一己之力无力扭转。

三人又步行二里地，江尤脚底的雪地靴都被冻透了，潮冷气息涌上来，整个人都冰冰凉。她想了想，把身侧的程一维一把抱起来。

小家伙的兴致这会儿散了不少，但心里憋了口气，累也不说，走这么久已是极限。他还想死要面子，挣扎了下，胳肢窝却被人一搂，又换了方向。

正对容若木冷若冰霜的脸，他安分了，趴到容若木背上。

江尤垂眸，快走几步，给他们带路。

这时，有错乱不堪的脚步声出现，鞋底踩过碎石，声响细碎，但在这片静谧天地也是尤为突兀。

三人愣了愣，往后看去。

转角冒出一队人，穿着厚重的羽绒服，正满脸焦急地赶过来。

容若木往前迈了一步，把小鬼放下，江尤从侧面看到他绷得紧紧的下颌，她想了想，和他并排而立。

容若木看她一眼，目光闪了闪。

“你们是做什么的？”领队是个四十多岁的男子，名叫周民，脸上带着常年劳作的痕迹。他走得很快，这段路似是走了成千上万次，不存任何担忧。

江尤刚想回应，被容若木暗暗拉了下胳膊。

她细细观察领队身后的人，有两位文质彬彬、胸前挂着相机的男子，躲在人群中止满含好奇地望着他们。然后，她听到容若木说：“我们是小杂志的编辑，准备写些游记专栏。”

周民对整片区域了解得透彻，有些纳闷：“你们怎么上来的？”昨夜刚下过雪，这一段路泥滑难走，没人过来，他们的脚印跟凭空出现似的。

江尤心中一凛，身旁的程一维忽然插嘴道：“叔叔，我们坐火车来的！呜呜呜……”

他比画了两下，小手挥舞着，描绘得有声有色。末了，一阵寒风过来，他还狠狠打了个喷嚏，这下把大人的注意力都吸引了过去。

“还有孩子？”周民皱眉，“现在温度太低，别往上走了，大人都受不住，更何况孩子。来，先跟我回住处，等中午吃过饭，我带你们过来。”

江尤看看容若木，想听他的主意。

“我们是下边乡镇的人，平时有来访者都是联络我带人上去。”周民瞧出她的犹豫，继续道，“你们刚经过的那处有监控，我们怕有危险，就赶过来了。”

“来前我们都跟老周打好招呼，这边确实难走点儿，有他带路也方便些。”挂着相机的眼镜男子主动上前，笑了笑，“我是地理杂志的林田。”

容若木和他握握手，想了想，点点头：“那麻烦了。”

一行人又浩浩荡荡朝下走去，江尤三人跟在队伍中间，周民在最后。脚下皑皑白雪被踩得碎冰显露，程一维迈了几步，脚一滑蹲在了地上，周民呵呵笑着，提起来让他骑在自己的脖子上。

林田能言善道，有他倒是不显沉闷。淳朴的乡民听他的所见所闻听得津津有味，江尤跟随其后，又听他问道：“小兄弟在哪家杂志社就职，同行圈不大，没准有共同认识的人。”

江尤觉察到容若木扫过来的视线，默默举杯喝了口水。这种撒一个谎就要圆一百个谎的事她做出心理阴影了，回答就留给他去想吧。

容若木对她的袖手旁观并不恼，淡淡道：“大鱼文学。”

江尤一口水喷了出来。

那家专注出言情书刊，她上大学那会儿偏爱这种青春文学，攒了不少堆在床下，后来被塞了满嘴狗粮，肚子太胀，就放弃自虐，大扫除时都收进了客房，谁承想这人连这也要一探究竟。

满满两箱子的书……

江尤想，他大概又在鄙视她缺爱……

后面的路江尤走得生无可恋，没脑子再去想容若木说了什么。

到山脚乡镇时，已经十点多。

周民家是个打印部，各类广告传单和楚长城的照片挂了满屋。

其他几个乡民打了招呼都各回各家了，周民从里屋拎了几个矮凳出来。

周嫂是个热心肠的人，早早准备了姜汤给他们暖胃。程一维虎头虎脑的模样很招人喜欢，江尤谎称是她侄子，周嫂略微惊讶，打量下他们，笑了笑：“那你们也该快点了。”

“快什么？”江尤捧着茶缸子有些茫然。

容若木扫了江尤一眼：“快点闭嘴。”

周民见状，有些责怪地看妻子一眼：“别瞎说，他们是同事。”

“哎，我还以为……”

话到这里便打住，但足够江尤明白了，她不自在地笑笑。人们偏爱从外表方面看问题，她和容若木的关系，大概用同仇敌忾的战友来形容更为恰当，至于敌人是谁，应该是全世界各族人民。

厨房的水烧开了，周嫂掀帘进去，周民让他们多喝姜汤，看林田在和同事讨论着照片角度问题，聊了两句也和他们一起推门出去。

室内瞬间只剩他们两人。

容若木半倚在椅子上，眼皮一抬：“我知道我不是你的菜。”

江尤无意让人误解，却又被容若木嫌弃似的口吻激到了：“你什么意思？”

容若木还能记起塞在床底的那些书，扉页娟秀的字体在脑海挥之不去。他嘴角的笑容有些坏：“大一：未来，男友要高要帅要有文化要成熟，他爱我，我爱他，我们是和谐的一家。

“大二：未来，男友高富帅。

“大三：未来，男友善良体贴。

“大四：未来，男友爱我就好。

“研一……”

江尤扑过去堵住他的嘴，温热的气息从指间透过来，痒痒的，让她的心悄然一跳。她说得没丝毫底气：“闭嘴！你这个偷窥狂！”

她的力气不大，动作却显得凶狠，指尖冰凉，如冰碴贴在唇上似的，容若木偏头躲了躲，坚持不懈地把话说完：

“我们倒是有缘分。”

江尤撤离手，掌心潮潮的，大概是汗。

她坐下来：“你知道什么？你什么都不知道。”

大三时，江云瑾患囊肿住院，江尤从学校请假做陪护。隔壁床的阿姨和江云瑾年纪相仿，丈夫每日陪在身旁，嘘寒问暖。她整日在那儿，有了对比，才意识到江云瑾多年来的落寞。

四岁前，江尤依稀记得她有父亲，个头高挑、脊背宽厚，会让她骑大马，会搂着她望向高层楼宇，会逗得她咯咯笑。四岁后，记忆开始清晰之时，父亲与病逝画上等号。

突如其来，却慢慢习惯。

她站在江云瑾的肩上经历这些岁月，在江云瑾轰然倒下时，手足无措。她被迫强撑起一切，可夜深人静时还是渴望有父亲摸摸她的头说“还有我”。

陪床时，江尤会翻看杂志，情情爱爱看得多，却会想起江云瑾这半生。或许初上大学，还对这些有所眷恋，现如今，现实的

重担压在肩膀上，她根本无暇去触摸这些情感了。

研一时，她愤愤在杂志扉页写下“虐狗没朋友”，就把书丢在了一旁。去年圣诞前夜清扫时，她又翻出来，翻看许久，不知当时是什么样的心理，在扉页留下这样一段话——

但愿圣诞节前赐我温暖守护，赐我生命中该有的那场冒险。

可谁能料到……

江尤狠狠拽住容若木的衣领，欲哭无泪：“我哪里想得到，你竟然来了。”

周嫂推门进来时，正见两人“深情款款”地对望着。江尤听见声响，反应极快地抽离，整整头发坐在一边。

“你们同事间感情倒是好。”周嫂迅速收拾好表情，把餐盘放在茶几上，心中越发觉得自己猜得八九不离十。

江尤干笑两声，手想挪过去狠掐某人一下，被他一把攥住了手。

周嫂的眼神更为意味深长。

周民掀了挡风帘进来，无视略诡异的氛围，问道：“一维那小鬼呢？”

江尤一怔，暗下和容若木对抗的劲儿松下来，阴错阳差被他攥住，她顾不得这些，仰首看了看四周：“不是刚才还在吗？我以为他跟大嫂进厨房了。”

周嫂说：“没有，我一直一个人。”

“那坏了，刚听周常说瞅见个小孩朝山那头跑去了，估计是他！”周民叼着烟，拿起挂在衣架的大衣裹在身上，掀开帘子，“我去找找。”

冷风吹进来，几乎将一室温暖扫尽，江尤慌张地站起身：“我也去！”

容若木随她起来：“等我一下。”

时间太匆忙，周民怕程一维跑远了，来不及通知太多人，喊了临近的邻居就上了山。山脚下有岔道，周民让周常带江尤、容若木他们去一头，他和另一个男人去了另一头。

江尤、容若木他们走的是来时的道，还算熟悉，沿途不少脚印，是不久前留下的。周常是个少言寡语的人，闷头叼着烟，大步迈着走，鞋底踩在碎石上，“咔啦咔啦”的，听得江尤心慌。

她没法想象如果程一维出事要怎样向郎姐交代。这一次，不再像来时那般精神奕奕，整个人都似霜打的茄子，漫无目的地寻找程一维的身影。

周常走得快，和他们拉开一段距离。江尤看他过了拐角，立马抓住容若木的手。皮质手套厚厚的，容若木隔着两层料子，都能觉察到她在颤抖。

容若木沉默了下，拽着她逆行到一处比较隐蔽的矮石旁，沈潇已经发了信息过来，大抵是职业病，手机屏幕上显示着一堆代码。

江尤看不懂，只能焦急地看他脸色：“怎么样？”

容若木往矮石下望了一眼，周常的声音从上面传过来：“你们去了哪里，跟上来！”

话音刚落，有脚步声一路往下。

江尤心一提，情急之下拽了容若木往下蹲，矮石不知经历过什么，经她一碰竟然松散开，她瞬间失了依附，电光石火间，她推了容若木一把，却又被他拽住。

两人间隔着几块碎石，又是个斜坡，顺应地势就滚了下去。

江尤只觉得有手护住自己的脑袋，她被紧紧闷在容若木厚重的羽绒服里，他的拉链半敞，柔软的毛衣蹭着她的下巴，冲击不大，脊背却在和地面接触时被硌得生疼。

两人没滚多久，就停了下来。这是个缓坡，两人命大。

江尤气喘吁吁地从他怀里出来，再看向上面，已看不清下来时的位置。身下的人动作略微僵硬，她着忙起身，上下看他："你有没有怎么样？"

容若木只静静盯着她，眸中竟有些许宽慰和放心，但没多久，他恢复冷淡，伸伸手："拉我起来。"

他的声音有些哑，气音从嗓子口呼出来，似乎带着难言的疼痛。江尤吓坏了，将他的胳膊扛在脖颈，膝盖微屈，慢慢撑他坐起来。

"你别吓我……"江尤的声音几乎带了哭腔。这边四处无人，周常是否知道他们掉在这处，程一维那小鬼又跑去了哪儿……无数疑问围绕着江尤，他再在这里出点事，她真不知道要怎么办。

容若木动动手腕，找了块石头倚着。他微抬眼皮，江尤小脸脏兮兮的，这会儿眼眶红得像只兔子，他轻笑一声："瞧你吓得。"

江尤擦眼泪的动作一顿，看他无碍，没好气道："你不该跟着下来的。"

容若木夹带私货，在上面还能帮忙提供寻找他们的线索。如今两人掉在这冰天雪地里，就只有给人献祭的分儿……

但江尤私心觉得这样也好，她怕自己承受不住独自等待救援的孤寂无依，所以没像之前那样真枪实弹地怼他。

容若木闻言，抬起手伸到江尤面前，江尤往后缩了下，见他在眼前打个响指：“下次，我会控制好它的。”

江尤白他一眼，愤愤地把身上的冰雪扑打掉，拽住他手腕：“先起来，我们走走想想办法。”

“不用想了。”容若木任她使力把自己拽起来，抖抖身上的雪，顺着坡度缓缓走去，“我带你去找他。”

“你……”

“我什么我？”容若木一副受不了她呆蠢模样的表情，“当我真要跟你殉情？没猜错的话，他在这儿滚下去了。”

他指指另一处被打乱的纯白痕迹：

“你太胖了，他滚得没你近。”

江尤的神经这会儿被他刺激到了极点，但苦于没有他毒舌的本事，只闷头朝他说的方向走，边走边可怜自己惹了这样一个妖孽，但更可怜沈潇竟然跟他共处这么些年。

看来那也是个非凡人。

容若木跟在她身后，脚踝有些痛，疼痛感并不剧烈。他又抬起自己的右掌，方才女生温热的呼吸喷洒在他的颈间，那一刻心中对自己下意识动作的震惊和近距离接触时的悸动，只有他自己才知道。

他的确没有控制住这只手，但也许更没控制住的，是自己的心。

两人没花多少工夫，就找到哭得没力气的程一维。

小孩乖乖地找了块没有冰雪的石头，羽绒服帽子盖在脑门上，小脸冻得发青。他大概歇斯底里地喊过，见到江尤时，蹦下来，跌跌撞撞地扑过来，泪汪汪的，张张嘴，嘶嘶两声，没说出话。

江尤知道他这是吓坏了，赶忙将人搂在怀里，给他搓搓小手。

“你怎么自己就跑出来了？”江尤其实又气又急又心疼，但又不舍得大声责备，把他整个人抱得紧紧的。这会儿已是下午，温度上来些，要是清晨那个天气，再短的时间他也挨不住。

“我偷偷跟着林田叔叔出来的，”程一维往她怀里凑了凑，小声道，“后来，就找不到他们了。”

“我们得上去，这里温度太低。”容若木将小鬼接过来，轻车熟路地往回走，江尤默默跟上。

离滚落处距离近一些时，江尤看他从程一维口袋里摸了一根窜天猴出来，火苗亮了一瞬，只听“嗖”的一声，小炮儿蹿上了天。

程一维哈口气，拍马屁：“哥哥真神勇！”

江尤深一脚浅一脚迈在雪里，冻得都没了脾气。

“你给我闭嘴。”

人来得很快，周民后期通知的人和周常在坍塌的城墙边会合，有人绑了绳索慢慢摸索下来，先接了程一维上去，又把容若木和江尤拽上去。

周嫂早准备好热汤在一旁候着，江尤披着棉袄，在众人簇拥下，回头看了眼，周民和周常一堆人还蹲在远处，正叼着烟，慢慢垒着砖石。

容若木又不见了人影。

周嫂看江尤一眼，安慰道：“小容拽着绳索又和其他村民下去找砖块了，县政府下达过文件，要修固这一处，掉下去的每块砖都有价值，不能不管。”

“施工是周大哥负责吗？”

“哪轮得上他呀，有专门的施工队。”周嫂帮她把大衣拢了拢，“我们整个县都依傍这条长城，县城也就成了香饽饽，先前来游览的人啊，蚂蚁似的，后来都被新书记撵了出去。书记说啊，挣钱虽是王道，可不能建立在毁坏老祖宗东西的基础上。我家老周第一个响应，和亲邻兄弟搭伙，开始保护楚长城的行动，哪儿都有他。”

周嫂低头，扑打着身上的雪花，似怨似嗔道：“看自家孩子都没这么热络，这些年风里来雨里去，哪位记者过来采访宣扬文化，他都乐呵地打头阵，真不知该说啥好……”

话说着，容若木攀着绳索上来了，江尤抬眼，正见周民笑呵呵地将烟递给他，他眉头几不可见地皱了下，却仍接过来，在手中把玩着。

“给你们添麻烦了。”

“嗨，没有的事儿。”周民哈口气，满眼雄心壮志，“不过看来修葺要提上日程了，书记说，天寒地冻活儿不好干，准备搁置一段时间，谁承想啥时候都有风险。赶明儿我就把这儿的情况上报过去，等审批下来，拉兄弟们来帮忙。”

周嫂摇摇头：“瞧瞧，又开始揽活了。”

周民白她一眼："老娘们懂啥，往后年代久了，遗迹保留完整，我们可就是办了件天大的善事。"

"是是是，就你们是大善人，我是恶人，没我，你回家吃冷灶台去吧！"

"哎哎，媳妇您是我坚实后盾……"

"哈哈哈，周哥你还真是……"

众人笑作一团，一片喜乐声中，容若木看向皑皑白雪笼罩下的长城，枯黄矮草随风摇摆，雪沙飘舞，似乎共同演奏出一声呜咽。

他们的确是在做善事。

容若木透过重重人影，转向远方。女生披着军绿色大衣，脸蛋通红正望着他，细沙在她短发上结出晶莹，这个哈口气似乎都要结成一团的季节里，她歪头胜利似的一笑，好像冰雪都要被融化了。

"是，你说得对。"

江尤明明离他很远，却好似听到他柔和的声音：

"好人还是很多的。"

Chapter 7

打翻醋缸

三人回程是在晚上九点，周民和周嫂送他们到离县城一小时车程的车站。程一维乖巧地道谢再见，被热络的周嫂强拉着拍了张照，相机快门声响起的那瞬，周民朝向容若木和江尤：“你们也拍一张吧，就当是纪念。”

江尤刚想征求某人的意见，肩膀便被箍住了。脊背稍稍贴紧那人的胸膛，她能感受到他说话时胸膛的嗡嗡声：“那麻烦了！”

程一维拍照有瘾，蹦跳着要掺和：“我也来！”

周嫂一把将他拉回来，看面前这对金童玉女，面上笑得欣慰。镜头里男人很高，却微弯膝盖，头与女生平齐，女生紧张地抠着手指，笑容却是俏丽的。

背景是冗杂的车站，二人间却融汇成难得的静谧。

江尤紧张得都要忘了呼吸，只感觉脑袋被人轻拍了下，耳旁

那人的声音恢复平淡："走了。"

她回神，程一维先爬上了大巴，容若木随后而上，玻璃窗前亮出他的身影，目光正扫向这边。

周嫂推她："别愣着了，快上车吧。"

江尤轻抱了下周嫂，冲周民点点头，也跑了上去。

归程不像来时那般惊险，经历整日的惊吓后，疲惫袭来，江尤枕着椅背沉沉睡去。程一维被她抱在怀里，脑袋枕在她胸口，睡得香甜。

容若木抱拳眯了会儿，睁开眼，侧头。女生睡得不太安稳，椅背九十度角，大巴行驶间，脖颈磕磕绊绊被晃得发酸，瞌睡又太厉害，昏沉间，她眉头紧皱。

他犹豫了下，掌心贴近她，让她靠在了自己的肩膀上，又闭上眼。

耳边，蒋韵华跳脱的嗓音又汇入脑海，每一句，每一字，都带着惊心动魄：

"你竟然知道……"

"有人和我说过，人和人的相遇、相知、相识、相爱都有一个拐点，倘若没有哪个时刻激起人'就是对方了'的念头，相识也可能变成陌路……"

"我可能会成为那个拐点，而你，也可能已经经历无数拐点了……"

"你想一想，最了解你的人，会是谁？"

苍蝇般嘈杂的回忆中，容若木亦沉沉睡去，脑中清明的最后一瞬，他感受到自己的妥协。既然历史有他，他就随命运的轮盘转动，拭目以待吧。

回到G市后，程一维被朗姐拎着耳朵回去补作业，小鬼倒是不发怵，嬉笑着作文有内容可编了，一路乐着被三步一踹踢回了家。

江尤算计着周末仅存的零星时间，去了书店。

周日的生意谈不上忙，临近期末，不少学校订购了冲刺卷，书店也算进了一笔可观收入。江云瑾见她过来，就把这儿丢给她，找隔壁餐馆老板娘聊天去了。

江尤托腮戳着键盘，瞧向阁楼，某人整个下午都在装认真学习，没下来过半步，不知又在作什么妖。她天马行空琢磨了一阵，又懊恼地敲敲脑袋，管他做什么。

鼠标胡乱划拉着屏幕，手机响了一下。

是穆清学长。

穆清：荣成集团的策划方案记得浏览一下，明天不要来公司了。洗漱用品准备好，多备些衣服，我们逗留的时间大概会长一些。

大概是觉得口吻略公事公办，他又发来一条信息。

穆清：不用紧张，到时跟在我左右就好，总有些事你要学会放手去办，我们L大的高材生，不会让人失望的，不是吗？「微笑」

简略的表情符号透出的些许抚慰准确地传递到江尤心里，她不傻，这其中所包含的莫名的厚望，她都知道，却在生理和心理上存在隐隐排斥……

穆清从来都是天之骄子，俊逸的皮囊、凌厉的领导风格，在

一众同龄毛头小子间鹤立鸡群，无数蜂蝶趋之若鹜。

江尤也曾心存幻想，这样睿智而聪颖的人，他的报告、他的演讲，总会有能够汲取的智慧所在。所以当初公告栏巨大海报张贴出风头正盛的学长的演讲海报时，她内心激动满满，心想哪怕晚归也要去。

那晚是他们第一次见面。

穆清在活动的最后一刻出场，不出所料很精彩。从当前电商产业谈至未来发展时，他坦然道："科技与实业并不矛盾，如今部分实体行业被淘汰，是线上线下融合发展要经历的必然趋势。历史洪流总是向前的，消费者、工人、企业家等等素质的提高，就要求科技进步与经济画上紧密的连接线。而我们要做的，便是化多年知识为力量，共同推进这项事业的完成……"

回应他的掌声是热烈的，欢呼口哨声到底是给这番言谈，还是他本人，江尤并不知晓，她只觉得被灌注了满满的力量，让迷雾般钻研电商专业的她，找到了前方豁亮的出口。

学长冯铮那时正在追跆拳道社社长林町，死皮赖脸地和全社人混成喝酒划拳的哥们关系，他在后台不知怎的就瞧见了鼓掌的江尤，穿过重重人浪，硬塞给江尤一束玫瑰，怂恿她去献花。

时间刚过十二点，周遭人打了鸡血似的进行活动最后的狂欢，江尤被吵得头皮发麻，刚推托两句，就见方才台上的人朝这边走来。

大抵是氛围太热烈，他脱掉英伦西装挂在手腕上，简式衬衫勾勒着他纹理优美的胸膛，引来不少目光。

"怎么了？"江尤低头，听见那人在问。

冯铮眉眼挑得得意："你穆清也有被人嫌弃的时候啊，我本想找个美女给你送捧花，应应场，没承想人家拒绝给你这表面风光！"

江尤情急抬头："我没有！"

瞧两人目光落在自己身上，她攥紧了手："到门禁时间了……"

两人一愣。

冯铮有些尴尬："这样啊……"临近毕业，男生早荒唐成脱缰野马，昼夜不归、在外狡兔三窟，已不是新鲜事。没料到学妹还在受宿舍约法三章的荼毒，这会儿和穆清大眼瞪小眼，感觉像是逼良为娼似的。

穆清轻咳一声："你……"

犹豫几秒，他面色有异，没将话问下去。她瞧出他们的担忧，再看时间晚得越发离谱，只淡淡说声"我有办法的"，就跑了出去。

当晚有李格接应，宿舍楼没有熄灯，江尤借着光，换上先前备好的白鞋，借助楼前的百年老树，翻进了窗。

而之后，明明纠葛不多，她那半年却多灾多难……

江尤收回思绪，按在键盘上的手止不住地发抖，她镇定几秒，噼里啪啦打了几句客套话，给他回复过去。屏幕鼠标杂乱无章地滑动着，她点进浏览页，漫无目的地看了几秒，忽然觉得不对劲。

翻看着浏览记录，她被烧到手似的把鼠标扔在一边。

江云瑾跟隔壁饭馆李姐寒暄两句进屋，抬眼就见自己闺女一脸见鬼的表情盯着电脑屏幕。她凑过去看一眼，有些尴尬地笑了笑。

"百合网、世代情缘……"江尤把屏幕上唯一一张缩放照片打开，竟然还有《非诚勿扰》的申请表！

“妈？”

临近晚餐时间，高校学生撤退回学校继续晚自习，低龄孩子也都回家了。这会儿店中没顾客，江云瑾瞧着女儿被电脑屏幕照亮的脸，心中发虚，轻咳一声，把大灯打开。

“怎么了？”

“解释一下？”

江云瑾拢拢头发，胸口闷得难受，她缓和下，神情自若道：“你到年纪了，当初本想着你大学毕业就介绍的，但你又考了研究生，要继续完成学业，这才耽误了。我像你这么大时，你都一岁半了……”

“您那是……”江尤话秃噜到一半，又把扎嗓子的话咽了回去，心中涌出不知名的慌乱，她关掉电脑，“我觉得还早，我不用。”

“那什么时候不算早？等你三十岁、四十岁？你让我等到哪一天！”最后一句话声调猛然扬高，尖厉得让江尤瞪圆了眼。

她不想和妈妈对呛，掌心盖在江云瑾手上，小心翼翼道：“妈？”

江云瑾面色有些难看，一手拂开：“你马上要出差，先忙你的。等回来，我就让你李阿姨给你介绍，瞎碰要碰到猴年马月，人只有认识了、相处了才知道合不合心思……”

木头楼梯发出“吱呀”的声响，母女俩抬眼，见容若木神色淡淡地走下来。

江云瑾收回目光，收起柜台前一沓票据，话说得掷地有声：“就这么定了。”

晚餐后，江云瑾说要休息，早早推容若木和江尤出了书店。这条街是美食街，哪怕是凛冽寒冬，烟火气也旺盛得很，熙熙攘攘的人群更是衬得两人话少得可怜。

容若木看她情绪不高，又往“骆驼”上添一根稻草：“浏览器上的配对网站，我早就看过。”

百合网、世代情缘等网站都以“相亲牵手”这类听来美妙浪漫的词做宣传，“配对”二字从容若木口中乍一蹦出，江尤有种被放在圈里、被人研究生产的无力感。

她此刻无意纠正了，嘴唇动了动，下定什么决心似的，一把拽住他袖口，拉他进了一间馄饨店。

店面离书店不远，老板和江云瑾认识，笑眯眯过来招呼两声，拿了菜单又回柜台后忙活去了。

容若木坐在靠窗的桌边，挑剔地打量着周遭环境，再回头时，正见江尤有所图谋地盯着他。

“你想问什么？”容若木拆开一次性筷子。

想法被拆穿，江尤也不介意：“我的婚姻。”

容若木心口一紧，面上无波无澜，将筷子插进倒满水的玻璃杯，搅了搅，笑道：“你还真当我是小神仙？倘若我能算出来，当初给你的彩票号码也不会是假的了。”

被他一提，江尤又想起这一茬，脑中一转，眼神亮了一下。

老板端了两小碗馄饨上来，热气蒸腾得玻璃窗都淌下水滴，香味扑鼻，容若木拿勺子轻撇碗里的香菜，淡淡道：“想中彩票

逆天改命？劝你放弃，沈潇更不靠谱。”

好吧，被看穿了。

江尤食不知味地拿勺子拨拨里面的白皮儿，看它们幽灵似的在汤底浮浮沉沉，忽然加重语气，发泄似的奶凶奶凶道：“你欠我一顿馄饨！”

容若木瞥她一眼，手腕一转，将要送到自己口中的勺子递向她：“还你？”

江尤瞪他一眼，把头重重埋在碗里，不想理他。

容若木轻吹口气，升腾的热气遮住他湛黑的眼，声音听起来都像融化在这雾气中似的：“你该庆幸，你还有对你的婚姻心存期待的人。”

江尤将白胖的馄饨一口吞下，心口似吞了堵墙，食欲全无。

容若木接着道：“你看，婚姻的压力就摆在那里，你和江阿姨各负担一半，是不是感觉肩上的重担一下变轻了？”

江尤：“……”这叫什么歪理。

“你怎么不说每人有一份婚姻压力，多了一个人，还变成双份压力了呢？”

容若木哼笑一声：“你真无邪，劝人的话，你怎么还就当真了。”

江尤恨恨地瞪他一眼，把头埋进碗中，泄愤似的喝汤。

她就不该理他！

容若木将勺子放回碗中，波纹在碗底荡漾，颤颤巍巍的，像一碰即碎的梦。他抬眼看她：“就我所知，结婚年龄正呈递增趋势，你不用慌，再多看看，也许能赶上最后一批剩女结婚热，找到你的意中人。”

“你就这么笃定我嫁不出去？”江尤被他“劝”得有些火大，杏眼瞪着简直要“咻咻”射出小箭。

容若木打趣的神色淡了两分：“你先别急，让我再观察一下。”

“观察什么？”

容若木没回话，掏出纸币放在桌角，率先走了出去。

凌晨四点，L 市一家破败的自助餐馆内，烟雾缭绕。

十几个光膀子的壮汉，将桌子拼在一起，坐成一团，白花花的肉连成一片，乍一看去，一股洗脚城既视感。服务生端着火锅餐具安置好后，立在柜台前，保持着敬而远之的姿态。

众人间，肩头刺鹰的光头男明显是主心骨，半叼着烟微合眼，盯着桌底的花纹沉思。

“有消息说新宇这两天就带人来看店面，合同敲定，咱店就是国内第一家无人超市……”他的声调微哑，将烟头掐灭在桌上，吐出口长烟。

旁边的瘦高个顶顶鼻梁上滑落的眼镜，龇出一口黄牙：“啧，都无人超市了，我们这伙员工喝西北风吗？”

“总部那边商议看我们决定，留下就去别的门店，不留，按照 N+1 模式拿钱滚蛋……”

“废话！”有人嚷嚷，“老子一家老小都在这边，让我换地界，想都甭想。这不就是变相撵人嘛，还一副慈悲为怀的模样，合着今晚盘点就为数好东西，过几天防咱们的！我呸！”

“嗨，你还把你自个儿想成公司的一根葱呢，你连蒜苗都不是。瞧着吧，过阵子其他店的人事就过来谈，各店各部门员工也都抽调过来支援了，因为啥，人家不把咱当自己人了！”

“管他当不当自己人，反正老子不干。在这儿花了这么多年吃奶的劲儿，合着就这点钱被打发了……”

“那你想怎么办？”光头男斜眼瞧向发话的人，眼中冒出诡异的光。

那人一时答不上来，讷讷了两句没了声响。

眼镜男眼珠转了转，和光头男对视一眼，嘿嘿一乐，舌尖舔舔黄牙：“傻帽，老大这是有主意了……”

周二清晨一早，江尤拖了行李箱出来，九点的高铁，穆清说先去先锋路接于飞过来，再接她。这会儿才七点，着实有些早，她正弯腰一一细数行李箱里的东西，容若木的房门打开了。

“把你吵醒了？”江尤直起身。

容若木拧眉，蹭过她去厨房拿瓶冰水后，人往沙发上一坐，没理会她的意思。

江尤不知哪里又触到他的“烦筋”，明明昨天还是正常的。想到这儿，她撇撇嘴，也没准不正常才是他的常态。

她皱紧眉头，将东西噼里啪啦往行李箱里放，心底打好的清单被他一搅和，早混作一团。

两人一如往常沉默不语着，沉寂忽然被打破了。

“出差？”容若木打开电视，“刺啦”的电流声遮盖住些许不自然。

“嗯。”

“和穆清？”

“嗯……嗯？”江尤拉上拉链，诧异地看向他，“你知道？”

“你昨晚打电话打到凌晨，依依不舍的，吵得我睡不着。”

满嘴跑火车……明明是各部门电话会议，从他嘴里说出来就变个味儿似的。江尤忽略他的怪腔怪调，强忍住暴脾气:“是啦是啦，所以我出差还你几天安静，大爷您慢慢休息。”

容若木攥攥手里的塑料瓶，冷冷的，冰得掌心快没了温度，可心里却有团说不清道不明的火。眼前江尤正转身浏览着卧室，她把东西确认一遍，鼓着嘴把拉杆提了出来，刚欲背上肩包往外走，容若木飞似的从沙发上蹿起来，把她的手拉住了。

“你干吗？”江尤皱眉挣了挣，铁箍似的力道攥得她手生疼。

“告知你安全事项。”容若木减了些力道，却没让她挣脱。

“我又不是小孩子。”

“这话不是说给小孩子听的。”容若木低眼看她。

僵持几秒后，还是江尤先妥协撤了力道，刚抬眼，却见眼前人忽然半弯下腰，她吓了一跳，视野中满是这人刚毅的脸，眼眸带着她看不懂的内容，那样认真。

“你要记住三件事。”容若木张口，带着蛊惑似的，循循善诱。

“一、远离穆清。

“二、离穆清远远的。

“三、时刻谨记并身体力行离穆清远远的。”

江尤瞥开眼，压制住内心奇异的感觉，回嘴道：“神经病吧。”

容若木哼笑一声，眼中警告意味浓厚：“你记准就好。”话罢，他拿过门廊的大衣套上，轻拉开门，动作一滞。

门外穆清正保持敲门的姿势诧异地看着他。

“江尤，贵客到。”容若木敛下眸中神色，拢拢大衣，走下层层台阶。身后是女生略带纷乱的脚步声，男人低沉而抚慰的音调听在耳中，像扎了根难忍的刺。

“若木，这真不像你……”沈潇四点就在同容若木语音通话，听到容若木同江尤间奇异而短暂的交流，似打开他新世界的大门，“你……被影响了？”

沈潇想表达的程度只敢到“影响”，再深下去，是他不敢想也逃避去想的。未料容若木却回得坦然：“我想我动心了。”

所以才卑劣地让她同那个人划清界限。

想来被江尤一直反驳的“人性论”，在他身上却是万般符合，贪婪地妄图将她禁锢在自己臂弯，谁都不要想，谁都不要看。尽管，最后……他可能给不了她什么。

“你现实一点。”

“就因为我太现实，才没有说开！”容若木声调扬了一度，带些异样情绪的他与当初冷淡的模样大相径庭。话方出口，他意识到自己从未同沈潇详谈过蒋韵华。

他在她给的信息中猜出半真半假的真相，而如今，全然被他信以为真。

一厢情愿，全然冒险。

他捂住脸，有些疲惫。

那对母女的善意，终会打开这人的心扉。

自己心中曾经悄然立下的flag，又被想起。沈潇如遭雷击，瘫坐在椅子上。江尤敲开心扉的方式有些独特，这分明是在容若木心头钻了个眼，除了她，谁都堵不上了。

“天啊……”

话音刚落，急促的铃声忽然响起。容若木脸色变了变，只有江云瑾和江尤知晓他的号码，但平日没要事，两人都不会拨打的。杂乱的思绪还在脑中舞动着，像一个个小拳头，砸得他脑仁疼，他皱眉划开屏幕轻应了一声，面色倏地变得严肃起来。

对面是个陌生的女人，惶恐的声调几乎刺穿耳膜。

“是容若木吧？我打小尤电话打不通，小尤她妈出事了！”

G市到L市路途遥远，三人差旅便订了机票。登机后，江尤一直心神不宁，机内气压又压得耳膜难受，她缩在座位一角，安静地闭着眼。于飞坐在她旁边，捧着本杂志正想对上面的男模身材咋舌，看她不舒服，问需不需要乘务员给她一杯水。

江尤摇摇头，不想添麻烦，可心跳如擂鼓，不似首次乘机的应激反应，倒像是种不祥预感。

空中这样失联般没着没落的感觉持续三个小时，终于停止。江尤一下飞机就打开手机，未接来电十几个，都是书店打来的，她心里一揪，赶紧打回去，没人接。

穆清帮她们将行李拉过来，看江尢煞白的面孔，皱眉道：“怎么了？”

江尢摇摇头，按捺住心口的慌张：“学长，我先去打个电话，您和于飞姐先去出口，我马上就来。”

说完，她攥紧手机跑远了。

变故来得有些快，两人错愕间，肩膀上忽然被搭上两只手，阴森带着凉气的颤音扑在耳边，招魂似的：“欢迎你们的到来啊……”

穆清置若罔闻，担忧地瞧向远处停下来的身影，于飞则忍无可忍地抬起九厘米高跟，一脚踩在身后的贱人脚上：“任垚，你能不能正常点！”

容若木的电话响了几秒就被接通了，江尢跑得气喘吁吁，听到对面有规律的呼吸声，脑中一片空白，徒留喘息声重重地在电流间碰撞。

“到了？”

他声调平稳，身侧是她熟悉的喧闹，纸张翻阅出悦耳的哗啦声，给了她前所未有的安心。她某根弦彻底松下来，虚惊一场，全身都是汗。

“嗯，你在书店啊？”江尢指尖现在还是汗津津的，“我一落地发现好多未接来电，还以为有事。”

“你妈不知道你几点的飞机，想叮嘱你些事，后来打给我才知道。”

“我妈现在人呢？”

容若木顿了顿，道：“又去找隔壁餐馆老板娘了。”

“这样啊……”江尤尴尬地应一声，忽然不知该说什么好。她没跟他打过几次电话，这会儿听着那边轻浅的呼吸声，心底不受控制地开始慌乱，大概都是今晨他太认真的目光闹的。

容若木倒是脾气难得地好：“有需要我帮忙的地方随时记得给我打电话。”

能冒出这样一句话，对这个“冰块”而言，已然是恩赐了。江尤被他的好心感动了下，那些惊恐、慌张和难耐，随他平淡的口吻莫名其妙地都消散了，她想大抵还是因为内心笃定他不屑于骗她。

明明最初是“债务”关系，如今这人却几乎成为一个不可或缺的存在，很奇妙。

江尤回得真心诚意：“谢谢。”

容若木抬眼，正前方手术指示灯正闪烁着，湛白墙壁被灯光晕染出一抹残阳般的暗红，如同江云瑾倒在书店时唇边的血。

奔进书店时的那幕触目惊心，还沉甸甸地烙印在心上，带来蚀骨的冷。

他坐回长椅，压下心头的沉重，柔声道：“不用谢。”

任垚靠在骚包的玛莎拉蒂门前，红漆火红得如同火焰，P 个迎风招展的动态图就能给火锅店做广告。穆清对他招摇的模样早见怪不怪，侧身坐下就和于飞商议事宜。于飞会与荣成集团总部的 HR 和财管人员进行接洽，商讨合作后原门店闭店补偿问题，其他合作相关事宜则是由穆清和江尤应对。

无人售货项目全权交给穆清，任垚处于高层管理，原则上只听汇报，这会儿闲来无聊，提几句在他看来颇为中肯的意见，打发时间。

“荣成老总两千金一公子，大千金和冯铮是八九不离十了，小千金至今待字闺中……”他最近看了篇武侠文，一口文绉绉的话出来，自己对“待字闺中”四字还用得特满意，“穆清你牺牲一把，使个美人计，燃烧自己，照亮别人呗。

“荣成家公子也算人中龙凤，长得虽没我风流帅气，在钻石王老五榜单也排得上名，于飞，要不你……”

两人头都不抬，分析着荣成股市，只把他的话当放屁。

任垚无趣地回头，倚在车头继续摆Pose。天寒地冻，他皮衣里搭一件碎花骚包衬衫，小风一吹，酸爽得全身都在颤动。摩挲几下胳膊，他远远瞧见目标人影，摘下墨镜挥了挥：“嗨，美女！”

江尤火急火燎地赶过来，乍见他这副不正经的打扮，迟疑了下。

于飞翻着白眼按下车窗：“别理这神经病，坐我旁边来。”

江尤长舒口气，冲任垚尴尬地笑了笑，上了车。

任垚耸耸肩，吹声口哨紧随而上，墨镜微拉半寸，余光在后视镜里打量着。天太冷，女生戴着线帽，刘海轻盖住眉眼，清澈的眸仍透亮得惹人注意。她靠着于飞有些局促，被穆清问过几句话只淡淡回应两声就再没动作了。

任垚摸摸下巴，和那日喜怒哀乐全在脸上的模样可真天差地别，心里为兄弟默哀半秒。

脚下油门一踩，景色擦窗而过，枝丫残影摇摆，像要掀起阵风。任垚忽然笑得邪气：“江尤，小姑娘出差家里不担心吗？”

江尤一愣，没想到他这么快就将话题扔自己身上，又考虑这人身份特殊，答得低眉顺眼：“我大学就在L大，来这儿习惯了，家人不会担心。”

“L大啊，我们是校友，怪不得总觉得和你亲切，家里都好吧？”

江尤：“？”

于飞从见面就忍着，这会儿忍不住了：“你不会唠嗑能闭嘴不？逮着妹子跟你青梅竹马似的，人家哪认识你是谁。江尤，别理这货！”

江尤尴尬地笑了笑。

任垚解读着她的微表情，嘴角虽勾着笑，嬉笑态度却有收敛。他进机场前接到陈放的电话，老爷子要换医院，医护人员共同随行，他还没当回事，自打前几年老爷子腿脚不利落住院后，除重大集团决议出个场，其他时间都在过养老生活。

陈放多嘴放了个消息，换的医院在G市，是因为那位的情况有点儿严重。

不可否认，G市那位是梗在任家喉头的刺，却并非他母亲的。任家人在大院长大，任垚在商式教育的油锅里滚得圆滑得像条泥鳅，十岁就瞧出父母间的貌合神离，在外表现得举案齐眉，其实在他四岁时两人就分房住了。

江云瑾在他四岁时出现，当时在任家闹得有些大，祖母花钱安排人堵在江云瑾家，强硬地将人带了回来。那会儿母亲身体不好，

在别院住着，他嫌那边无聊，跑来和伙伴骑马打枪玩得不亦乐乎。

那天他风风火火满头大汗地跑进门，便见一位身材纤瘦的女人立在沙发前。祖母威严地坐着，皱纹汇成的沟壑更显严肃，拿在手中的拐杖微微颤抖，两人僵持着，大概在等着谁。

大概觉察到他的目光，女人看过来，眼眸颤了颤，似有一抹愧疚划过。

不多一会儿，父亲到了。

管家把他带上楼，刚过楼梯拐角，祖母一声“孽障”伴随着拐杖砸上什么东西的声音传过来，他扭头回望，父亲“扑通”一声跪在地上，他再想多看，管家已经捂住他的眼。

那日楼下的嘈杂他已记不清楚，唯独记得他好奇地攀在窗前，看女人不卑不亢地走出任家，父亲紧随其后，几次回望，在看到他时目光怯懦。

四年后，父亲又回来了，身后并没有那个女人。

四岁前，母亲的凉薄和父亲的冷淡没让他体会到太温馨的童年，同样，没有父亲的四年，他品不出任何差异。他对这个同父异母的女生仅存的一丝异样感情，大概便是对她四岁后没有父亲的孤寂和自己拥有父亲二十多年却形同虚设的惺惺相惜。

而这些全是一个人造成的。

他胸口骤然生出一团火，油门也被感染，表盘顺时针往右缓缓划过。于飞尖厉的怒骂像从另外一个世界传过来，他猛地醒了神，身侧好友正略带探究地凝视自己，他朝后视镜看去，此刻的自己的确面色阴沉得有些可怕。

车一个甩尾停在希尔顿酒店前，江尤喉咙翻搅，几乎要把心脏都吐出来。驾驶座上的大神却没事人似的，对副驾驶座的穆清微微一笑：“走，兄弟，陪我去喝一杯。”

“都是神经病！”于飞进酒店就脱掉细高跟踩在地毯上，行李箱往地上一扔，拉开拉锁翻出瓶瓶罐罐就进了洗手间。她和江尤睡一屋，都是女生又性子豁达，骂完半敞着门留下句“我冲个澡”便开始倒饬。

江尤打量下环境，咋舌感叹资本主义的奢靡后，坐到座椅上翻看文件。

于飞冲洗得很快，用吹风机把头发吹了半干，甩着就出来了。

“没见过这样阴晴不定的人吧？”她气下得慢，全身还在回味差点没命的心惊，话说得咬牙切齿。

“这不算什么的……”

江尤头脑一热，不知怎的就想到一言不合带人“起飞”的那位，只觉得这就是烧饼上的芝麻。

于飞被她强大的心理承受力镇住了，语调怜悯：“那你遇到的变态真多。”

江尤：“……”

“四点钟我们去阜西路的荣成超市采购东西。”于飞轻眯眼勾着眼线轮廓，嘴下不停，“穆清嘱咐你的事，一块儿办了。”

昨天高层会议上，江尤整理了阜西路那家超市的数据。荣成集团价抬得高，就得有喊价的资格，和荣成商议讨来一份往年内

部资料，数据的确好看有诱惑力，但这并非唯一考核标准。建工部王科前阵子来过一次，走了一遍场，消防设施和各项消防文件都齐全，就看真实消费水平了。

虽然没穆清和任垚两个大男人扛旗，看于飞迈进商场时雷厉风行的模样，江尤心底那丝忐忑散得一干二净。两人没戴工牌，推了购物车闲逛，虽是周二，顾客很多，收银区开通四个通道，每个通道都排着七八个人。

逛到零食区，有穿着橘色工服的员工在码放物品，还有穿着绿色工装的员工推着载满蔬菜的叉车来回经过，滚轮划过地面“哗啦啦”地响，盖掉人群的熙攘声。

江尤熟悉着环境，超市分三层，负一层是零食、冷冻商品和蔬菜，一层是名贵化妆品和日常用品，二层全是家电，仓库被埋在犄角旮旯里，门口贴着“非员工不得入内”的告示牌。

江尤想到刚才叉车来的方向，是西南角的仓库，心想货梯在那头，收货部也就不远了。负二层是停车场，迂回过去大概能瞧瞧收货部的模样。

这样想着，头顶红灯一闪，她抬眼，顶上监控器在旋转，灯光一直对准她们。于飞正观察着仓库位置，估算面积，合计项目运行时日常上货和盘点所需要的人数，忽然袖口就被拽了下。

被江尤拉着往收银台迈了两步，她看见无购物通道旁的资产保护部办公室走出来两个工作人员，正一脸警惕地望着她们。

“我们正常消费，不用怕。”于飞往购物车里塞进一盒饼干，散漫地跟在队伍后，“你先去无购物通道等，我结账。”

江尤点点头，随着人群往外走。闲逛的人还是居多，通道人挤人，吵吵嚷嚷的，她感觉被撞了好几下，刚迈出去，就见办公室前的人飞似的扑过来。

她本能地退后两步，那两人却越过她，三步并作两步将她身前的年轻男子拦住了。

“这位先生，请……”

话没说完，那年轻男子竟掉头往里跑。江尤来不及多想，脚一伸，绊了他一脚。两人快速上前把那年轻男子按住，从他后腰口袋里掏出个江尤瞧着眼熟的东西。

江尤：“……”合着她见义勇为到自己头上了。

“以后出门长点心，这人跟你们一路了。”两个工作人员中的女生边说着边将钱包递给江尤，她叼了皮绳将弄散的头发扎起来，朝旁边的高个工作人员道，“带回屋，报警？”

高个工作人员点点头，两人把垂头丧气的年轻男子夹在中间，回了办公室。

这出闹剧总共就持续了五分钟，围观群众还没扎堆，主角就散了。于飞拎着购物袋出来，把这一出都瞧在眼里，对那女生多留意了几眼。

江尤翻看了下挎包，拉链被拉开半截，于飞索性把口子拉大，将购物袋往里一塞。江尤若有所思，喃喃道：“没想到出门购物还能长见识。”

于飞愣了愣：“什么？”

“荣成集团给的资产负债表是总数据，各项明细表没发过来。

那间办公室张贴的损耗图挂在墙上，超市的各项损耗就是这个部门管。”

任耀科技建立至今一直以购物平台和广告推广为主要业务，新宇科技作为分公司，分流总公司部分广告推广业务并结合L市具体的中小企业运营情况，进行线上合作。无人售货项目是首次大包大揽全权负责，没有线下经营经验，所以准备参照荣成的成熟经营体系。

合作尚未达成，荣成集团内部资料自然不可能泄露，本着未雨绸缪的精神，新宇科技一直在摸索。

江尤这段时间紧盯荣成的数据，却始终觉得有层雾罩在上面，模糊不清。她有些疑惑：“公司为什么不自营一家商城呢？”

“公司本想挖一些零售行业精英组成自己的团队，但主业并非零售，这样反而本末倒置，毕竟后期公司准备主攻技术，与各大零售巨头合作。”于飞把包挎在臂弯，拐着江尤往地下停车场走，“你刚才看到什么了？”

“损耗率。”保护部门大概是靠醒目的数字激励员工斗志，明晃晃的数字用崭新的蓝色泡沫装裱，唯恐别人瞧不见，“荣成集团传来的账目表很漂亮，净利润八位数以上，但全年损耗只字不提……的确，1.11%这个数拿出来，他就没这么大的底气了。”

内外部盗窃、账目错误、经营以及管理方面的问题，都会造成商场损耗。商场正常损耗率保持在0.5%以内，荣成这家超市全年销售基数大，损耗超得多，实际损耗资金得有一百多万。

于飞冷笑：“怪不得……最初公司选的窨井商场，荣成那边咬得更紧，一副勉为其难的模样把这边谈给我们了。合着表面风光十里，实际根儿烂得彻底。”

说话间，就到了地下停车场。

两人没开车，存着简单扫一眼的心思，装作找车的顾客逛了逛。地下停车场就亮着几盏被污垢包裹成球的灯泡，这样显得远处敞着卷帘门，灯光熠熠的一处尤为扎眼。

没等她们靠近，响亮的吆喝声传过来。

“对二！哈，王哥，我可就剩一张牌了。”

“我不这么出了，拿走拿走……”

“嘁……”

江尤和于飞对视一眼，上前两步隐在一辆吉普车后。陈旧的木桌前坐了三个中年男子，耍赖的那位是个光头，一副领导派头，跷着二郎腿，叼着一支烟，对其他两人指手画脚。

西北角停着一辆货车，身穿常服的一男一女正往下搬货，垒在卡板上。男人搬完最后一箱东西，低头跟光头男说了句什么，光头男一挑眉，烟灰随着他张合的嘴噗噗往下落。

“急什么？一箱卫生巾还能像冰棍似的化了？等着！”

打完两局斗地主，把赢来的钱揣进腰包，光头男才大摇大摆地走过去，冲桌边收拾残局的小平头男一仰下巴：

“过来跟着一块数。”

几人围着卡板绕一圈，嘴皮子动动，比比画画算个乘法口诀，叉车一戳，推着货就进了后库。之后光头男领人把卷帘门拉下，一块进了票据室。透明窗内，新一轮斗地主又开始了。

于飞不想再看，扭身：“这样的员工出现在我们公司，怕不是要被我打死。”

江尤点头，大概能了解商场亏在哪里了，收货细节把控不严，厂家在卡板内做做手脚，摆个空中楼阁，单靠表层细数，根本觉察不到。到时账单一汇，银货两讫，哪怕查到问题，厂家也不会认账。员工散漫，内部人偷窃的心思一起，遮遮掩掩从这边出来，从地下停车场溜走，也不是没可能。

商场产品涨降价带来的补账工作烦琐，稍有不慎，又是一堆问题，杂七杂八加起来，亏损滚雪球似的越来越大。

管理层明面上能瞧见的问题，却用放任的态度来处理。江尤忽然觉得，荣成和新宇的这场拉锯战，处处都带着诡异。

她又甩甩脑袋，或许自己太以小人之心度小人之腹了。

回到酒店，任垚和穆清在酒店等她们。

把事情简要说明后，于飞脸色凝重：“一旦合作达成，这个商场的员工我一个都不会要。”

虽说是无人售货项目，可楼面商品陈列码排、账面维护都需要人，但很抱歉，她对滥竽充数者敬谢不敏。

穆清闭眼沉思，没说话。昨夜任垚不知哪根弦不对，灌得他昏天黑地，这会儿还没缓过来，乍一听这些，头更是有了要爆炸的架势。

任垚桃花眼一转，看向自始至终没出声的那位：“妹妹，你怎么看？”

江尤一愣：“我？”

高层探讨她没插话的权利，正努力隐匿成不起眼的冬菇，多看多学，没料到风会朝自己这边刮。她细想了几秒，开口道：“新宇这边和荣成的合作利弊我还不太明确，但单从荣成的角度想，他们大概也是不想要这群人的。”她又咬咬唇，“可我想不到他们想怎么做，但或许跟我们有关。”

三人瞬间无言，对望一眼，灵光乍现，心头有种不妙的想法。

末了，穆清揉揉突突直跳的额角，结束话题：“单就这些谈不出什么，明天荣成高层和我们一起巡视，到时候再说吧。”

Chapter 8

隐藏心意

夜间的酒店安静得早，忙于奔波的暂住者或闭门挺尸，或开始愉快夜生活，十点钟，装潢大气的大厅已不见几个人影。

趁着于飞卸掉精致的妆，贴上一张面膜精养的工夫，江尤揣着手机来到酒店外。

这条街离大学城不远，沿街小贩煎炒油炸卖吆喝，再远处某宝的服装摆着长龙，沿途行人或闲逛问价或驻足还价，烟火气息浓重，和精致却冰冷的酒店俨然两个世界。

江尤在小摊买一杯热饮，找个挡风处坐下来。她搓搓掌心，热乎些后给江云瑾拨了个电话。

容若木坐在矮凳上，抱拳半倚着病床望向窗外。梧桐树在凛冽寒风中仅剩光杆，却坚毅挺拔，来年等待它的又是三季风光。

江云瑾输完吊瓶，在药物作用下睡过去了，鬓边华发刺眼，一夕之间似乎老了十岁。

梧桐尚有新春四季，她却时日无多了。

柜上的手机呼吸灯忽然一闪，照亮江云瑾苍白的脸。容若木直起身，看清屏幕的刹那，点在划键上的手有些犹豫。

时间一分一秒地过去，屏幕渐渐熄灭。

容若木把手机拿起来。

像考验谁似的，手机屏幕又再度亮起。他瞬间划开，将手机贴在耳边，推门出去。

“喂。”

江尤正捧着奶茶温暖僵直的指尖，乍听见低沉的男声从电话里传来，有些诧异：“怎么是你？”

“你妈上楼睡觉了，手机落在下面。有事？”

“你还没回去？”

“怎么，担心我？”

江尤听到那边嵌着笑意的口吻，顺着电流刺刺地递过来，莫名脸蛋发热，她冷哼一声：“你想多了。”

回应很干脆，声儿却大得都不像她自己，话音消弭的那瞬，两边都沉默了。

江尤轻咳一声，把奶茶贴在耳边，垂下眼：“那什么，我没什么事，帮我报个平安吧，谢谢，挂了。”

“等一下。”容若木喊住她，清冷的声音夹杂一丝少见的急迫，“你……什么时候回来？”

“还不清楚……”她疑惑，容若木可从没打听过她的行程，

这样亟待她归家莫名有些怪异……

她的心急速跳了两下："你怎么了？"

"这个月底，能不能到家？"

"大概不行吧，这边麻烦事一堆，学长说要见机行事。"

容若木握着手机的姿势顿时僵硬下来，"学长"二字像盆冷水，把他舌尖差点吐出的"你妈"又灌了回去。他注视着走廊尽头有些昏暗的光，声音冷了下来："一天之内，你们的感情似乎升了好几度。"

"你别瞎说。"

"否认这么快，被我说中？"容若木呵笑一声，灿亮的眸并不含笑意，"年轻有为，也不怪这么多人趋之若鹜。"

"我不是！我没有！"

"江云瑾大概不必担心你的婚姻问题了，照这样算，你回来后可以直接把他领进家门。"再过两个月，就能和他走进婚姻殿堂。容若木想到这里，心脏像被谁捏在手里，有些窒息。

江尤的心狠狠沉下来，在容若木眼中，从未对她有任何改观，"贪婪愚昧"就是她文在灵魂上的标签。他的观念大概是刻在骨子里的，鄙夷不屑才是他最真实的态度。她却还心存希冀想要改变，曾经那零星的想要突破某个囚笼的悸动……

悸动！

寒冽冬日，裹在薄羽中的她瞬间浸湿了后背，却又妥协。

曾几何时，或许是在他救她于危难的刹那，或许是楚长城边，她与他对视时，望见那清冷眼眸中溢出的熠熠星光，她心动了。

可那又怎样，他和她之间……相遇就已经像彗星撞了地球，概率微乎其微。比这概率更低的，大概是听到他口中那句——

我喜欢你。

“容若木，我的事情不用你管。”

她的声音前所未有的冷淡，容若木一愣，觉察到她的情绪，还欲张口对面已经挂了。

屏幕黑漆漆的，像没亮起过。心头一股难言的酸涩蔓延开来，夹杂几丝后悔，还有心疼。方才的自己像被注入另一个灵魂，冲动而暴躁。

容若木摸摸胸口，若有所思。

江尤当晚睡得并不好，脑中两个贴着“情感”和“现实”的小人，吵架吵了一晚。她烦躁地轻轻翻身，强迫自己睡去。

睡意蒙眬间，她又挣扎着清醒，睁眼就是离脑门没半米的天花板。一时思绪有些转不过来，她掀开凉被，窗户没关，柳絮被风轻托着进来，这是四五月份。

行尸走肉一样，她漫步在校园。

这是本科教学楼，大四的学生在忙实习，大三的学生课程量又不大，人流相较八九月份稀少。她遥遥望见李格从数科楼出来，想打个招呼，却被一群人挡住。

她努力想避开，却被抓住，努力想挣脱，却无力。一道不知哪儿来的光，将她狠狠打倒在地，她慢慢爬起，惊喜地发现那群人走了，环绕着另一个“她”。

接下来，她是个旁观者。

辱骂像是不要钱似的甩过来，“她”死死咬着牙，头发被拽得乱糟糟的，鸡窝一样，狼狈又难堪。她怔怔地望着，那股疼感同身受。

“给我离穆清远一点。”是学生会那位行事张扬的学姐，丢下这句话，扬长而去。

再然后，天突然黑了。

她又置身一家酒吧，看“她”被学姐起哄敬酒，看穆清挺身而出。

酒局结束，“她”被带到后门。

凉意袭击全身，江尤忍不住打战。她不想再看了，她想醒来，闭上眼自虐般地咬紧自己的手指。这痛觉帮她大口喘息着挣脱出梦境，像被掐住脖颈的人突然灌入一口氧气，整个人都活过来。

江尤睁着眼愣了好久，才缓缓摸出床头的手机，凌晨四点。

她毫无睡意了。

于飞定了六点的闹钟，打着哈欠醒来，洗漱间已经有人了。她揉着眼睛过去，江尤正撩着刘海在洗漱，眼眶下挂着两团黑，熊猫似的。

“没睡好？”

“没事儿，大概认床。”江尤掬把水把脸上的洗面奶洗净，清醒了些。她拿过毛巾擦擦脸，抚慰地说了句“别担心，不会坏事的”，给于飞腾地方。

于飞看她挺直的脊背，皱皱眉，却没多说。

和穆清约在七点，简单吃过早餐，三人坐上出租车，去阜西路的门店。

估计是淡妆都难掩江尤眼底扎眼的疲惫，副驾驶座上的穆清看过来好几眼，江尤躲了躲，挨着于飞更近了些。大抵是昨夜的梦境又揭起心底如影随形的一丝恐惧和反感，连对穆清面上的亲近都演变成漠然。

七点半，准时到达目的地。

下车时，穆清或许有话说，想绕到后方，却被几个身着蓝衬衫的人毕恭毕敬地围起，打断了动作。

于飞和江尤赶忙跟随上去。

凭借邮件传来的身份信息，他们大概锁定几人的身份，门店副总裴勇、保护部经理曹源，还有几位主管。

店总不在，据说在外地培训。

荣成集团副总裁打电话来，说堵车会晚些到，让门店副总裴勇先带领众人巡店。裴勇做领头羊寒暄几句，穆清简单回应后，就被领着往一层走。

一行人浩浩荡荡，裴勇打头阵，介绍概况。

“这家门店是阜西路最大的超市，共三层，再往上有十二层，是白领写字楼。从紧急通道下楼，是超市北出口，右拐就是地铁五号线，邻近星纪元小区，总而言之，消费者基数并不小。”裴勇递过来一份文件，“这是近几年门店的一些账目，收益良好。”

穆清翻看几页，江尤注意到门店前几名商品销售利润报告和全年总收益，近两年数据的确在攀升，她静下心神，趁裴勇讲解

的时候，朝曹源走去。

“曹经理，麻烦您了，我想参考一下保护部的文件。”

曹源眼中闪过一丝慌乱，他不自然地扯扯面皮，把东西递过来：“在这儿。今年还没盘点，这是去年和前年的盘点数据以及门店内外部盗窃事件汇总，还有消防检查的一些文件。”

“好的，谢谢。”

江尤接过来打开，两年的损耗率都控制在 0.3% 以内，内外盗事件记载详细，消防演练达标，政府突击检查也无安全风险。

她迅速浏览数据，越看越不对劲，散装零食、高价日化品等损耗率为零，不起眼的低价日用品损耗率在 0.01% 左右，加上丢掉的几件高价衣服，杂七杂八“凑”成 0.28%。

江尤没接触过实体店零售流程都知道，全门店上万种商品，以零食居多，因为零碎，所以盘点不力或保存管理不力很容易造成损耗，损耗量也是最多的。此外，门店会在避孕套、高级护肤品专柜及小型家电区域配备监控探头，那是最易失窃的商品，而这份报告中，全年损耗为零，简直瞎扯淡。

“曹经理……”江尤有些严肃，“这份……”

“江助理，”裴勇打断她，眼睛微眯，神态和蔼，“我们先去收货部，UPC 部办公室也在那儿，全店票据在 UPC 部办公室存档，我们看看有没有纰漏。”

收货部……

江尤和于飞对视一眼，点点头。

通往收货部的货梯在家电仓库内，裴勇快走几步掀开帘子，让穆清进去。江尤距离他们有些远，和于飞挨着，猛不丁被人从背后拍了一下。

她恍然回头，见到一张混血儿漂亮的脸。

“你怎么在这儿？”

“拍平面广告的摄影棚在这边，我安排她过来的。”于飞皱眉，“我不是给你酒店门卡了？”

“我没带出来……”

“算了。”于飞看眼已经走进仓库的众人，又道，“工牌带来了没，带来了就戴上跟进来。”

“好的。”李格点头。

江尤捧着文件，看李格从包内掏出工牌夹在胸前，包内的一张卡一闪而过，简直要亮瞎她的眼。

这似曾相识的剧情……

李格挤挤眼：“乖。”

江尤：“……”

货梯到了，没给她们闲聊的时间，江尤抿唇拉着李格进去。

见到李格，穆清虽有些诧异，却没多说，于飞介绍这是新宇的人事主管，方才让她取了趟文件，来得有些晚。

借口有些拙劣，毕竟李格的手上光秃秃的，其余人却心不在焉地点点头。

等走出货梯，被一行穿着绿色工装T恤的人围住，四人彻底知道他们的心思重点放在哪儿了。

穆清冷笑：“你们这是什么意思？”

门店四分之三的人都在这里，昨晚江尤见过的光头男叼着烟，正一脚踏在凳子上，他大概想施压，大冷天挽着袖口把“左青龙右白虎”露出来，捏紧拳头把肌肉挤得梆硬。

他笑：“能什么意思，不就想跟你们这些高层人士聊聊？”

光头男站起身，迈到穆清跟前，黄牙一龇，揪揪他的领带：“瞧瞧你们，人模狗样的。资本家是能耐啊，拿着我们的血汗钱，说收购就收购，说裁员就裁员。想用几个月工资就把我们打发了？我呸！”

他一口唾沫吐在地上，仰头想拍拍穆清的脸，穆清闪过，一把将领带抽出来。

光头男让他一激，“嘿”了一声，贴得更近，眼角余光打量到他身旁，眼前一亮：“哟，还有洋妞。”

淫邪的目光刚挪过去，就被穆清挡住，李格往他身后躲了躲。

光头男嗤笑一声，看向江尤和于飞：“你小子倒是艳福不浅，身边花红柳绿的，当自己是贾宝玉啊！”

他身后几个收货部员工哄然大笑。

江尤看向裴勇，裴勇没跟在光头男身前，大抵是文兵角色，不扮硬茬，他面无表情地站在那处，冷眼旁观。

于飞皱眉：“你们从哪儿听来的收购？”

“总部财务抄送邮件抄错了，发到我们店总那儿。”裴勇插嘴道，面露沧桑，“人总要为自己做打算不是吗？”

“都上有老下有小的，凭什么收购就被裁员啊？”

“这家门店生意这么红火，季度奖励也不低，我们指着这个过日子的，要逼死人吗？”

“对啊，就是……”

裴勇话音刚落，人群里抗议声此起彼伏。

光头男扔掉烟屁股碾了碾，敌视他们：“总部那边说，要么转店，要么按 N+1 模式拿钱走人。这家门店就开了四年，五个月工资够干什么的？荣成这边的规矩又是都调邻省，这一家老小丢在这儿，谁能干？”

江尤心头将这顺序一捋，恍然大悟，身侧于飞眼神微冷：“荣成那群王八蛋。”

他们的预感是对的，荣成集团从没想促成这单生意。无人售货项目太冒险，而阜西路这家门店更是块肥肉，坏就坏在里头有几颗老鼠屎，铲不掉。借新宇科技这个推手，让他们揭竿而起，到时大有法律来治他们。

为这场策划，荣成集团点的大概不止抄送邮件这一把火。

穆清眯眼：“我们公司从没打算收购这家门店，你们聚众威胁我们没用。”

“拉倒吧，你这种话也就蒙蒙三岁孩子。合同都签到一半了，遣散费你们这边出吧，我们不找你找谁！”光头男一把拎住穆清领口，语调恶狠狠的，“我们要加钱。”

穆清静静地和他对视，语气泰然：“江尤，报警。”

“浑蛋！”

光头男一拳打过去把穆清掀翻在地，两人撕打起来。旁边的眼镜男掰掰手指，也加入战局。

江尤心跳如擂，这会儿腿有些发软，手机刚按了三个数字，被人一个猛力打掉。

李格的尖叫从围观的人群中传过来：“你们别打了！”

于飞踩着细高跟，掰开人墙，一脚踹在光头男背上。光头男骂了一声，抄起手边的板凳，被人及时拦了下来。

江尤看向裴勇，握紧满是冷汗的手心：“万一闹出人命，你们所有人都能全身而退吗？”

裴勇旁边的主管颤颤巍巍地拽了拽他的衣角，显然也是怕了。光头男王忠华在阜西路这片是个狠角色，年轻时是打架不要命的主儿，托关系进了这家门店混日子，带出一批老油条。他们只是讨生活讨说法，控制不住这个变数。

三人被拉扯开，穆清喘着粗气被李格搀扶起来，有些狼狈，所幸没太受伤。

裴勇把 UPC 部办公室的门打开，看向他们：“穆总，麻烦你们先在里面休息一下。”

穆清的眼神冷冷的，却未再反驳，率先进了房间。

曹源将四个手机放入塑料箱内，扔进储物柜里锁上。UPC 部办公室只剩了他和另一个女主管在这儿，楼面需要人，员工都上去了。

李格帮穆清处理额头上的伤口，于飞闭目养神，一副不想搭理此等凡人的模样。江尤想到昨天曹源跟同事合力将扒手擒拿在地的英勇，开口道：“曹经理，您常跟警察打交道，这样的行径往重里说可是非法监禁。”

“停，你别吓唬我，也别给我搞心灵鸡汤那一套……”曹源制止她，眉头紧皱，能看出内心波动却极大，“我们就是为赚钱养家，这一百多名员工，都是从建店起就在这儿卖命的，起早贪黑……这不公平。”

“您自问人人都起早贪黑吗？”

曹源被噎了一下，厚唇微张，又被江尤打断：“我们公司自始至终与荣成是合作关系，公司机密我不便透露，但能告知您的是，你们说的合同，是我们考察荣成数据来预估前景的保密协议。保密协议，您在这个部门，更懂这是什么意思吧？”

曹源怀疑地看她一眼，又听江尤继续说：“荣成想裁掉的，从来不是你们。”

“你跟他们说这些没用，被钞票填了脑子的蠢货是听不懂的。”于飞睁开眼，面露嘲讽。

曹源面红耳赤：“你说什么？”

“说你们蠢，被人当靶子还不知。”

“你们想挑拨离间？”曹源在屋内转了几圈，一米八的高壮个头这会儿像头困兽，“你们这些管理层都是嘴上长心眼的，别想蒙我。”

“曹经理……”

“闭嘴！”曹源吼江尤一声，面目狰狞。

江尤没被吓到：“我要去厕所。”

李格站起身：“要不要我陪你？”

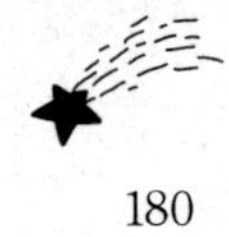

江尤给李格一个宽慰的眼神："不用。"

她看向女主管："你也别跟着我，你们把货梯关了，卷帘门也拉下来了，我插翅难飞。"

穆清想到隔壁的光头男，面露担心："你小心点。"

仓库南角有间一层通用的厕所，女主管指示后，料定江尤扑腾不出大水花，又回票据室处理数据去了。倒是旁边收货部的眼镜男瞧见动静，出来瞧了一眼。

江尤面无表情甚至是冷冷地看过去，那人瑟缩了下，退了回去。她镇定地舒口气，摸摸口袋，所幸天气骤冷，在外面套了件面包服，于飞趁人不注意偷掖过来的备用手机并不明显。

快走两步到门口，江尤快速拧了下锈迹斑斑的把手，刚打开门，身后一只手捂上她的嘴。

她心里一激灵，高跟鞋狠狠朝脚下踩去，却被人躲过。捂着她的手松了些，怀抱却是更紧了，她紧张得出了汗，眼睛瞪得大大的，左右挣动间，被那人带着一转，进入一片光亮。

再能看清时，入目的是大街上的车水马龙，地铁站出入口人潮涌动，转过头，看到了容若木。

江尤讪讪地从他怀中挣开："你就不能换个方式……"

"你就是这么对待救命恩人的？"

江尤叹口气，当光芒汇入眼中时，身后的人是谁，她就猜到了。昨夜还在电话里冷言冷语地对他，这会儿面对他有种描述不出的尴尬，但莫名地，她心安了。

她拉起他的手比画，演示了一遍他方才"残暴"的动作："这样，还有这样，哪里是救人，分明就是个劫匪……”为显逼真，她整个人偎在他怀里，手抓得紧紧的，这样的姿态，更像是投怀送抱。

容若木空着的手抬了抬，还是放下了。

“你确定我们要为方才的姿势继续争执？我是不介意的，我们大可以争执到你下班。可是，你确定要吗？”

江尤一愣，想到正事，抓紧他的手往酒店跑：“我们得去找任总。”

曹源接到超市有团伙作案的信息后，就坐货梯去了一楼。保护部办公室门口有几个员工在议论，他没当回事，推门而入后，见到西装笔挺的年轻男子和两位警察时，有些傻眼。

“不是说团伙作案？”

任垚眯眯桃花眼，笑得风情万种：“这不在这儿吗？”

“我们接到报案，有人被非法囚禁并受到威胁恐吓。”阜西路派出所的黄警官是这里的老熟人，超市抓到的扒手都被扭送到他那儿。最近正是扫黑除恶的关键时刻，他也没料到老友身上能背上这个名头，叹口气，“你们……唉，太冲动了。”

办公室的门再次被敲响，门店副总裴勇皱着眉进来，他在卖场巡视，听见员工的碎嘴，心下小九九计量一番，知道躲不过，也过来了。

江尤和容若木嫌外间挤，去了内部监控室，瞧见人凑齐了，紧跟着出来。

曹源有些诧异：“你怎么下来的？你报的警？”

江尤摇头：“我早说过的，你不信。”

“我们家三个人前脚刚进门店五分钟，派出所就接到报警了。”任垚看曹源懵懂的神情，笑得更欢，“你们东家也是处心积虑地除蛀虫，连带着我们都被遛了一圈。”

在荣成集团总部的同学打过来电话，说高层正在窨井商场巡视，连根汗毛都没飘到这里，堵在车上的怕是鬼。他前脚接到信儿，后脚江尤就过来了。

想到这里，任垚脸倏地冷下来：“荣成把我们当软柿子咬，也得掂量下自己有没有一口硬牙。”

“江尤，给法务部打个电话，起草一份起诉书。就以消费者权益受到侵害，在门店受到殴打和精神伤害为名，至于合作的相关损失，我们回公司慢慢算。”

说完，任垚站起来拍拍裴勇的肩膀：“我太喜欢你了，会演戏会狗腿会出谋划策，跳槽来我这儿吧。”话音一顿，他又摇头，“啧啧，不对，到我这儿可是屈才了。过几天你可是要调到窨井商场当店总的，前途不可限量啊……”

裴勇的脸唰地白了。

曹源的榆木脑袋这回总算开了窍，怒目而视，挽了挽袖口：“裴勇！你！”

两位警官赶忙拉住他，一米八的汉子脸气得通红，人终归憨厚，脏话颠三倒四也就甩几句“王八蛋”。

江尤早想结束这场闹剧了，沉声打断他：“曹经理，帮忙把他们带过来吧。”

曹源安静下来，点了点头，人却趁着众人撒手的工夫，又扭身一拳打在裴勇身上。江尤站得近，感受着冷飕飕的拳风，心下无奈。

看来整个卖场的大拿都不是省油的灯。

涉案人数太多，黄警官就单拎动手的、到场的去了派出所。

做笔录时曹源很老实，大概破罐破摔，把王忠华组织裴勇迎合递方案的事都交代了，裴勇无缝可钻，一脸灰败地坐在那儿。

容若木插兜站在派出所门口，李格在大厅坐着等，目光时不时地飘过去，见他冷冷瞧过来，又赶紧移开。这人她在江尤妈妈的书店见过，一尊神似的立在收银台前，生人勿近的模样。

说是江尤的高中同学，李格印象中可从没这号人物。

想着想着，她额角就冒了冷汗，一抖一抖的。一只手忽然伸过来，贴在她额头上，惊得她差点跳起来。江尤也被她吓了一跳，目带担忧：“你没事吧？吓到了？”

李格无力地摇头，再看向她身边时，露出璀璨的笑容：“学长，你怎么样？警察没为难你吧？”

江尤无语地腾地方，看李格欢喜地拉穆清坐下，她起身朝门口走去。

穆清忽然叫住她：“江尤，你怎么出去的？”

江尤脚步一顿：“啊，厕所那边不是有扇不牢固的窗户嘛，我钻出去的。”

“她很瘦，而且爬窗爬习惯了。”李格插嘴，抓着穆清的手扣得紧紧的，“我都见怪不怪了。”

穆清的神情莫名平静下来。

“进派出所要去晦气，学长你记得把鞋子扔掉，好好洗个澡……啊，还有，中国人都兴跨火盆的，我们去商场买一个吧……”李格开始叽叽喳喳。

穆清有些无奈：“我们不是被拘留，该办这事的，是里头那几位。”

“这样啊，我是又丢脸了吗……”李格面露羞愧，嘴上不停，小手却从背后冲江尢挥了挥。

江尢会意：“学长，我还有事，就先走了。”说完没等回应，她走过转角拉住容若木的手就往外跑。

穆清的耳朵被小鸟似的李格肆虐，心思却都在另一边，目光黏在那两人拉住的手上死死不放。

直到尽头没了两人，他猛然站起，打断李格的兴致昂扬：“我们回去吧。”

李格轻轻抿了一下唇，扬起头笑得灿烂：“好呀。”

江尢没带容若木跑多远，容若木跟在后头，看女生细碎的发丝随她奔跑的动作一跳一跳的，目光移到她紧扣着自己的手上，不自觉地握了握。

江尢以为他有话说，停下来：“怎么了？”

容若木看了两秒，举起她的手：“我发现，你对我是越来越没男女之分了。不是有句老话，男女授受不亲吗？”

江尢脸一热，想赶紧松手，却发现这样有点欲盖弥彰，便握得更紧些："你以为活在清朝吗，大清都灭亡多少年了？这样——"她把两人的手举得更高些，"这代表我们的纯友谊，代表我对你同甘共苦的赞赏，更代表我正式接纳你成为我的朋友。"

"朋友？原来你是这么想的。"

容若木懒懒一笑，弯下腰，眼中的深沉倒映在江尤眼底，明明是冰凉的，却让她觉察到一丝难言的炙热。

"那真可惜，我没准备跟谁做朋友。"他直起身，忽视江尤眼中的慌张，"不过，我收回昨晚的话。怪我研究不充分，就今天你对穆清的反应，大概还没你闺蜜来得热络。"

他的眼中漾出一抹笑："做得不错。"

江尤语塞，缓缓松开容若木的手。

掌心顿时空荡荡的，容若木蜷了蜷手指，寒风吮吸着指尖，他把手揣进大衣。

"既然不是朋友，在我和穆清之间，你又扮演什么角色？"

江尤厌倦了他的口是心非，她想他大抵是知道那些事了，否则怎么会有一而再再而三的提醒，不，更像是警告。

警告她别再走入深渊吗，因为她曾经走过的泥潭？

"容若木，我不会那么傻的，其实我……"

心头骤起的火热要融化一切一样，急需一个出口，她在那一刻有些明了，为什么飞蛾总会扑火，因为怀揣希望，渴望那丝温暖吧，即使没有结果。她的眼神亮起来，想说下去，却被打断。

"知道为什么每个时代都要考古吗？"

"什么？"

“因为要鉴往知来。”容若木躲开她的目光，“每个时代的历史都有漏洞，每个人的历史也有漏洞。上帝给你放眼过去的能力，不是让你喟然叹息的。

“你也说过，人要活在当下。你要我用不带偏颇的眼光看待人性，你呢，有没有做到？你的历史从不是让你做噩梦的，而是让你认清，你需要的是什么。”

需要站在你身边的，是怎样的人。

而不是一个虚无缥缈的海市蜃楼。

容若木从大衣里掏出手：“人贵有自知之明，贵在善于自省，不懂迷途知返，一头扎进南墙，那不是浪漫，是愚蠢。”

无论她选择的是穆清还是自己，都是愚蠢。

“而你的愚蠢太过显而易见，我本不想插手的。”

“可你没做到啊。”江尤揪紧他的袖口，“不然，你又怎么会出现在这里，这是不是证明……”

她急切地看入他的眼，里面却是空洞的，如两人初次见面一样。

容若木轻轻扯开她的手，不再沉默：“我们是朋友啊，你不是承认了吗？”他笑得眉眼弯弯，“这是来之不易的友谊。”

江尤的心狠狠沉下来，笑得勉强：“你不是没准备跟谁做朋友吗？”

“遇到你，我从不做的事剩得不多了。”

“真的吗，”江尤将手放入他的掌心，本想贪恋温暖，却发现他的冰凉让自己更清醒了，“那朋友间重在‘和乐’二字……

“我和李格相识多年，哪怕她曾经喜欢的爱豆劣迹斑斑，我也尊重她爱的那份心意，我们避过那些话题，牵手在大街小巷，我们抛弃一切会令我们不愉快的因素，那么以后……”

江尤抬眼看向他，一字一顿：“我希望我们也如此。”

“好朋友。”

容若木没说话，低眼笑了笑，眼中光芒迅速淡了下去。

L 市的出差之行到此为止，穆清让江尤订好返程机票，便拉任垚去了酒吧。

Left 是个清吧，化着淡妆的女孩在舞台上轻悠悠地唱，郎情妾意你爱我我爱你的歌词四处回荡着。

两人找了个卡座，任垚跷着二郎腿闭目晃着脑袋听，活像民国时候抽着烟听小曲儿的纨绔大爷。穆清平日受不住他这样，总埋汰两句，这会儿却没多说，闷头喝酒。

“荣成老总来过电话，我给挂了。这边生意是做不成了，你有没有别的打算？”任垚睁眼。

“G 市那边我看中一个楼盘，不过还没完工。开发商中途遇到资金问题，停工了，我准备接手。”

“地理位置怎么样？”

“挨着 G 市中心小学，周遭的老式住宅区大部分都拆迁盖成新楼了。如果用这个楼盘做项目，客流量可观。”

任垚点点头，他对穆清向来放心。这一路过来，穆清费的心血比他多，绝不会任由这个项目搁置。他舒口气，看穆清紧皱的眉头，又笑：“问题都解决了，怎么一副闷闷不乐的样子？”

“没什么。”穆清闷头抿了口酒，液体火辣辣地滑过喉管，一路烧到心里。

“为情所困？”任垚呵笑，给自己倒满酒，“你和冯铮，一个个的，还真是……”

他和穆清碰碰杯子，单刀直入：“说吧，到底喜欢江尤什么？”

穆清合上眼摇摇头，他大概也说不出来。明明交集少得可怜，眼中还满满都是她的影儿，午夜梦回间似乎已将她的轮廓描绘了千百遍。

穆清想起他第一次见江尤，彼时他意气风发，刚做完演讲下台，正见冯铮扯着怀抱玫瑰的学妹，花瓣上还沾着水滴，衬得女生红透的耳垂更是艳丽。

他上前正欲解围，听冯铮语带戏谑：“你穆清也有被人嫌弃的时候啊，我本想找个美女给你送捧花，应应场，谁承想人家拒绝给你这表面风光！”

他看她，女生耳垂上的红蔓延到白皙的脸颊：“我没有！”

等“门禁”二字从女生口中说出时，冯铮讪讪的。他也惊讶，大概是未料到女生会横跨半个校区听他的演讲。低眼看表，他本想送她，但想到当初聚餐后，借着由头回不去宿舍，死活赖在他车内的女同学，“你”字刚冒出，后面的话又不想说了。

女生淡淡地说声“我有办法的”就跑开，快得他只来得及瞧见她的影子。

左右放心不下，他打听到女生的宿舍楼，驱车过去。停下的那瞬，正见女生穿着白鞋的脚，从窗口蹬进去，灵活得像只小猴子。

女生探头朝外看了眼，视线转到他的方向时，停了一瞬，小心地关上了窗子。

他坐在车内，想了许久，莫名地笑出声来。

再次见她，是冯铮和林町吵架的时候。

看到冯铮的那条暧昧短信，林町很有骨气，干脆利落地撤离他们的项目，天南海北投简历。火车票存了一厚沓，就晒在朋友圈，不拉黑冯铮，就让他数。冯铮每多掰一个指头，心头就哆嗦一下，心肌肿大前忍不住了，去教科楼找救援。

他做完答辩被冯铮拉着，把小姑娘堵在楼梯口时，才发现是她。碎发遮掩下的眼眸有丝诧异和惊慌，让他有种周扒皮强迫良家妇女的罪恶感。

“江尤，江妹妹，江恩人。”他听见冯铮这样喊她，谄媚哀求委屈软箭似的射过去。

冯铮的软磨硬泡终归是让她心软了，她无奈却又坚定地说“以后，不要欺负学姐了。”

冯铮和系花林町的情情爱爱早是一段佳话，冷战矛盾更是校园网津津乐道的八卦，由不得别人不知晓。冯铮有苦难诉，含泪咬牙点头，最终被套上玩偶装，被江尤送上楼去。

他在楼下等，江尤没逗留多久，蹦跳着下来。许是对宿管阿姨谎称节目演出要换装，她特意穿了身青绿色中长裙，裙摆飘飘，像一颗可爱的牛油果。

他唇间不自觉地就带了笑，这样，真像是要见等在楼下的男朋友。

思绪来得快，他向来缜密，捕捉到便惊讶了。掩饰着情绪等她立在身边，两人一起朝林町那层看去。

“两人把话说开，大概就能和好吧。”他有意找话说。

“但愿吧。”江尤无意八卦别人的情事，但以己做助力推动的事，还是希望能成功的。冯铮性格跳脱，自来熟，在学弟学妹间向来是开心果，这两年追林町的事也听过不少，真心诚意这样待一个人，旁观者瞧着也觉得分了可惜。

见她无意交谈，他却不气馁：

“对了，你快大四了，有安排吗？”

“大概会实习半年，之后备研吧！”

“你要……考研？”他有些失落，“不准备工作吗？”

“应该说还没能力面对自己想要的工作吧。”（他看女生往阴凉处站了站，抬手挡住阳光。）“毕业后准备考本校经济类的研究生，电子商务专业涵盖太多，这四年觉得学得太杂了，准备专攻一项。

“只是学得这么浅，”她用手遮住眼睛，“手一遮就没了。

“再深一点的话，哪怕这处有缺失，”她张开五指，看阳光透过，“这种程度也都应付得来嘛。”

他低眼，看微光跳跃在她莹白的脸颊，长卷的睫毛似乎都亮晶晶的。他勾唇，眼神温柔：“那研究生毕业呢？”

“回 G 市吧，那里还有需要我的人。”

心骤然就坠落了下去，他还想细问，对面楼熙攘的人潮往这边涌来，吵闹叫喊嬉笑凑在一块儿，慢慢移向门口。他看见女生眼前一亮，朝对面跑去。

众目睽睽下，冯铮钻在黄色的海绵宝宝里，挣扎着被扔出来。肥胖的身子打个滚，晃晃悠悠滚到江尤脚前，两人大眼瞪小眼，良久，她“扑哧”一声笑了出来。

酒窝弯弯，像有什么也扎进他的心里。

他开始控制不住地往校内跑，从大三起闲暇时都在办公楼度过、不再贪恋校园生活的他，那会儿竟在惋惜仅剩的两个月，或者后悔没更早借助冯铮的牵线，认识她。

他借由学生会交替，需要人手，求她帮忙。冯铮说得没错，江尤是善良的，哪怕临近学期测试，她见他紧皱的眉头，不忍之下还是钻进会长室，帮他整理文档。

“总能学到些什么。人生在世，走的哪一步哪条路都不是无用的。”她望进他带着心虚的眼，歪头道，“我妈说的。”

他看着她唇边的浅浅笑意，心头的涟漪最终还是扩大，冲破那道情感的阀门。

他想得很好，在和校园生活告别时，他要和江尤走上另一条路。

可愿望最终没有达成。

春天还没结束，江尤在他的世界消失了，在她的世界，他似乎成了瘟疫。

逃避是她遇见他唯一的动作，在他追上去想要询问究竟时，她那位混血儿室友拦住了他。那晚，他喝得烂醉如泥，耳边感受冯铮追回林町的春风得意。

可是，他的春天提前结束了。

Chapter 9
修成正果

江尤和容若木陷入了冷战。

江云瑾给江尤留下旅行的字条，定期发来短信或者打来电话，不见踪影。

江尤心想她操劳半辈子，是需要出去逛逛，兴许路上会遇到不一样的春光。

书店全权交由容若木打理，四小时工作时间变为八小时，甚至在晚间，江尤从楼上看去，都能瞧见“翰林书店”四个字成为那条街最亮的崽。

而她出现的地方，他从不露面。

“你是真把书店当自家生意来做，还有她妈……”

容若木在阁楼屏蔽空间置办了间小厨房，飘香四溢，这些日子似乎忘却掉所有烦恼，融入其中，过着悠然的日子。沈潇的脑袋出现在手机屏幕里，看他忙碌，又忍不住打嘴炮。

容若木撒盐的动作一顿，没理他。

沈潇有些急：“兄弟，合着那天我白费口水了，蒋韵华那女人给你中了什么蛊，你就这么信她？”研究室的门被人从外推开，他缩缩肩膀，音量放小，继续喋喋不休，“你不要泥足深陷啊，江尤的婚姻……”

容若木把漏勺“咣”的一声扔进池子，盖上锅盖，大动静直接把沈潇吓成了鹌鹑。他低眼看着水波下的锅碗瓢盆静了几秒，打开水龙头。

“我能懂的废话就不用再说了。”

沈潇对对手指头，有些无措：“那你知道你该做什么……吧？”

“煮饭，煲汤，去医院。”容若木拿过一旁的毛巾，擦擦脸，“我知道你在想什么，侥幸这种东西在遇到江尤时用一次就够了，所以别担心我会心存幻想和她共创美好未来。”

“那你该告诉江尤，她的母亲这会儿正躺在医院，这个年都可能过不去啊……”

“我怕她担心，怕又会忍不住在她身边。你是要提醒我，连担心都不该有吗？”

“江尤有权知道，毕竟那是她的母亲。”

“再等一下吧，江云瑾最近想要出院。”容若木拎起餐盒，打开门，“她坚强了一辈子，最后一刻大概也想成为江尤的大树。成全她吧。”

“在想什么？”盛教授在沈潇身旁坐下，视线望向他盯着的一角，瞬间了然，“又和若木联系了？”

“嗯。”沈潇眉头紧皱。很早以前，他就想象过容若木退去不食人间烟火那味儿会怎样，却未料竟是这般执拗。虽然他是大嘴巴，但这事儿太大，他没同任何人说过，转头见盛教授笑吟吟的模样，顿觉对方已了然于胸。

沈潇很诧异：“教授，您不担心他吗？或者说，现今的变数，您有没有……一丝后悔？”

盛教授笑了：“这是要采访我？”

“算……是吧。”

“那好，我们来做个访谈。”

盛教授手指交叉放在胸前，沉思道：“后悔让若木参与这个项目吗？这一点，从他的专业程度上来说，我从没后悔过。担心他吗？是，我担心，担心他太感情用事。

“我从惜悯机构接他出来有十三年了，那会儿他敏感冷漠，敌对所有人。”

沈潇早知容若木的经历，心头虽酸涩，嘴上却是冷哼一声：“这会儿他也没变。”

盛教授摇头笑笑：“不，他变了。如今他有我和霏霏这些家人，有你这个朋友，有他的老师，有共事研究的同事，他不像初时那样孤身一人了。他会静静聆听你们无伤大雅的玩笑，会在你们遇到瓶颈后，昼夜不归帮你们完成项目，如今，在那个女孩的影响下，他更理解别人了。”

“自始至终，我们给予若木的是纵容，而现今，交际要靠他自身去探索。如今的他，让我有些出乎意料，却欣慰。他在亲情上的缺失感，有那个女孩帮助弥补了。”

沈潇涩涩道：“他……其实还是惦念他的亲人的。”

“是啊，但他已不对此抱任何希望。一直以来，他其实很敏感，给我们扣上怜悯的帽子后，他的接纳就有了裂缝，而和那个女孩相遇时，他是神秘而完整的，她不带私心、不可怜他，若木感受到她的善良……”

“我们从没带有歧视的目光看他！”

“可他有，所以他才会封闭情绪，不露半分。而现在，他变得鲜活起来了，不是吗？”

沈潇沉默了。

盛教授站起身，拍拍他的肩膀：“别想太多。更何况若木不是冷血无情的人，孰好孰坏，他分得清。我和他联络过，准备先把要事办了。”

沈潇点着头，心中却仍像塞着团棉花。

他想起江尤出差的第一晚，他和若木了解到的那场校园暴力，在知情人的寥寥数语中不难体会到江尤当时的痛楚。

“是怎样的心死如灰才能接受带给她伤害的人啊……”沈潇想要点醒他。

回应他的是通讯中断。

思绪飘到这里，沈潇灵光一闪，随后浑身泄力地躺在皮椅上。

他妄想用戳刀戳醒若木，若木却可能早已纠结成千疮百孔。

江尤和穆清从工地出来，刚送工地负责人离开。这处老式居民楼最近刚推翻，正在挖坑准备打地基，遍地沙尘飞扬，江尤把卫衣兜帽戴上，抬眼望望天，已经傍晚时分了。

“晚上有没有约？”穆清看她，眼底带丝期待。

“项目要重新走流程，我得花时间顺一顺。”江尤错开一步，“还是改天吧。”

“休息一下，出差回来你似乎比我还忙。”穆清意有所指，“你进公司以来，我们都没单独吃过饭，当是上司犒劳下属怎么样？”

“项目负责人这么没危机感吗？”江尤勉强笑笑。

“不急在一时。”穆清朝停在对面的司机招手，“青年路那边有家日式料理不错，我们可以尝尝，顺便聊一聊这个项目，体现一下工作狂属性。”

江尤站在原地，看穆清心情很好地打开车门。

她犹豫了下，心知拒绝的话再多说下去，就是不给面子了，只好抿唇上前一步。

谁料身后一只手一把拽住她的兜帽，拦住了她。

“六点十八分，下班时间。”容若木将手搭在穆清敞开的车门上，和他对视，“‘工作狂’标签她今天不能要了，我们一家要年前大聚，您的好意我们心领了，改天再约吧。”

穆清静静看容若木半晌，将视线转向江尤。

身侧抓着手腕的手在使力，天色昏暗，江尤越发瞧不见容若木的表情。她心头愤愤，想他前阵子同自己的调笑、这阵子对自己的冷漠，委屈猛然就溢上来。

“我不知道！”她负气地甩开他的手。

“在上司面前别跟我耍小孩子脾气了。”容若木冷淡地笑笑，“不好意思，让您看笑话了。小姑从外边旅游回来，等着一家人吃团圆饭呢，这丫头前段时间和我吵了架，一直跟我唱反调。”

“我妈回来了？”江尤惊喜道，她都半个月没见江云瑾了。

“嗯。”容若木看向默不出声的穆清，“家里有人在等……”

“那改天吧。”穆清坐进车内，将口袋内的票攥得紧紧的，晚餐后的音乐剧计划，最终还是成了空想。车门关上的那一瞬，外面的一切是黑白相间的，像在看默剧，提醒着穆清他们之间存在着隔阂。

黑色的宝马车一路疾驰而去，江尤望了两眼，准备回家，容若木却忽然开口：“你和我赌气要上车就算了，刚才你竟然真要跟他走。”

江尤回身看他：“那又怎么了？”

“那又怎么了？你是真把我的话扔在脑后吗，我跟你说过什么？”

“远离穆清远离穆清远离穆清。”江尤不喘气地吐出这十二个字，冷冷道，“我都记在心里了，你满意了吗？”

“那你还……”

“容若木，你在以什么样的身份劝诫我、警告我、吼我？”江尤望着愣愣的他，心里一阵无力，“算了，我要回去找我妈了。”

“等一下……”

“又怎么了？”江尤瞪他。

“家里没人。”

江尤怔怔的，前思后想就一切了然于心了。

名为“希冀”的线牵起她的嘴角，她忍不住笑了：“喂，坏我约会，说谎骗我，你是特意跟踪我过来的吧？说实话，你到底是来做什么的？”

容若木望着她眼中亮莹莹的光，心又软又酸，克制住情绪撇开脸，将手指靠在耳边，扭身往工地内走去。

“挖宝。”

“这栋楼计划盖八层，地下有三层，所以挖得有些深。”沈潇分享定位，边朝屏幕边角看了看，身着浅色大衣的江尤正半蹲在入口处，低着头手轻微动着。

“她在做什么？”

“画个圈圈诅咒我们。”

沈潇看向那个孤零零的身影，试探道：“她知道我们在做什么吧？”

“不知道。”容若木不想多说，站在大坑边缘，蹲下身子打量着，“今天新宇和开发商交接过盘点数据，过一会儿就有人来看守建筑材料，所以我们动作要快。”

“谁让你专挑今天，火急火燎的。”

沈潇嘀咕一句，刚想嫌弃容若木给自己找麻烦，看他瞥到远处，心又跟琉璃似的通透了。敢情这是怕那边那位有什么危险，毕竟工地向来是事故高发地。

“得得得，”莫名又被秀了一口玻璃碴上的甜，沈潇抖了抖耳朵，“我帮你看着她。我们动静不会小，万一居民嫌扰民报了警，够你喝一壶的。”

江尤蹲在路灯底下，看容若木从坑沿慢慢踩着钢材下去。她拢拢身上的大衣，搓搓掌心，还是忍不住站起来，往里走。

手机突然振动，微信视频邀请声传过来，在空旷的场地一声声回荡。

是沈潇。

当初加他纯粹是心血来潮，她从没想过会有跟他联系上的一天。

沈潇望着屏幕前有些发蒙的她，轻咳了一下：“戴上耳机，我们聊聊吧。”

“要聊什么？”江尤特意走远些，冷风刮得脸刀刺一样疼，她把脸缩进卫衣里，左右找不到停歇的地方，索性坐在马路牙子上。

“除了他，我们也没有别的话题了。”沈潇笑了笑，又恢复正经，“我思来想去，几乎彻夜难眠，这会儿闲来无事，索性和你谈谈。”

沈潇表情真挚：“江尤，你的确是个好姑娘。”

“你想说什么？”江尤没被这无来由的好人卡冲昏头脑，只觉得心头一紧。

“你知道我在说什么。”沈潇正色道，“你在试探若木对你的感情，我甚至可以给你你希望的答复，你猜想得对，若木喜欢你。”

沈潇开门见山、正中下怀的话并没在江尤心里激起太大的水花，不知是石阶太凉，还是寒风太冷，胃隐隐抽动犯痛，她抱住自己蜷缩起来，深吸口气。

“‘可你们是不可能的’——”江尤咬咬唇，笑了笑，“这是你接下来的稿子吧。”

“是。”屏幕里女生的笑苦苦的，沈潇压下心头的不忍，“他就要回来了。”

“是吗？”江尤的声音幽幽的，“可他都没告诉我，这算什么喜欢？”

说到这里，她又摇摇头：“他瞒我的不止这一件事。”

沈潇犹豫了下，继续说下去：“其实，我曾跟你说喜欢若木的女孩很多是真的，但没有哪个人能让他敞开心扉。我想，这辈子他大概是‘注孤生’了，却未料能遇到你。

“你是我们的变数，更是他的变数，但这变数并不该有。

“作为一个大男人，像三姑六婆一样，拆散苦命鸳鸯，是我以往最不屑做的，现今，我都唾弃我自己，但我的出发点是为你们好。

“若木面上不显露，却最重情义，我不想再同他面对面时，见到他满目沉郁……”

他顿了顿：“而在这种想法闪现在我脑海中时，他已经把你推离。他不要你守着虚无的情感去影响往后的婚姻，他要你快快乐乐的……”

沈潇在那晚忽然想通了，若木还是信了蒋韵华的话，有因必有果。

他怕他的存在是江尤不幸婚姻的因，他怕他给予江尤没有结果的期待后，会带给她遗憾的余生。与其带给她无穷无尽的痛楚，倒不如在最开始就不要给她希望，他会回来，抱着不给江尤带来二次伤害的心回来。

“我只是恰巧喜欢一个人，可这场异地恋会太苦。”江尤抹抹脸，声音嗡嗡的，她站起身含泪笑了笑，“所以怪我眼瞎吧，我也坚持不下去了。”

“感谢你的来电。”江尤都在惊讶此刻自己竟然还笑得出来，“这一生遇到喜欢的人倒是不亏，还是喜欢自己的人。我投放弃一票，让他安心离开。”

十几分钟后，容若木回到大坑边缘，他望向铁栅栏豁开的门口，十几米开外，江尤跺跺脚戴着兜帽冲他挥手笑：“喂，你到底还要多久？”

许是声音有点大，回音一出，她赶忙捂住嘴，快跑几步上前。

容若木这才看清她眼圈有点红，探究似的多瞧了两眼。

江尤揉揉眼，没好气地看他：“还看？为了等你我在风口都快被吹成沙眼了！我要补偿！”

“什么补偿？”

“今晚欠的饭补上吧，青年路有家日本料理不错。”江尤点点下巴，做沉思状，“不行不行，和你去那种地方太别扭了，大众路那边有家意塔炸鸡店，我们去那儿。”

“我同意了吗？”

“宾果，把‘吗’字给我去掉。凛凛寒风，我等你那么久可不是白等的。”江尤背手走在前头，手指朝后摆了摆，“快跟上，我知道月底给你结清工资了，别耍赖皮啊。”

容若木站住脚。

江尤走了几步发现身后没有脚步声，疑惑地停下。回身时，几乎要戳穿自己的目光直直射过来，她忍不住撇开视线。

她终归还是抵挡不住这人杀伤性的战力值啊，哪怕有一秒目光在自己身上停留，她都是欣喜的，真的是……太没出息了啊。

“怎么这么看我？”江尤扬扬下巴。

看他不说话，她哈哈冻得僵硬的手指，面露无奈：“算了算了，我请你吧。”

江尤侧过身，慢慢抬起胳膊，街边商铺接二连三亮起灯牌，像是她引出了一路光明，她对视上容若木幽深的目光，歪头一笑。

“当是我踏入相亲之路，即将告别单身的庆贺吧！”

容若木把床升高，垫了枕头在下面。江云瑾今天精气神不错，他带来的菜吃了不少，粥也都一口一口慢慢喝了。

输液袋里药剂“滴答滴答”往下淌，江云瑾看得愣神。隔壁是新来的病友，五十多岁，躺在病床上看容若木在旁忙这忙那，羡慕地笑：“妹妹您真是有福气，儿子这么孝顺。”

江云瑾偏头笑着否认：“您误会了，这是我姑娘的朋友。”

“呀，这样啊。这孩子真是好，能这么尽心尽力，男朋友吧？”

大婶揶揄地笑，她胰腺有些问题，但不妨碍行动，慢慢扭身坐了起来，“能这样对您，那对您姑娘绝对差不了。”

“您想岔啦，”江云瑾看向容若木，“好孩子的确是好孩子，跟我姑娘可真不是一对。”

“啊，这样。那小伙子做什么工作，有女朋友吗？我这边瞧着喜欢的，能帮忙介绍介绍。”大婶很是热络。

江云瑾瞧见容若木微蹙的眉，知他心中不喜，忙道：“小容这会儿忙着考研，还没这心思。不都说事业为重，他是想再等两年。”

“哦，那您姑娘呢，有准信吗？我这边合适的小伙儿也不少。”三言两语，这鱼钩又掉到了江尤头上。

容若木听得心烦，从桌上拎起空水瓶，走出去。推门的刹那，听见江云瑾又一次拒绝：“您费心了，我姑娘正谈着呢，有些日子了……小年之前我就出院，准备跟着见见。”

“嚯，真是好……”

容若木倚着墙，看热水管道上显示的98℃愣愣出神，末了，心底肯定了一句：是啊，真是好。

他总见她言不由衷，矢口否认，耳朵泛着红地跟他瞎扯，这一回她义正词严地向他投递一个炸弹后，真的去引爆了。

江尤把财务送来的报表存进文件夹，揉了揉有些酸痛的脖颈。穆清年终要回任耀述职，积压的文档一堆，她挑拣着重要的给他审批，剩下的看了几天，有些头昏脑涨。

“还不准备走？”于飞敲门进来，递给江尤最新的门店招聘计划表，“那栋楼盖起来需要不少时间，具体计划还能改改。”

她又说：“公司这边的招商部我不准备挪用，会在实体店另立一个。这点我已经跟穆清说了，你帮我把表传给他。”

江尤接过来：“好。”

于飞拍拍她的肩：“上司不在，就心思活泛点忙里偷点闲。听保安说你加班好几天了，准备跟他们抢活干？”

江尤局促道：“没有……”

“那就早点下班，找找朋友喝喝茶，滋润下自己的生活。我像你这么大，青春都耗在这儿，这会儿每个细胞都刻着‘后悔’两个字，拼搏要适量。”

于飞拎起江尤的包，一把塞进她怀里：“楼下有个人等你好久了，快下去吧。”

江尤轻轻应了一声，拿起文件夹，提着包出去了。

到楼下，果不其然，一辆骚包的宝蓝色 SUV 停在门前，车门开着，梳着光亮背头的男人正靠在上面摆着 Pose，见她出来，摘下墨镜打个招呼：“嗨！”

江尤心想，她还是该回去加班的。

人还没来得及往里走，男人几个大步跨过来，拽住了她：“我等你好久了，路西有家咖啡厅不错，我们去坐坐？”

透过单面玻璃看江尤上了车，于飞长长嘘出一口气。那朵奇葩跟吸铁石似的，引得全层人脸贴在玻璃上摊成了饼，她瞧得心烦，赶忙去穆清办公室把系铃人送走。

看着一个个的还对那道身影恋恋不舍，她敲敲玻璃：“喂，瞧够没，手底下的活都干完了吗？年纪轻轻不拼搏奋斗，靠什么傍大款，靠什么娶媳妇，还不去工作！”

工程部老张扑哧乐了，背着手转身：“我活了四十多年，头回见着能在车门上摆造型摆两小时的。”

“大背头得是发哥那会儿流行的了吧……”

“江尤……这是看上他什么了啊……”

“人品好？”

“瞧不出来，前阵子保安孙大爷跟他聊过，那奇葩把全身名牌秀了个遍，就差把标签穿出来了……”

众人嘁嘁喳喳又议论起来，最终结论，成不了。

于飞瞧着来气，拍拍桌子，砰砰两声响后，都安静了。

她咬着牙，扫视四周，一字一顿：“干好分内的事得了哈，‘雨女无瓜’。”

余浩人虽张扬，挑的咖啡厅还算靠谱，但江尤忙了一天，大晚上对着一盘薯条外加一杯黑咖啡，确实提不起什么兴致。

她拿汤匙搅着咖啡，耳边嗡嗡的。余浩有一点好，单聊自己的，唾沫横飞，激情洋溢，能得到别人适时的点头，就能继续下去，起码不冷场。

起初江尤和他交换过微信，聊了两天，那时候他说话内敛，惜字如金，颇有高冷风范。江云瑾问过她的意向，她觉得问题不大，两人就见了面，之后，世界观就炸了。

大概没见面前，他是有高人指导，全憋着呢，见面后，火山喷发了。

“那天我们看完电影，还记得吧，那个万达影城的IMAX，三百多一张票的那个电影，我把你送到家门口，刚出小区，车就被剐了。嚯，我寻思这绝对是仇富吧，我年纪轻轻三十来岁，就开辆一百多万的宝马，多招人惦记啊，我下车气势汹汹就过去了。

“对面车主就开辆八九万的破二手车，见着我瞬间就露怯了……我低眼一瞅我车上被剐蹭的那块，气得我一下就挽起了袖口……”

余浩手舞足蹈地秀了秀左手那块劳力士，眉飞色舞：“我说：‘你赶紧给我好好解决，公了还是私了，不然我忍不住动手，剐坏这块四十几万的表，这就不是赔车这么简单了！’嘿！结果你猜怎么着？”

江尤回神，侧头看看他眼角：“你被打了？”

“可不是嘛！”余浩咂咂嘴，“现在的人可太不讲理了。”

江尤喝了口咖啡没说话，心想要是她，她大概也忍不住拳脚相加。

“这我能忍吗，我忍不了啊。”余浩冷哼一声，“我和他打起来，顺手把劳力士扔在脚下了。到派出所后，我就说他破坏我私有财产，那块表算二手也得三十万，赔去吧他！”

“这样不太好吧……”办这事儿，出门您不担心被套麻袋吗？

余浩一摔茶杯，瞪她：“怎么就不好了？你男朋友被欺负了，你不心疼还怪我不会处理。谁能把事儿办得像我这么精明？再说，你马上要嫁到我家了，你就是个小职员，能挣多少，还不是要吃我的穿我的用我的，既然要花我的钱，就做好讨好我的准备……”

江尤简直目瞪口呆，他们认识半个多月，手都没牵过，怎么就要嫁给他了？

“哎，你……”

“你什么你，我这边彩礼都备好了，我妈也找小神仙算过我们的生辰八字了，瞧你这么不懂事，彩礼钱不想要了？”

江尤瞪大眼：“我……”

“我挺满意你的，这是你的福气，等你妈旅行回来我们见个面，商量一下。”余浩打断她，把劳力士塞回袖口，站起身，整理着袖口，“你今天惹我不高兴了，我就不送你了，自己回去吧。”

余浩嫌弃地看她一眼，迈开步，两条腿刚扯开，一股力搭住他的肩膀把他使劲按回了座位。

“你家有矿？还是有上千亿的遗产等人继承？”

冷冷的话在余浩耳边回荡，肩膀被人按得咔咔响，余浩“嘶”了一声，挣开来者：“你是谁啊？”

“走狗屎运中了彩票一等奖，真当自己高人一等？”容若木一把将江尤拽起来，攥紧她的手，“抱歉，我们不约了。”

“等等！”余浩拦住他们，不嫌丢脸地嚷嚷，“你算哪根葱，从头到脚的破烂顶得上我一颗袖扣吗？”

余浩看向江尤，语带嘲讽：“还有你，放弃我的宝马，准备坐什么回去笑，自行车吗？你给我想好了，我现在很生气，还能哄的那种，所以你嫁入豪门还有机会，否则，你也就只能跟着这辆自行车……”

“你怎么知道他不如你？”江尤这半个小时被茶毒得连脑仁都是炸裂的，早想掀桌了，“他有博士研究生文凭，他在科学研究院工作，他研究一个项目的资金能抵你十个身家，你一个无业游民，仗着彩票中的五百万能挥霍多久？至于他的交通工具……”她挽过容若木的胳膊，转身，“你这辈子大概都坐不到。”

江尤出门就去附近的商场，坐电梯上了三层。容若木紧随其后，看她找了休息椅坐下，掌心挡住自己的眼睛。他坐在她身旁，看着对面憨态可掬的熊猫玩偶，轻声道：“江尤，你看人的眼光越来越 LOW 了。”

江尤撤下手：“抱歉了，我看人的眼光就没好过。”

容若木想着她对交通工具的回应，忍不住低低笑起来：“你倒是真敢说。”

“吹牛谁不会，更何况我又不是全在吹牛。”江尤看他一眼，在她心中，他是比谁都强的。

低眼敛下情绪，她伸个懒腰：“食欲被他毁得差不多了，权当减肥吧。要换目标了，希望下一个是个靠谱……”

“你在刺激我吧。”容若木忽然开口。

六个字像把江尤的精气神都抽掉似的，让她整个人都蔫下来，他继续道：“虽然不是你本意。”

“你在说什么，我听不懂。”

“十五天，你有六天在公司加班到深夜，有五天是那个奇葩跟在你身边。”

江尤惊讶地看他：“你……”

“我忍了四天，不闻不问，书店很忙，寒假订书的学生家长络绎不绝，可总有空闲下来的时候，那时，思绪总会飘到你身上。

“想你在干什么，想你是不是依偎在那人的怀里。我曾想让你远离穆清，是怕你会踏入不好的婚姻，而如今，看你和他言笑晏晏，我心乱如麻，才知道，我想你远离的，是除我外的所有男人。”

江尤迎上他的目光，里面的认真令她慌乱，她挪开眼，眼眶却红了。他突然砸过来的话令她没有一点心理建设，江云瑾跟她说过，爱情是很美的事，哪怕后来的他们感情那样惨烈，但曾品到的那丝甜，足够回味一辈子。她早品到那丝苦，已卑微地放进记忆的角落，不曾奢望的甜，竟这样送到她面前。

“我后悔了。”容若木抬手擦去江尤眼角的泪，“我后悔把你远远推开，只因为一个结果。我很自私，自私到哪怕只是短暂停留，也不想放开你。”

江尤眼前一片模糊，却能感受到他粗糙的手指描绘着自己的眉眼，喉咙口似乎被什么堵上，眼前的虚影一点点在靠近。她张张口，却说得艰难：“你想……”做什么？

一吻封唇。

江尤感受到他冰冷的温度，心头却烧起团火热。独属于他的气息就在眼前，她忍不住屏息攥紧他的前襟，可泪水却还是忍不住地落，似乎每一滴都写着“委屈”两个字。

路过的行人不由得驻足，看男人轻轻一吻，将女生搂在怀里。

江尤的嗓音哑哑的：“我像个牵线木偶，你情感泛滥时，心

血来潮挥舞我几下，我就高兴得手舞足蹈，你率先放弃后，我就被弃置角落，静静接受这个结局。

“可你说出这些话，我还是会欣喜若狂，像拾到自己不敢奢望的珠宝，担心哪一天，又被收回去。”她擦干眼泪，从他怀抱中扬起头，“很没出息是不是？”

容若木把她搂得更紧了些：“对不起。”

“这些天我也在失眠，总想孤注一掷，把你抢走算了，哪怕你不久后就要回去，也许会满怀愧疚，但起码我在你心里还留有余地。”

“你都……知道了？”

“沈潇联系过我。”

容若木眉头皱起，他料到沈潇不会消停，却没料到会这么不消停。

“其实，我很听你的话，‘远离穆清’像是刻在骨子里的命令。就算在前一刻，抱着离开你的想法，我也是选择和陌生人相对而坐……”

“这种想法不许有了。”他打断她。

江尤回以一笑：“你的强硬、你的真心吐露一点都不正式，没准哪天我会忽然觉得，啊，这人也就这样啊，固执古板、随心所欲，然后……”

容若木低头看她，眸中的情感真挚又热切。

江尤停住话语，心又酸又软，伸手抚摸他的脸庞：“然后发现，我却再找不到一个这样让我心动的人了。”

“江尤。”

“嗯？”

他放轻了语气：“做我女朋友吧。”

江尤眼角含着泪珠吻住他：“好，这样很正式。”

Chapter 10

突然噩耗

转眼隆冬过了一半，春节的脚步近了。

新宇科技人性化地提前放假，众人欢呼一通，回家各找各妈。

江云瑾来过电话，说是小年那天回来。

江尤电话里揶揄一番，笑她晚年生活过得悠哉，嘴上讨要着礼物，逗得江云瑾笑吟吟的。

容若木坐在她旁边，看她呵呵傻乐。他想，这或许是她最幸福的时刻了。

江尤挂断电话，扭头就见他一眨不眨地盯着自己，呆呆地摸摸脸："怎么了，我脸上有什么？"

容若木移开视线："有傻气。"

"呵！"江尤张牙舞爪地把他手里的遥控器夺下，拽起他的手腕，"本老板特意关掉书店不是让你休假白拿工资的，快起来干活，我妈要回来了。”

容若木稳坐如钟，眼底含着隐隐的笑意。

“喂，你再不动信不信我把傻气变杀气！”

容若木存心逗她：“你都说了是老板，我不就是老板娘，休假白拿工资不是应该的？”

“我怎么以前没瞧见你有这么厚的脸皮？”

瞧她脸颊有越来越炸的架势，容若木收了收，站起身：“说吧，做什么？”

“所有的橱柜擦一遍，窗帘和床单都要换洗。”江尤指指衣柜上的鸡毛掸子，“你先帮我把那个拿下来。”

容若木把鸡毛掸子拿在手，建议道：“其实我有更好的打扫方法。”

江尤扶额叹息两秒，眸色认真：“大神，我们小老百姓走的是踏踏实实、稳扎稳打的致富道路，不提倡投机取巧的行为。

“难得有机会过过平凡而温馨的二人世界……你小心再引小鬼头过来哦。”

“叮咚”一声门铃响了，像个善意的提醒，随后防盗门被人砸得“哐哐”响，很有不开门就砸穿的架势，外带撕心裂肺的吼叫：“江尤姐姐！”

江尤、容若木：“……”

容若木：“你这张嘴简直开过光。”

他懒懒地把门打开，一只手按在小鬼头顶，挡着不让其进来：“做什么？”

“新年快乐恭喜发财！”

程一维小脸跑得红扑扑，这段日子是他换牙高峰期，说话都在漏风，但勉强还是把话说明白了。

容若木赞赏地点点头，把他的身子往后一扭：“谢谢你的好意，再见。”

“江尤姐姐！”程一维吼得嗓子都要劈叉了。

江尤笑着一把拉开容若木：“你跟他闹什么闹。”

她把小鬼让进屋，倒了杯热果汁，刚放上桌，被容若木移开，推了一杯白开水过去。

程一维眼见着就要撇嘴，容若木冷冷一望：“你准备以后嘴包牙吗，都漏风成这样了还喝果汁，不想娶老婆了？”

看容若木端起果汁喝起来，程一维一脸不服气：“你怎么就能喝了？”

“我有女朋友了。”容若木弹弹他的脑门，“所以别没事往别人家跑，有空找找女同学……做做习题。”

江尤白他一眼：“你都这么教孩子的？”

容若木想起盛霏那个小魔头，轻抿了一口果汁：“嗯，不过她比较好糊弄。”

跟某人一样。

小鬼也是吃软不吃硬的，嘴直接鼓成了河豚：“你不要神气，妈妈会给江尤姐姐介绍男朋友的，你要从这里被赶出去啦！”

江尤顿觉不妙。果然，容若木的嗓音提升了一度，眼神带着惊异和谴责，死死盯着她。

“你又要相亲！”

“我比较抢手。”江尤干巴巴道。适龄、适业，就这两个黄金招牌就够热心肠的大姨们拿着相片来踩门槛了，更何况还是皇太后江云瑾下旨批准的。

“不准。”容若木单手拎起程一维的领口，和他对视，“喂，小鬼，我带你投影看星际大片，你回家给我断了你妈妈的念头。”

“我还要大碗八喜冰激凌！”

容若木盯着他漏风的嘴巴，点点头：“成交！”

把程一维打发走已是傍晚时分，江尤伸个懒腰，感觉带孩子比打扫卫生还累。

容若木把投影设备装起来，他给小鬼看的是科技教育片，虽说接触得早，但震撼力还是能让他消停些。

程一维临走前存了心眼，准备改天带着寒假作业来，被容若木及时勒令制止：“你能迈进这道门，我就能告诉你爸你有多热爱学习，多渴望书店的《愉快寒假》和《刺激寒假》！”

小鬼心想这份愉快和刺激还是别要了，眼含热泪地回去了。

江尤拿起桌上的鸡毛掸子，站在高凳上清扫屋角的蜘蛛网，灰尘噗噗往下落，她低头揉揉眼，被容若木在背后轻轻抱住。

他埋在她颈窝，轻轻叹口气，热气搔得她有些痒，禁不住笑出来：“怎么，受刺激了？”

她早瞧出容若木兴致不高，星辰遍布整个房间时，她惊叹出声，忍不住看向他，却见他心事重重。

“其实我准备对我妈摊牌。”江尤知道他在在意什么，“我想让你转正。”

容若木没说话，相亲的攻势越来越猛，是江云瑾等不住了。江云瑾这一生，经历过干柴烈火的爱情，却没有美满的婚姻，这是她的心病，忧思延伸到江尤身上，怕女儿走上她的老路。

他在举棋不定，更多的是对江云瑾的愧疚，他又要害她的女儿重蹈覆辙，抓着虚空的回忆，静度余生。

“你没正式工作，没高等学历。”江尤还在念叨，“幸亏我不嫌弃你啊。我妈很开明，哪怕她介意，你还有时间争取她的好感……”

说到这里，她顿了顿，强笑道：“我说得对吧？”

容若木吻吻她的发顶：“嗯，对的，都是对的。”

可是，江云瑾没时间了。

主治医生找他谈过，癌细胞已经全部扩散，化疗不过是徒增痛苦，更何况，江云瑾不肯化疗。哪怕明天就是永无黎明的黑暗，她也想体面地见过江尤，再慢慢睡过去。

“哪怕再艰难的时候，我都没后悔把江尤生下来。”

闲来无事，江云瑾会和他闲聊，病房内长时间见不到彩色，洁净无瑕的墙壁把她的生气也一起吸走了，她的声音总是轻轻的：“她刚上小学那会儿，我在纺织厂做工人，任务量完不成，要加班加点。江尤的学校就在对面，她背着小书包来陪着我，‘妈妈妈妈’叫得又响又脆，我每次听到都觉得这灰暗的生活里，她真是上天给我唯一的恩赐……

“江尤总觉得我辛苦，可我不觉得，从筷子都抓不稳到她独自拎着行李箱踏上火车去L大，这个阶段我所做的只不过是陪伴，陪伴她这棵小苗自由成长，成长到遇风不斜、遇水不烂。

“江尤眼光很准，看人毒辣。小容，我给你提供遮风挡雨的地方，我隐瞒她躲到书店阁楼，留你和她单独相处，不是因为信你，是因为信她看人的眼光，我没信错。

“所以孩子，当是完成我最后的心愿，帮她找到一个疼她、懂她、爱她，艳阳高照能帮她挡挡阳光，沿途旅行会握紧她的手，能代替我陪伴在她身边的人吧。”

……

“喂，你在想什么？”江尤挥挥手，扰乱他的思绪。

容若木低眼，女生笑得狡黠，眼中像有光在闪：“想得这么认真，在想转正式工后，怎么面对未来丈母娘吗？”

“饿了没？想不想去逛逛？”他冷不丁说道。

“我们似乎没有认真去过哪个地方。”他敲敲她的脑袋，眼含宠溺，“想去哪里，我带你去。”

瞧这口吻，绝不是去隔街面馆那么简单，可他突如其来的想法，却更让江尤确信他心中有事。她无意探究，拿鸡毛掸子给他看：“这个怎么办？”

“回来再说。”

江尤哭笑不得：“你怎么想一出是一出？”

容若木拿来大衣给她披上，回答道：“女孩子这时候就该用好‘做主’这个特权，快想想目的地。”

江尤被他紧箍在怀中，脸颊蹭在他的皮衣上，凉凉的。她抬眼看他，很是乖巧："我听你的。"

她到底没什么规划，一切信他由他，等眩晕感袭来，再稳住后，睁眼就是另一番景象。

欧式建筑群像座山，暗影张牙舞爪地投下来，在路灯前怒刷存在感。有零星几家商铺开着门，咖啡香气溢出来，大概是深夜上班族为自己灌下的又一瓶提神剂。

凌晨两点。

两人面面相觑。

"你总能带给我惊喜。"江尤在路边的长椅上坐下。

洛杉矶温暖如春，她大衣内就一件薄款毛衣，却还是觉得衣襟内都是薄汗。

长街尽头，灯光似乎更足些，容若木看了她一眼："怪我考虑不周，不过，要不要去看看？"

江尤点头，任他使力拽起自己。纵使是深夜，这差别于东方特色的建筑仍有着令她驻足的魅力。她在一间独立画廊前停下，精美镂雕像爬山虎一般，自窗户边缘有序地爬至几米高，延伸进两座威尼斯风格的桥梁。

江尤忍不住攀着玻璃门，向黑漆漆的店内望去，几幅画作在微光映射下，清晰地映入眼帘，似乎透过空间的阻隔，在朝她点头示意。

"我们进去。"容若木轻抬手。

“不请自入非礼也啊，神仙。”江尤拦下他，“等改天吧，阳光灿烂、风和日丽的日子，堂堂正正，而不是偷渡。”她眨眨眼，指指自己的肚皮，“当务之急，满足温饱。”

容若木握紧她的手，轻应一声：“嗯。”

两人没走多远，凌晨时刻不允许他们对这里的餐馆多加挑剔，江尤搜索了一家口碑不错的美式牛排餐厅，二十四小时营业，有专门的夜宵菜单。

“我妈知道我大老远跑这里吃西餐，大概要骂我一句崇洋媚外。”江尤托腮望向窗外，指尖在脸颊点了两下，看一眼容若木又笑了，“不过她肯定不会信。”

容若木沉默着帮她把牛排切好，推过去。

“我发现一提到我妈，你就不爱说话。”江尤撇撇嘴，“沈潇说得不错，你和长辈代沟蛮大的。我妈说你很踏实，却少言寡语，不过也好，她讨厌油嘴滑舌的。但女婿还是要嘴甜一点好，不然丈母娘会担心自家姑娘受欺负。”

容若木看她一眼，伸手拿过她放在桌边的手机。

江尤夺了一下，发现有人注意到这边，脸有些热，小声道：“喂，你干吗？”

“看你最近又在看什么乱七八糟的东西。”

“你还我！”

容若木置若罔闻，轻轻划开。果不其然，江尤的朋友圈全是《和丈母娘作战的一百招》《降丈母娘十八式》《拿什么说服你我的丈母娘》一类的心灵鸡汤。她许是怕丢脸，设了仅自己可见，看到称心的还会点个赞。

看他一副又刷新三观的表情，江尤气愤地在桌子下面踹了他一脚：“这是我的隐私！”

“喏，我的隐私也给你看。”容若木把手机丢给她。

江尤翻了两页，照片 App 内大多是花草，不算新型却也智能的手机被他用得像是老年机一样。

“太没新意了。”江尤啧啧叹气，趁容若木不注意，飞速侧身比了个“V”，和静坐的容若木同框拍了张合照。

她又翻了翻：“哎？上次去楚长城的合照呢？”

容若木任她摆弄：“周民传到邮箱了，回去再看。”

“噢。”江尤划拉着屏幕，无意识地应道。

她吃得有些饱了，却不想动弹，难得和他坐着享受静谧的时光，哪怕相对无言，她说他听，也是好的。

有人自远处过来，木质桌面被敲了两声，她以为是服务生在催，先用英语回了声马上就走，再抬头，就愣住了。

穆清正看着她，一袭深色西装，一枚形式简约的星月式胸针挂在胸前，整体都带着英伦范，人显得文质彬彬，只是眉间几不可见地皱着，见她抬眼，皱褶似乎更淡了些。

“好巧。”

“好巧……”

穆清是来美国拜访导师的。在校时，白教授对他关照颇多，甚至任耀科技建立时，期间错综复杂的关系也是靠白教授的协助，才得以稳妥地摆平。

从白教授家出来已是深夜，和白教授聊得起兴，饭菜并没吃多少，他便找了这家餐厅，准备填填肚子。坐在窗边，看外面灯火通明的大厦一点点暗淡，看行人越来越少，他瞧得无趣，拿起外套刚想走，就被两个熟悉的人影吸引住了目光……

“你……”

穆清微微张口，却被江尤一把将话头抢过：“是李格邀请我们来的，我一人出国家人不放心，所以派了表哥过来。”

她冲容若木眨眨眼，却见某人始终冷淡地坐着。

穆清笑了笑：“想和你好好吃顿饭，却总是错过，这次大概也是不赶巧了。准备什么时候回去？”

“明天，明天我们就走。”

“这么急？”

江尤讪讪地说：“新年还是要在家过的。”

“也对，替我向李格问声好。”穆清眼中瞧不出什么情绪，声音却是轻柔的，“等回国，你可不许放我鸽子了。”

“好。”

“天不早了，我就先回去了，你们回去路上小心。”他朝容若木简单示意，轻拍了下江尤的肩膀，转身走出去。

看人走远，江尤仓皇地抬头：“没事吧？”

“没事，不过是场他意料不到的旅游。”容若木看向窗外，直至挺拔的身影在拐角消失不见，他才继续道，“吃完饭，我们早点回去。”

洛杉矶时间清晨六点，Spring House。

李格从枕头边摸出振动不停的手机，睡眼惺忪地划开。

“Hello?”

“李格，我是穆清，回家了吗？”

江尤提心吊胆了两天，见穆清没多追问，渐渐放下心来，全身心投入到迎接江云瑾、共跨新年的史诗级事件中。

大清早，江尤和容若木去菜市场买了些蔬菜和肉。她和江云瑾以往过年没在乎过菜式，中午包顿饺子，凑个凉菜，下午再回锅热一顿，就算是过年了。

这回江尤感觉终归不一样，挑了几样平时不怎么吃的菜，又买了些北极虾，准备做得丰盛些。

容若木陪在她身边，看她笑眯眯地和大爷大妈讨价还价，便宜个几毛都像打场胜仗似的。

回去的路上，江尤好奇地问他：“你们是怎么过年的？”

“贴红字，吃饺子，和现在差不多。”在惜悯机构的时候，新年过得有些惨淡，均匀的吃食，统一双手合十感恩主赐予的一切，等被盛教授领养后，才知道新年能过得丰富多彩，却没了兴致。他不爱热闹，不知是本身就这样，还是惜悯机构不带人情味的生活把他浸染成了如今冷淡的模样。

江尤皱皱鼻子：“但对你我而言还是不一样的。”

“哪里不一样？”

江尤停住，踮脚故意瞪他：“你说哪里不一样！”

容若木拎着菜，看她半晌不说话。

江尤踮脚踮得有些累，讪讪地想把距离拉回去，容若木却突然凑近，唇唇相扣，温热透过浅浅的碰触传递过来，她的呼吸间瞬间都是他的气息。

江尤有点蒙，怔怔地看他摸摸嘴角，漾起抹坏笑。

“是不太一样。”

“啊啊啊！”江尤回神狠狠踩他一脚，朝家跑去，“色狼！”

容若木不紧不慢地跟上，看她风似的转过楼梯拐角，笑容渐渐散了。他停下脚步，仰头望向五楼窗口，出门前开着透气的窗户现在正死死闭着。

她回来了。

江尤推开门，灶台边正升起腾腾雾气，烟雾笼罩间，她看见一抹消瘦的身影。

江云瑾把一把青菜洗净，折断放进小锅，一声夹杂着惊喜的“妈”还有一个拥抱直直朝她扑过来。

她强忍住全身的痛，笑着转身：“今儿太阳打西边出来了，往常不晒屁股你可不挪窝！”

江尤没好气地道：“还不是为了迎接抛弃我出去逍遥的妈……我这样的闺女，打着灯笼都难找，您瞧我就直接蹦您肚里了，偷着乐吧！”

“双手空空迎接我？”

“菜都在后边呢！”江尤示意她往身后看，“三人份，买得

有些多。”

容若木把塑料袋放在餐桌上，敛眉道：“阿姨，好久不见。”

“好久不见。”江云瑾手撑在灶台，有些诧异，“小容，过年不回家吗？”

“他家亲戚朋友多，影响他学习。”江尤现在的圆场话张口就来，“他年三十后回去几天。”

“哦，这样。”

江云瑾点点头，把锅里的面捞出来，指使江尤端过去吃。江尤瞧她微抖的手，目带担忧：“妈，您的手怎么了？”

“没事儿，”江云瑾若无其事道，“这几天爬山爬得有些累。”

“您这出去一趟，真不知您是散心还是遭罪去了，瘦了一圈，我抱着都嫌硌得慌。”

江尤比画了一下，双臂一合，甚至都能抓到一半的小臂，她拉住江云瑾忙碌的手：“您如实招来，旅行社是不是打着旅游的名头让您去搬砖了？”

江云瑾“扑哧”一声笑出来：“你这贫丫头。”

她轻喘两声，有点站不住，摆手让江尤自个儿折腾中午的饭，就进了卧室。

江尤无奈地看向容若木：“看吧，往后我可不敢让她一个人出去了。”

想了想，江尤还是不放心，想去卧室瞧瞧，被容若木拦住了：“让阿姨歇息一下，我帮你打下手。”

江尤吊起眼角，一副不信的模样：“你会吗？”

“只要不食物中毒，我还是会的。”

江尤把他推离一米：“您老还是歇着吧。”

在容若木坚决的毛遂自荐下，他最终被安排在餐桌前择菜，江尤在厨房冲洗菜叶，哗啦哗啦的水声，盖过容若木身后的房间内一声声压抑的咳嗽。

他感到一种无力，哪怕科技日日昌明，却仍对生死无措的无力。

“我十岁就会包饺子了。”江尤突然道，她把昨晚发酵的面团拿出来，慢慢揉搓，“冬至、小年、年三十，我都会和我妈一起包。起先馅儿是她调的，面皮也是她擀，我手不巧，擀出来就是个多角形，后来被她教着教着，我这手艺也出来了。

“有时候我妈会给邻里送点，说是闺女包的，眼角眉梢都是忍不住的得意，我就想我妈挺容易满足的。一顿饺子、放假时帮她看管书店、晚上临睡前给她拨个语音，都够她乐得一天合不上嘴。

“我从小就敢走夜路，没人的小巷我哼着歌走都不带怕的，妈妈笑我是‘傻大胆儿’。可她不知道，我还是会怕的，我怕的是她日益年老，我逐渐成人，却来不及侍奉她颐养天年……唉……她可一定要好好的。”

容若木没说话。

江尤停下手里的动作，扭头看他：“她会好好的，对吗？”声音轻轻的。

容若木喉咙滚了滚，点点头：“是的，她会。”

到午饭时间，江尤端了两大盘水饺放到餐桌上，江云瑾没胃口，尝了两个饺子夸赞了声味道不错，就又回房了。

江尤折腾一早上，却没食欲，和容若木说声“我陪她休息”就跟着进了卧室。

容若木看房门慢慢掩住，耳边通讯器发出嗡鸣，他顿了顿，朝外走去。

江云瑾眼睛没闭严，胃似乎在翻绞，疼得厉害。她把手轻轻贴在腹部，身后的门悄悄开了，有人坐在她床边，一只柔嫩的手慢慢地盖住她的手。

“你怎么也过来了？”

“我陪您睡午觉。”江尤的声音带了丝撒娇的意味，“我好久没跟您睡了。”

“这么大还黏我。”江云瑾把手抽出来，把女儿的手握得紧紧的，“我还没审问你，你和小余怎么回事？不是谈得好好的？”

“忍得好好的吧，忍不住了，就分了。”江尤没说人坏话的毛病，好合好散是她和人相处的宗旨，她不想多说，“妈，别给我介绍了，船到桥头自然直。”

江云瑾翻身和女儿对视，女儿明亮的眸底有着深深的疲惫，她心抽痛了下，却还是强硬道：“没桥你怎么直？”

“妈，给我的心灵放两天假吧，”江尤都要拱手作揖了，“不然忤逆您的导火线要开始燃烧了啊！”

江云瑾笑了：“我倒想仔细问问，怎么个忤逆法？”

江尤试探道：“近水楼台先得月？”

江云瑾的笑容淡下去，外间的门“啪嗒”一声响，是容若木从外面回来了。江尤紧盯着妈妈的面部表情不放过，却未料江云瑾将棉被盖过她的头顶。

“陪我睡会儿吧。”

“哦。”

许是母亲身上总有股令人安稳的气息，江尤虽是心事重重，却沉沉睡了过去。等她一觉醒来，枕头边没人，厨房响起“刺啦刺啦”的炒菜声，依稀伴着小声的谈话。

“油不要太热，不然容易焦。先把花椒放进去，炸出些味道……”

江尤推门出去就见两人站在灶台前，容若木站得靠前，抓着油锅拿着铁铲的动作都正经得多，江云瑾靠在灶台边轻声指挥，两人相处的气氛和谐得让她有些别扭。

“妈。”

江云瑾看她一眼：“还知道起？把饺子放微波炉里热一热。”

“噢。”江尤吐吐舌头，打开冰箱。

早上买的蔬菜都被拿出去了，腾出不少地方。她掂量了下，端了盘饺子少点的，放进了微波炉。

转盘“嗡嗡”转着，饺子受热不均发出“噼啪”的响声，江尤看了几秒，打算进厨房帮忙，却被江云瑾撵了出来：“你醒醒盹，去楼下买瓶饮料。”

这是晚餐不准备让她插手了。

江尤细细打量了江云瑾两眼，又看了眼忙得“热火朝天”的某人，乐得自在，欢乐地下了楼。

门轻轻阖上的那瞬，江云瑾就瘫软地扶着椅背坐下来，容若木急忙关了火，半俯下身："还能撑住吗？医生开的药吃过没有？"

"不太管用了。"江云瑾喘着粗气，像下一口就没有新鲜的氧气再进入了，浑身发抖。

"我带您去医院。"

"不，不用。"江云瑾摇头，"我在那里躺怕了，在家在医院左右都是疼，还不如回家。"

容若木眉头紧皱："您……还要瞒着江尤吗？"

江云瑾垂眸，紧扣在木椅上的根根手指瘦得突兀，病来如山倒，这座山逗弄了她几个月，最近变本加厉。她能觉察到江尤的患得患失，自己虽不是引线，但可能成为压垮女儿的又一根稻草。

"我……"

"瞒我什么？"本该阖上的门骤然打开了，江尤两手空空站在门口，脸色苍白。

她一直保持着出门的姿态贴在门口，室内嗡嗡却不乏清晰的声音传递过来，她终归忍不住推开了门。

江云瑾仓皇地抬眼，想要否认。可这一刹那疼痛风暴一样袭来，胸腔似乎被堵住，她开始剧烈地咳嗽，嗓子口有什么要喷涌而出，再然后，她忍不住吐了出来。

失力感瞬间席卷全身，江云瑾控制不住地栽倒下去，耳畔是江尤无措的嘶喊声："妈！"

救护车来得很快，呼啸着抵达又呼啸着离去，江尤紧追着推车，直至它被送入急救室，才瘫软地坐到地上。一双洁白的板鞋停在她面前，她有些迷茫地抬眼，眼泪唰地就下来了。

“我知道她身体不好，但我不知道她身体竟然这么不好。她这次回来，瘦得离谱，我还想着一定要让她好好补补……”

江尤低眼看着自己的掌心：“我从没见过这么多的血……她竟然能吐这么多的血。”

容若木胳膊使力将她拽起来，可她全身都是软的，抖得像筛糠一样，站都站不稳。他半搂住她，坐在一旁的长椅上，慢慢蹲下身，直视她慌乱的眼睛。

“江尤，对不起，都怪我。”容若木执起她冰凉的手，试图用他的温度温暖她，“你妈半个多月前就住院了，我们怕你担心就都没告诉你。”

江尤呆愣地看他：“你都知道……”

“阿姨叮嘱我不要向你透露，她清楚自己的情况，觉得告诉你不过是徒增伤心。你要是生气，就打我骂我，不要都憋在心里。”

江尤还是愣愣的，眼珠回转，像个没生命的木偶。

容若木紧握住她的手，坐在她身边，她的泪珠还在断线似的大滴大滴滑落。

江尤擦了擦：“我妈她一直这样，考研的时候，她总嚷着胃痛、腰痛，哪里都不舒服。我被她念叨得心慌，什么都学不下去，要拉她做全身检查，她死活都不听，还说没事，只是累了点。

“上学期她在电话里又念叨两句不舒服，我把她狠狠训了一顿，我说：‘难受就快些检查，不然我远在 L 市成日惦记恨不得到您身边去，能不能让人省些心？’我甚至还拜托隔壁餐馆阿姨陪她一起去，她跟我说去了，然后再没跟我提起过头疼脑热。

“现在，我倒宁愿她依赖我些，那样我还有机会……”

江尤抱紧自己的头，声音嘶哑：“都是我，怪我关注不够，我竟然还傻到认为她真的拖着那样的身体去爬山、去旅游，我真是个大傻子。”

容若木把她紧紧搂在怀里，前襟被哭湿了一片，他轻拍她的背，听见她鼻音浓重地说：“容若木，我今年还不到三十岁，我好怕，我会没有妈妈……”

“不会的。”容若木说着两人都心知肚明的谎言，“她一定会挺过来的。”

来医院来得仓促，三人身上都带着些许血迹，狼狈不已。江尤拿纸巾擦擦眼，平复了下心情，让容若木回家找些江云瑾的换洗衣服。

“你一个人在这里可以吗？”容若木有些不放心。

“没事。”江尤深吸口气，眼角涩得好像又要流下泪来，她忍了忍，“我妈的衣服和我的都放在一个衣柜里，你挑几件薄的，她还要穿病号服。”

“我知道。我马上就回来，你待在这里不要动。”

“嗯，快去吧。”

容若木前脚刚走，江尤后脚就去办理了住院手续。一来一回间，毛衣上扎眼的血迹引来不少目光，她刚回到急救室门口，就被人拽住了。

来人呼哧呼哧喘着粗气，看她迷茫地抬头，迅速把手松开。

“还真是你，我以为我瞧错了。这地方我又不敢喊，你走得倒是快。”

“任总。”江尤揉揉眼，把泪痕抹掉，强打起精神，“没想到会在这儿遇见您。”

任垚低眼仔细打量她。

江尤皮肤本来就白，所以哭红的眼扎眼又突兀，眼眶周围都是肿的，对他仍旧毕恭毕敬，精神却是惫懒的。

“家里有事？”虽语带询问，但据前些时日的打探，他大概确认那位是油尽灯枯了。老爷子没少找主治医生谈话，昨天还派陈放替江云瑾把医疗费用交上，却未料她出院了。

今儿老爷子食欲不振，满腹心事，陈放被扔出去探听消息，谁都想不到江云瑾兜兜转转又回来了。

这不是好事。

“我妈病得有些严重，”江尤看一眼急救室亮着的灯牌，鼻音很重，“我等她出来。”

她不欲多说，又道：“任总，您是来看望病人的吧，我就不打扰您了，您去忙吧。”

任垚点头。他和江尤未多接触过，这会儿靠他平日插科打诨缓和气氛也不适宜，两人独处免不了尴尬。

任垚往前迈了两步，想到江尤通红的眼，犹豫了下又快速走回来：“有什么麻烦就和我说，我会尽力帮你解决。”他看着她，眼含真挚。

“任总？”

“我是说公司也会对员工家属施以必要的慰问的，家境有困难支付不起高额费用，公司会帮忙。”任垚找了个合适的借口，扬扬嘴角，“所以不用给公司省钱。”

江尤点点头，动作幅度不大，脸颊却还是有温热的液体流下来。她飞快地擦擦，深深鞠了个躬：“谢谢您，任总。”

任垚低眼看她毛茸茸的脑袋，大手动了动，想摸上去，却还是忍住转而轻拍她的肩膀，之后离开。

任青松的病房在六层 VIP，宽敞的独间，任垚没坐电梯，从安全通道一个阶梯一个阶梯往上爬，脑海中全是江尤带着悲恸的眼，心头越发不舒坦。

他禁不住想，如果江云瑾的态度缓和些，老爷子强硬些，在他四岁那年会不会有不一样的结果？会不会他能亲眼看着襁褓中那个同父异母的妹妹慢慢长大？那他会怎样，敌视妹妹抢了他本就没有的父爱，还是悉心呵护？会不会在有臭小子觊觎她美貌时，把人堵在胡同里打？

但现在想什么都没用了，江云瑾借用了老爷子四年的时光，给了江尤少得可怜的童年后，把他推了回来。这个坚韧大气的女人，之后对老爷子不闻不问，形同陌路，用冷漠浇熄双方的爱，以弥补对还是孩童的自己的愧疚。

这些是母亲告诉他的，二十几年时间，她对这个女人从最早的漠然到最后的钦佩。她和老爷子的这场婚姻，家族获得利益，她演完举案齐眉这场戏后，得到一生安逸，独独毫不知情的江云瑾，在复杂的三角关系中失去了所有，又用余生踏破荆棘护住了自己生命中偶然的意外。

“她把女儿养得很好。”母亲似有怀念，“你中考那年的毕业会后，是同校小学部小升初的庆贺会，我多留了会儿，正赶上江尤上台演讲后，一排孩子等着家长送花。

“有个女孩因为父母来得晚，没花接，哭得鼻涕一把泪一把的。江尤转手把江云瑾给的花递了过去，又朝江云瑾递了个吻，说妈妈我爱你。”

母亲摇头叹息：“我一直好奇怎样的女人能让任青松惦记这些年，现在看来，江尤身上折射的乐观和善良，就是江云瑾本有的。我不认为自己输给了她，毕竟没爱的我从来和她不是对立关系，可惜她不知道。

“小垚，哪日你真的见到了江尤，对她好些。这是青松欠她们的，但照江云瑾的性子，他这辈子都没可能弥补了。”

心头瞬间如堵了块硬石，任垚走到病房门口，透过透明玻璃窗看去，老爷子正静静望向窗外，眼中是一望无际的寂寥。

陈放从电梯口出来，神色匆匆，见到他低声应句“少爷”就要进门，被他拦住了。

“江尤还在医院，你找机会让他们见一面。”

“少爷？”陈放有些惊讶，细思几秒，眼底划过一丝了然，点点头，推门进去了。

Chapter 11

新年之夜

从急救室出来后，江云瑾被推进加护病房。江尤守在病床前，江云瑾在麻醉失效后迷蒙着醒来，两人默契地没再提这场隐瞒。

主治医生和江尤谈过，江云瑾晚期癌细胞已经扩散，已造成多器官功能衰竭。她的呕血症状频发，是因为并发的消化道出血，现阶段主张药物治疗，毕竟化疗和放疗只会加重她的痛苦。

江尤听得脑中一片空白，行尸走肉般回到病房，看到江云瑾熟睡时仍紧皱的眉头时，心像被谁泼了瓶硫酸，酸胀中带着浓烈的痛楚。

命运待她从来都不公平，她所欣喜的、所珍惜的、所拥有的几乎都要夺走，她却毫无办法……

容若木把邻居好友送来的慰问品放进隔间的柜子里，这些天来的人不少，却大多带着责备的口吻埋怨江云瑾的隐瞒。上次江云瑾在书店昏倒，被她用“低血糖”轻描淡写地带过，这次江尤亦不愿多说，但两回被救护车拉走，足够邻里四方茶余饭后八卦一番，便扩散开了。

江尤拎水壶去打水有一会儿了，外面朗姐带程一维过来，正和江云瑾谈话，小鬼不时插几句，独有的生机活力倒让这几日的死气沉沉缓和了许多。

“一维的姨母同事家有个不错的男孩子，高学历，考进了事业单位，父母都退休了，我想介绍给小尤。”朗姐话赶话聊到这儿，容若木迈出隔间的脚步一顿。

“那小孩我见过，挺有涵养，不会像余浩那样不着调。”

“不用了。”江云瑾靠在床头，硬撑的那股精气神消失，病魔变本加厉地把她两颊的肉迅速啃食下去，几天时间她就瘦得不成样子。她歪头看看隔间，容若木在里面整理东西，她却知道他在听。

“江尤有自个儿的想法，这事我看开了，强求不得。她有中意的人，我瞧着不错，懂得待人接物，是个好孩子。”

朗姐面带疑惑：“你说的是……”

“我！我知道！”程一维扔下变形金刚，骄傲地举起小手来。

江云瑾没让他说下去，笑着捏捏他的鼻尖：“那小维要帮江奶奶看紧了，不准他欺负你的江尤姐姐。”

“嗯！”小鬼答得又脆又亮。

容若木静默两秒，推开病房门走了出去。

走廊尽头，打水处的平台放着绿色的水壶，旁边并没有人，

他拎起来，视线一扫，朝医院里的花园一角走去。

十分钟前。

江尤刚放下水壶，护士站的护士见她出来，探头告知费用需要续缴。她道声麻烦了，小跑着到王医生诊室前，门还没敲，一位四十多岁的男人止走出来，见到她略带诧异，点点头擦肩而过。

王医生抬头见她杵在门前，柔声道："江云瑾家属吧，有人帮你缴过费用了，不用再跑了。"

江尤愣愣地点头，关上门迅速追了过去。

"老板多年前在你母亲那里欠了笔账，一直不能心安，这算是他的一点心意。您坚持要归还的话……还是和我们老板亲自说吧。"陈放笑着推拒，朝医院的花园看去。

江尤走到花园内的长廊，长廊中心一辆轮椅突兀地伫立在那儿，她透过背影，看到老人斑白的头发，寒冬的太阳照在上面，泛着银色的光。

"您是？"她试探着靠近。

老人将轮椅扭转，被时光勾勒的脸庞漾出一抹笑。他该是不苟言笑的、严肃的，江尤不懂如何接触的那种人，但善意的笑容融化了她来这儿之前的巨大隔阂感。

"你真是长大了，我最后一次见你，你才这么大。"任青松放平手掌微微比量，看江尤带着打量的目光，掩去眼底的兴奋，自我介绍，"我是任青松，任氏集团董事长。"

任氏集团？江尤脑中飞快思索着，再抬眼看他熟悉的面庞，声音有些僵硬：“任总的父亲？”

“是。”

账单被风吹得呼啦呼啦地响，江尤回神：“任伯父，陈叔叔说您是我母亲的旧识，但无论怎样，我们都不该收您这笔费用，我会以最快的时间把钱转给您的，谢谢您的好意。”

任青松道：“我们先不谈这个。相识就是缘分，我这糟老头子在病房憋了太久，一直想找人聊聊天，你不介意的话，陪我坐坐？”

江尤有些犹豫，看老人期许的眼神，迈开的脚忍不住收回。陈放体贴地拿了坐垫过来，她轻道声“谢谢”便坐下了。

“知道你母亲住院，一直想去看看，可惜不方便。”任青松望了会儿车来人往的门口，忽然道。

江尤静静道：“您太客气了。”

任青松看她一眼：“你跟她真的很像。”

任青松带着回忆的口吻，继续开口：“我和你母亲是大学校友，入学那年家中有事，我下学期才报到。车刚驶进校门，校园内的景色还来不及看，一只风筝就砸在了车玻璃上……”

“我母亲？”

“对。”任青松笑了，“司机把风筝拿下来，等了一会儿不见有人来拿，就塞进后备厢，送我进了宿舍楼。风筝的主人是第二天来的，把我拦在宿舍楼口，那是我第一次见你母亲。

“眼睛大大的，眼神清澈，两个麻花辫束在胸前，脸红得好像桃花，跟我讨要风筝。”

“那您给她了吗？”江尤被勾起好奇，似乎穿透时光，她触摸到母亲年轻时候的模样。

“没有。我那会儿被家中琐事烦得焦头烂额，只觉得逃离家庭麻烦后又来了校园麻烦，麻烦串成一个链，就没好气地呵斥了她：‘你昨天怎么不出现？而且这个遮挡视线，汽车撞到人怎么办？你担得起责任吗？’”任青松闭上眼，回忆里，颐指气使的男生是这样对女孩说的。

“‘所以我才没敢出来啊！风筝线断了嘛，而且司机看着这么凶，我会被骂得狗血淋头的！还以为你好说话些的……训斥起人来也像个老头子。’女生也委屈巴巴。

“‘那抱歉了，老头子告诉你个坏消息，风筝被我扔了……’

“‘你！你太过分了！’

“‘没你说得过分，没人要的东西恕我不能物归原主，请回吧！’

“女生跺跺脚，愤愤地跑远了，两根麻花辫一甩一甩，可爱得紧……”

“再然后呢？”江尤打断他的回忆。

“学校组织了一场交际舞会，要求全系参加。我被通知得晚，独自一人过去，被学长强逼着跟落单的她凑了一对。那晚……她一直踩着我的脚在跳舞。”任青松讲到这儿，眼里有怀念。

“‘你是跳舞太烂还是故意的？没人教你好好跳舞吗？’男生恨恨地瞪她。

“‘抱歉抱歉，我没跳过，以为很简单的！’女生惊慌失措

地低头，男生的脚背又是一阵疼痛，‘下个月还有一场的，我要怎么办啊！’

“万一下次又是她……男生想到这里，牙根一疼：‘算了，我教你。’

“……周末我们约在没人用的礼堂，就这样练了八九天。直到下一次的舞会，看她擎着别人的掌心翩翩起舞，像翻飞的蝴蝶，我才知道，她从小就有舞蹈底子，而拜她所赐，我的脚每周都是痛的。”

江尤忍不住笑出来，她很难想到母亲年轻时会这样孩子气。

“那时的您会介意吧？”

“的确。”任青松点头，但脚背的痛抵不过他望见女生在别人怀里飞舞时的失落和难受，他找寻机会“报复”女生，在一次又一次的针锋相对中，他渐渐失了心，渴望她的目光，渴望她对他独有的嗔怒时的小表情。

他在草长莺飞的二月告白，她大方接受，两人牵手走过三年，许下承诺。大四那年，毕业，两人情不自禁造成的果成为砸破他家庭关系的锄头，那年，任垚四岁。

他们无休止的互相折磨就开始了。

“我介意，但欺负她几次就偃旗息鼓了。”任青松看向江尤，“你也知道，你母亲很强硬，怎样的困难都打不倒她，她一直想成为一名教师，教书育人……”

江尤抿唇听着，听那段年少轻狂里，不一样的她和他。任青松抛去那些爱恨痴缠，自他口中，他们成为最普通不过的同系好友，肩负时代的使命，有着憧憬的未来。

“大四毕业后，我们很少联系，一晃眼，二十多年了。”任青松用眼神描摹着与她相似的轮廓，目光越发和蔼，“这些年，生活很艰苦，她带着你也走过来了，她把你教得也很好。”

江尤笑了笑：“小时候有人跟我说，要听母亲的话，我总记着。可渐渐发现，母亲给我的空间很自由，她的规矩和底线是一个点，做任何事，她会让我自己选择绳子的长度，但绳子的一头一定要在那个点上。生活虽然只给了我一个母亲，但我的成长环境却不压抑，这点我真的很感谢她。”

任青松目光沉了一下，没有说话。

“母亲的性格柔弱中带丝矛盾的刚强，她的自尊心不允许她接受别人的资助，哪怕建立在善意之上，这点一直是我们的共识。”江尤站起来，看向任青松，“伯父，很开心能从您的口中听到母亲的过往，我的亲人只剩她一个，所以，她最后的倔强和坚持都是我要守护的，您的帮助我们不能接受，还请您原谅。”

陈放走上前。

任青松望着那抹远去的身影，幽幽道：“陈放，你听见了吗？她说会一直守护云瑾的坚持，云瑾不想她回来，她也不愿回来。”

离开江尤的那刻，他们都记得。

“小尤，不要哭，听爸爸说，往后要乖乖听妈妈的话，保护她关心她，不要让她伤心。”

“好。”

江尤回到水房，平台上空空如也。她急切转身，被人一把捞进怀里，熟悉而安心的气息包裹在四周，她贪婪地深吸口气，环抱住他。

容若木没说话，此时此刻，他能给予的只是一个拥抱。

“我终归是我妈的女儿，只要片刻幸福就足够。”她闭眼，足够她回味一生。

大年夜来得很快，这天江云瑾嚷嚷着要出院，精神头很足。江尢在医生诊室谈了很久，最终收拾东西，下午返家。

屋子被容若木打扫过，小年的那片狼藉早已无影无踪。担心江云瑾身边不够人照料，两人在网上订了些蔬菜，容若木去楼下小摊贩那里买了春联和福字，新房红字，总算是有了过年气氛。

不少同事、好友发来新年短信，江尢简要回复，又编辑几个新年贺语给特殊的人，就把手机丢在了一边。菜来得很快，她拿进屋时，江云瑾想一展厨艺，被她拦下了。

“您呢，就老老实实乖乖地坐在这儿，慈禧怎么享受的，我们都给您安排全了。”江尢逗趣，“您呀，还是操劳命，有人伺候还不好？”

“可小容他……”

“应该的。”容若木撂下三个字。

三人对视，心照不宣。

江尢插科打诨，找出小年前她就给江云瑾买好的大衣：“妈，新年伊始，您是不是该意思意思？”

江云瑾无力地笑笑，不上当：“女儿工作了，享点福不是天

经地义吗？你刚说的。”

江尤没好气地看妈妈一眼，一脸无奈。撑起大衣给妈妈试了试，原先量好的尺寸，整个人套进去空荡荡的。她瞧得鼻子发酸，调整情绪道：“您就会转移话题，要点红包都小气成这样。赶紧长点肉吧，不然左邻右舍都以为我虐待您呢。”

“那我今晚多吃点。”

“嗯——”江尤满意地拉长音，“识时务者为俊杰！”

容若木把冰箱门关上，看江尤半蹲在江云瑾膝前逗乐，轻轻拉她起来：“让阿姨去休息下，我们做饭。”

江尤抓着江云瑾大衣的手紧了紧，松开若无其事道：“准备露一手？”

“嗯。”

她笑笑，把江云瑾搀起来。

两人扶着江云瑾往里走。半扶半抱地把江云瑾安置在床上，江尤枕在江云瑾旁边：“妈，我不想做饭了，我陪陪您吧。”

江云瑾闭闭眼：“嗯。”

容若木见状，轻轻阖上门，出去了。

他坐在餐桌前没有动，隔壁传来春晚主持人庆贺新春的贺词，抑扬顿挫，每字每句带着对新年的期盼。卧室的门紧紧的，传来江尤轻轻的声音。

“妈，网上说春晚歌舞类节目多，小品很少呢，不过您喜欢的喜剧演员在，我们明天看回放啊……”

“嗯。”

“明天清早我们吃饺子，是你喜欢的茴香肉……”

“嗯。”

“明天我们去给邻里拜年，就穿我给您买的那件，您穿起来很好看，像模特一样……

“我小时候可喜欢跟您去拜年了，阿姨叔叔们总爱给我糖，我记得小学那会儿年后掉牙掉得厉害，被您说了好久，您瞧……我心眼是不是蛮小的，都能记这么长时间……

“后天我们去哪里呢，我带您去老剧院吧？我问过了，那边过年不休息，我们去听您最爱的戏啊……

“妈……

“妈……

“妈……您不要走……”最后一声轻飘飘的，是在祈求永实现不了的愿望。

鞭炮声声，和烟火一起炸裂在这个新年之夜，盖住江尤的话语。容若木推门而入，江尤满脸泪痕地望向他，一手攥着江云瑾的手，一手拿着两个精致的红包。

“若木，我妈说新年快乐。”

穆清揉揉被撞的肩膀，冯铮电话又催了过来，听声音已经喝多了。他忍不住回头看向身后，街道上空无一人，尽头像是怪物张大的口，想要吞噬一切似的。

穆清禁不住打个寒噤，手机又振动起来，他看都没看，划开直接道：“别催了，十分钟后菜和人一起到你家！”

手机那头静了一瞬，响起才分别不久的任垚沉重的声音：“穆清，江尤的妈妈去世了。”

穆清心头一紧：“她现在怎么样？”

“容若木一直陪在她身边。”

“……”

他低下头，想起与之相撞那人嘴角的几缕血迹，以及对方那像是冰冷的刺的眼神。

他见过容若木很多次，起初目光不含友好，到最后有些敌视，却从未这样冷淡陌生过，像另一个人。

穆清想起那日李格带着睡意蒙眬的晴天霹雳。

“江尤？江尤没和我一起啊，我和她说过许多次了，可她护照都没有办，不可能来美国。”

她想到什么，犹豫道：“学长，我有点担心江尤的安全。那个叫容若木的人……G 市那天，江尤瞬间就被他带离了超市。”

“他不是江尤的表哥吗？江阿姨说他是江尤的同学。”

有什么从迷雾中渐渐拨开，江尤支支吾吾的神情，不愿多谈的隐瞒，近郊、超市、美国洛杉矶……穆清泄力地靠在车门上，眼中风起云涌。

江云瑾的葬礼上，江尤没通知多少人，棺木抬到柳坟火葬场，江云瑾的一生归为一抔土，被她亲手捧着，送到墓碑下。

人心底有太多伤悲，泪流得太多，就有些麻木了。江尤在墓碑前跪了许久，眼睛酸胀，她把墓碑仔细擦干净，望着江云瑾的照片，抚摸了一遍又一遍。

“不论形式如何，我还是和您跨过了这个新年。

“茴香饺子您最后还是没吃上，我端了过来，这次没人跟您抢。

“书店开门了，若木会帮忙盯着，我想辞掉新宇的工作，接手书店。这些年看您忙碌，我心下有数，这也是我衡量很久做的决定，您会支持的，对吗？”

照片上江云瑾笑得和蔼，眉间皆是宽慰。她向来不担心江尤的生活、工作，独独情感，她们太相像，像到走入相同的命运轮盘，身不由己。

春节过后，又迎来一阵开学高峰，书店里还是人来人往，并没有因为主人的改变而发生什么变化。容若木帮客人把零头找好，静坐在收银台前，耳边蓝牙耳机闪着光。

“江尤都和你说了？”

容若木动作一顿，轻应了一声。

沈潇忽然不知道该说些什么好，背地暗戳戳劝人分手被当事人知道，真是太尴尬了。沉默一时包围在他们之间，隐隐约约，容若木似乎说了句什么。

沈潇愣了愣：“你说什么？”

“谢谢。”

声音沉稳而真挚。

容若木并非不识好歹，明白沈潇为他操碎了心。兄弟情谊同爱情不是对立的，正如江尤所说，朋友间最重要的是“和乐”，或许沈潇的好心差点伤害到他们，但这也是他默认过的，怪不得沈潇，也不至于丢了这个朋友。

沈潇一时赧然，摸摸后脑勺，岔开话题：“盛教授说这边已经准备完毕了。”

说完，他才缓过劲来，恨不得扇自己嘴巴。

容若木表情冷淡，手却攥紧了顾客递来的纸币：“大概什么时候？”

“一周以后。”

容若木把书慢慢消磁，心头闷闷的。这段时日经历太多事，他总心存侥幸，似乎只要他和江尤十指相牵，便同这片天地融于一处了。他第一次来到这里是在除夕夜，时间的差错令第二次旅程紧随而来。同沈潇将时间前置两个月后，衣柜中的意外，将他带到她身边。没有人知道他有多么感恩这一次的相遇。而如今的现实是，他背负无数人的心血，他逃不开，躲不掉，终要回家。

他沉寂几秒，轻轻道：“回去前，我要见一个人。”

窗明几净的人事办公室，Anna 皱眉找出申请表，她简要浏览了下，递到桌前。

“个人信息填写一下，至于离职原因……你三月初要返校吧？就写继续学业。”

江尤接过来，感激地笑笑，四处跳槽记在工作档案里，不利于找工作。虽是实习却同样受到合同的制约，Anna 此举很为她着想了。

“按照公司规定，员工离职需要面谈，不介意问几个问题吧？”

公事化的严肃氛围让江尤恍然又回到入职时，却没了那会儿的拘谨和紧张，她点点头。

这时，门被拉开，于飞踩着六厘米的高跟，“哒哒”地进来：“Anna 你先出去，我和她谈。”

摘掉斜肩包，于飞脱掉大衣，她是一路跑着过来的，感觉发顶都泛着热气。

江尤看她急迫的模样，心里过意不去，叫了声于飞姐。

于飞摆手：“别叫我姐，您是我祖宗。”她往老板椅前一坐，把电脑打开，浏览着邮件，“和穆清谈过没？”

“穆总不在，我微信通知过他，他回复说让我再考虑一下。”

“所以这就是你考虑的结果？”于飞点点桌上的申请表，抬眸看她。

见江尤不答话，于飞叹口气：“我知道最近你家里事情多，可这并不是你继续这份工作的绊脚石。在这儿，我能给你一千一万个留在公司拥有广阔发展前景的理由，你考虑下要不要留下。因为穆清的关系，我很关注你，你的处事能力和业务能力我是肯定的，更何况跟着穆清，你也能学到不少。不瞒你说，你入职时的实习薪资是按正式工走的，公司也有计划让你毕业后留在这里，这些，都不够你动摇吗？”

“于飞姐，待遇是很优厚，但因穆总施加的光环，我觉得我的能力是和职位不匹配的，而且……我妈去世后，家中的书店也需要人撑起来。”

于飞瞪大眼："你要说辞职回家继承几十亿的资产我就不留你了，你回去捣鼓那家书店！"说到这里，她的头嗡嗡直响，闭眼揉揉太阳穴，她又道，"你让我缓缓，你快气死我了。小年轻都趁着年少，挤破脑袋来企业里发光发热，你倒好，提前进入养老生活？"于飞的声音带着股冲劲，冲击波似的打出来，末了又觉得哪里不对劲。

江尤性子静，属于慢热型，但初入公司那股干劲她瞧在眼里，早出晚归，生活过得充实，嘴角都是乐的，埋怨、郁悒这些情绪从未出现在她身上。就放假一段时间，想法发生翻天覆地的变化，这是怎么回事？

"江尤，你实话实说，你到底怎么想的？"于飞直直盯着她，眼神犀利，"又或者，你在躲什么？"

"我……"江尤有点招架不住于飞鞭炮似的攻势，眼神躲闪，这会儿她倒宁愿 Anna 在这儿，公事公办总好过被人打破砂锅杵在心窝上。

于飞等了半晌，也不见江尤把话说到明面上，深深叹口气，她把江尤填了一半的申请表收起来，继续道："这样，你跟穆清谈一谈，如果留下，这张纸我会撕掉；如果那边给准话让你走，你挑好离职时间，我这边立刻签字盖章。"

江尤失落地推开门往外走，过道里满是匆忙闪过的人影，正在施工的商厦把全公司人的精神头带了起来，各类策划案在不断整改中，所有人都在期许无人售货项目的实施。

垂头丧气的她显得格格不入。

后脑勺突然传来一阵疼痛，把江尤从恍惚中回归现实，她皱着眉回头，正对上一张笑得张扬邪肆的脸，再回头，过道中人影无踪。

“任总好。”她招呼打得乖巧，无意计较方才几乎将自己弹得灵魂出窍的脑瓜崩，绕过他就想走，被他一下拽住。

“于飞那老女人训你了？”

“没有，我们谈了些事。”

“谈什么了？”任垚拽着她不松手，“哎，我长得像村头恶霸吗，都躲那么远？”

“任总您很帅，长相赛潘安！”门“啪嗒”一声打开，于飞倚在门框上，先一步替江尤回答，“不过您得学学别当面说人坏话，不然我这新学的打狗棒法正愁没处使呢！”

“神经病！”任垚鄙视地竖竖中指，拉着江尤跑远了。

办公室周围总算是清净了，于飞低眼看看微信通话，悠悠道：“你最近是旷工出去当特务了吗？你知不知道你家员工要跑了，还是回不来的那种？”

一片漆黑中，徒留手机莹白的光，穆清拿着纸皮袋，神色沉沉：“我尽快回去。”

任垚拉着江尤跑到一家甜品店，气喘吁吁地点了四个冰激凌球推到江尤面前。江尤心情还没平复，冰碗冒着冷气凑过来，看得她牙根直发麻。

“心情不好吃点甜的会好些。”任垚从服务员手里把热奶茶接过来，刚插上吸管，见她目光异样，“怎么，被我的绅士温柔慷慨感动了？”

江尤摇摇头，点点他的杯子：“我想喝那个。”

她最近身体特殊，这会儿肚子都要疼炸了，再瞧见那邪恶的四个球，死的心都要有了。

任垚表情一僵：“我不爱吃那个。”

江尤一把将奶茶抢过：“谢谢任总。”

任垚：“……”

他拿着勺子把冰激凌球戳烂，沉默没两秒，还是忍不住：“你都喊我总了，怎么说话还没大没小？”

“你叫过我妹妹，也没瞧见你把我当妹妹看啊。”江尤突然冒出这句话，看任垚手中被戳断的勺子，“扑哧”一声笑了，“开个玩笑，我准备辞职了。”

任垚从惊愕中回神：“为什么？”

“觉得这份工作不适合我，心里有些压抑。”面对于飞不想说的话，在任垚面前吐出却轻易得多。对任垚，自医院相见，总有种难言的信任在里面。

“穆清？”任垚一语中的。

江尤不奇怪他会知道，冯铮、穆清、任垚向来玩得好，竹马之交，携手创业，他们的友情羡煞不少学弟学妹，那么感情的事自然也不会相互隐瞒。

江尤能觉察到穆清对自己的感情，却无法给予回应，大三那年短短两个月的无端折磨，让她每逢望见他温柔的笑意时，全身会产生刺骨的寒冷。

一朝被蛇咬十年怕井绳，穆清就是那根绳，总让她有种错觉，会给她带来窒息的错觉。

她不说话就是默认了，任垚摆弄着瓷碗，勺子触在底部发出沉闷的声音：“或许我该早点劝诫穆清走出来。冯铮的情路坎坷，倒是成为激励穆清勇于争取的明灯，我隔岸观火，烧不到身上，也就没多管。我乐得观望沉着睿智的穆清在情感上死缠烂打，这让他变得鲜活而不理智，不再像个凡事精密测量的机器人。却未料到会给你造成困扰。”

归根结底还是不喜欢。在G市，她望向容若木时欣喜的小女孩神态，是在面对穆清是永不会出现的。穆清在这个时刻想要抓住时机，还是晚了。

“他对你好吗，你喜欢的那个人？”这句话有些逾矩了，不该出现在上司和下属间，倒像是哥哥关切着疼爱的妹妹，你过得好不好?

任垚问出后，就不自在地咳了咳。他急忙掩饰性地将融化的液体喝下去，甜腻感令他眉头瞬间锁起来。抬眼时，对面江尤带着揶揄而欢快的笑容回答他：“好。”

会救她于危难；会应母亲的要求隐瞒实情，对母亲悉心照料；会由着她的性子，陪邻家孩子玩闹一天。他从来话不多，对亲近的人才会多调侃几句，和她一样。

“那就好，那就好。”

江尤看他：“我还以为，你会劝诫我和学长在一起，毕竟你们那么要好。”

任垚竖起食指摆了摆：“不不，知根知底才会不想让他祸害小姑娘。”

他无奈地靠近，趴在桌上看她：“不过话说回来，你坚决要辞职吗？其实……我还想往后在公司见到你。”

江尤一愣，眼中有什么亮起来，她摇摇手里喝了一半的奶茶，笑笑：“还会有机会再见的，或者来翰林书店找我，到时候我请你喝奶茶，少糖的。”

任垚眼神带着少有的温柔，伸出小拇指：“那……一言为定？”

江尤笑着钩过去：“一言为定！”

本想把中午那顿甜品当作午餐，任垚还是塞了份外卖便当给她，揣着兜坐上火红的 SUV 扬长而去。

江尤捧着塑料盒回到公司，众人皆是稀奇的神色。

老王惊奇：“你竟然还能好好和他吃顿饭，没被气疯？”

江尤笑笑，那人说话虽不着调，但她能觉察到他在小心翼翼地对自己好，笨拙地表达着那份善意。

“不要被他的温柔假象蒙蔽……”老王拍拍江尤的肩膀，“被他勾搭抛弃的人能再组成一个部门，曾经总部有个项目因为各高管讨伐渣男而没有进行下去，他招式多样，多半换了风格。”

他低声唾弃：“这就是资本主义的剥削，项目昼夜不停，楼层顶灯不灭，他徜徉在桃色怀抱，薅尽我们最后一根羊毛，还把前任烂摊子丢给我们。”说到这里，他眸中满是泪光，“他倒是可盐可甜可高冷可绅士，苦了我们。小丫头，我瞧你是可塑之才，千万别走进深坑愤愤离去，不然于总会疯的。”

江尤：“……”她总算了解于飞对任垚的敌意从何而来了。

可她和任垚……江尤想起他剑眉星目下的认真，和他的交流贯穿着一股奇异的电流，她却知道那不是爱情。

穆清的行程保密，好几天没露面，只在微信上分享近期计划，言辞较先前比有些冷淡。江尤跟工程部跑了几趟工地，勘察进程，还要协助回复总部邮件，忙得脚不沾地。

李格抱着醉翁之意不在酒的心思来过好几次，这次推门又瞧见萧索的办公室和埋头苦干的江尤，反思了下自己：“我拿着高学历文凭过来当模特是不是屈才了？”

江尤头也不抬：“没啊，你的实习报告里可以这样写，以模特之名打入敌军内部，探听虚实观望未来十年国家经济形态，既和你的专业对口，又符合现实。”

李格道：“你不写书可惜了。”

穆清不在，江尤这儿又是密密麻麻的文档，李格瞧着闹心，想到江尤最近的离职传闻，这两码事儿就被她归到了一起。没像其他人那般谈前景谈未来，只说了声保重身体。

倒是穆清那通电话又勾起她的担心：“容若木还在你家住着？”

“嗯，他要考……”江尤脱口而出，怔了怔，这借口是她隐瞒江云瑾时用的，现如今，似乎没什么必要了。她抬头看向李格，李格是混血儿，眼眸本就深邃，如今里面更似嵌了什么东西，幽深而复杂。

江尤本想问她知道些什么，却还是住口：“书店需要人手，暂时离不开他。”

“是书店离不开，还是你离不开？”李格有些咄咄逼人，“我们是好姐妹，我一直想要在你恋爱时满脸微笑地带给你祝福，但如果是容若木，抱歉，我不想给你。虽然我有私心，不想你和学长在一起，但在我心中，学长比他合适太多。”

江尤心头一热：“李格，你知道我和学长不可能。”

“可就是因为这样，”李格很沮丧，“我尝试过了，那些偶遇纠缠的招数，每每施展出来引出的相遇，三言两语都不会离开你。”

独独提到江尤的时候，学长才会面露欣喜，哪怕清晨他打过来一通电话，都是对她的旁敲侧击。

李格明亮的眸少有地黯淡下来：“我想放弃的，千方百计走到他身边，却像个过客，但哪怕擦肩而过，我的心也会小鹿乱撞，我要怎么办……”

江尤轻轻拥住李格，感受到李格轻微的颤抖。她能有什么办法，面对同容若木不可捉摸的未来，她一直在惶惶度日。归根结底，她们两个都是囚在爱情牢笼的雏鸟罢了。

江尤自李格走后一直静望窗外，直到华灯初上，门被敲响，她才回过神。灯被“啪”的一声打开，光芒争先恐后地刺入眼，疼得几乎让人流下泪来。

穆清西装笔挺站在门外，语调淡淡：“还不走？”

“马上。”江尤将掌心贴在脸颊，静了两秒，“这两天的重要文档我整理出来放在你抽屉里了，工地那边我跟王经理看过，照进程，今年10月就能完工。啊，这些我都跟你汇报过的，于飞姐那边……”

“你和我之间好像除了工作就只能是工作了。”穆清突然打断她，他手里拎着一个纸皮袋，慢慢靠近她，“你跟我就没有其他想说的吗？”

“什……什么？”

“比如，”穆清一步步走来，面无表情，眼神阴暗，“你可以对容若木笑逐颜开，你可以对冯铮相谈甚欢，甚至于你和仅接触过几次的任垚都能在甜品店手拉手相视一笑，唯独对我——抛却所有理智跟在你身后，像狗一样摇尾乞怜的我冷眼旁观。”

“学长！”江尤被他的神情吓到，惊慌地站起来。

“不要叫我学长！”穆清大掌重重地拍在桌上，质量上乘的红酸枝木桌发出沉闷的声响，老板椅滑到一边，撞到墙上，划出一道黑色痕迹。

穆清讨厌这个称呼，如果没有相隔的一年，他们会提前相遇，又或许他不被事业牵绊，隔阂的导火索就不会存在。他能早早占据她身边的位置，向众人宣告，她是他的，谁都不可以欺负她。

但终归还是晚了，她心有所属。

但不是太晚，她所托非人。

穆清淡淡笑起来，眸中仍是沉静的，江尤却觉察到一丝疯狂。

他把纸袋打开，一盒光盘被丢在桌上：“我用放弃起诉从荣成那边换来一份监控视频，你想不想和我看看？”

江尤的心狠狠沉了下去。

见她脸色苍白，穆清的心并不好受，却还是咬紧牙关说下去：“楼盘工地的监控搁置近一年，竟然还能用，这真是又一个惊喜。你猜，我又看到了什么？”

江尤的唇微微发抖：“你到底想说什么？”

“你懂的。”穆清心中升腾起一股从未有过的摧毁欲，“江尤，我想以最绅士最妥帖的方式对你好，总想着哪日这些好总能冲破我们之间的障碍，化解你的委屈。可渐渐地，我发觉我错了，你的软硬不吃、貌合神离是对我的心意最大的讽刺，我醒悟了，想要一个人不该这样的，这样的拉锯战直到你婚丧嫁娶我们都不会有结果，既然想要，就是要抢的……”

“穆清，你何必这样。”江尤终于改了对他的称呼，脑中恍然闪过李格的眼睛，心底悲哀，“你为什么独独纠缠我，你明知李格的心意，却一次次靠近她又伤害她……”

“那你这样对我又和我有什么分别？你不该来这里的，坦然接受我的好，却又若即若离。人终归是有独占欲的动物，你在我的领地，从始至终就是我的目标，现如今，哪有让你安然退出的道理？”他擎起江尤冰凉的手，烙下一个吻，语调带着戏谑的公事公办，“你知道我想要什么的，期待你的回复。”

容若木将窗帘全部拉紧，前几天，沈潇通知他今晚盛教授召集重要科研人员开秘密小会，看来回家的日子真的近了。

电脑也派上用场，小小屏幕分出几块，熟悉的面孔一一展现，令容若木有种恍如隔世之感。盛教授这会儿正在家，耳机里“刺啦刺啦”地响着，伴着“嗒嗒嗒”疯跑的脚步声，然后，门被“咣”地撞开了。

一张娇俏的小脸走进镜头，轻车熟路地钻进盛老的怀抱。

旁人早已习以为常，容若木在这头望着，咫尺之遥只觉那么远。他听见那头叫了声哥哥，点点头，压下眼底所有情绪，审视盛老发来的资料。

沈潇作为项目组成员兼助理，帮盛老调试着镜头，老人让所有人看着项目表，然后示意沈潇单独打开同容若木的语音。

“我把你给沈潇的数据和设备都看过了，任务完成得不错，未来在科技领域将是个不错的研究对象。”

盛老从不吝惜对他的夸奖，眸中满是赞许。容若木在座位上静静坐着，荧光映得他脸上带着奇怪的僵硬，他大概能料到老人接下来的话，面对沈潇，兄弟情谊给他底气，他能道出心内的纠结，然而面对这张和蔼的笑脸，爱情似乎就是对老人的背叛。

盛老人活得通透，见他难得犹豫的表情，便知他在想什么。低头看眼怀中玩着枪战游戏的闺女，又开口道：“沈潇说你和那个女人又见过面了。”

容若木微合眼，手心搁在桌角，坚硬的棱角刺得手发疼。前天，他找到蒋韵华，高档的咖啡厅，轻音慢乐里他的心却并不平静。

“我知道你会来找我，但抱歉，我给不了你建设性意见。”

“你总讲太多道理，模棱两可，我真正想要知道的，你又不给，你的任务完成得似乎并不好。”容若木沉眸看她。

“Whatever，起码能看到缜密精细的你露出困兽般的模样，也是值了。”

蒋韵华挑衅地笑笑，却不带恶意。转念想到那个人，她的表情柔和下来，舒展下身体，半倚着软垫道：“人生是靠自己闯来的，想要什么，就竭尽所能去争取。吃了定心丸才能踏步向前的未来，那是懦夫的未来。

“前几年，有人不说缘由地推我一把，我怀揣信任，离乡背井来这儿，独自摸索，直到如今。现在，我给你的远比那人给我的多太多，你太贪心了……

“而且，你怎么就认定我很好？舍不舍，什么选择，未来无数个枝杈，你就敢信了我，选那一条吗？”

那一秒，容若木领悟到一种深深的无力感，像个小丑，费力挣扎，在台上表演着结局已成的戏剧，众人皆知，却独独自己不知。

“再给我几天时间，我就回去。”他的声音带了丝疲惫。

盛老点点头，没强逼他些什么，只让沈潇把静音关闭，开始商议预备事宜。

当一切归于宁静时，已然是晚上十点。容若木揉揉疲惫的眼，起身打开门，脸色瞬间变了。

眼前赫然是愣怔的江尤。

“我也不知道我什么时候养成了偷听门缝的习惯，但好像，每次我站在门前，门的那一边总会有我不想听到的东西在等着我。”

江尤强颜欢笑，看他带着心疼的眼眸，伸手轻轻摸上去：“容若木，你回家吧。你有家乡所需的价值，有自己的理想抱负，还有等你回归的朋友亲人，你不应该耗在这里……”

她突然懂了，他将自己从穆清身边扯开，或许是因占有欲，但更多的大概是那个既定的婚姻。穆清想要的情感，她一辈子都不可能给了，能给的不过是一纸红书，和两人剪不断理还乱的纠缠。

不过是一年……

“江尤，给我一年时间。以婚姻为契约，给彼此一个相知相爱的机会。”穆清当时话说得卑微，动作却强硬，她被他紧握着抓紧那碟光盘，“这个，将永不见天日，否则，明天的头条大概会有你最不想见到的人。”

手里似乎还有方才光盘的触感，冰凉滑腻，像是吐着信子的蛇，江尤沉浸在回忆里，听到容若木语调轻柔地问她：“那你呢，你还有什么？”

她还有什么呢？

父母？亲友？江尤答不出来。

母亲炙热的爱情让她和家族断绝了关系，她又已然离世，接下来，自己会抢走同窗闺蜜喜欢多年的人，或许会引对方憎恨，此外，能给予自己慰藉的唯一也要离开了。

她不剩什么了。

“我能很好的。”江尤硬下心肠，看向他，“只要你离开。”

容若木将她搂进怀里，似劝诫又似央求道：“乖，我们都冷静一下，车到山前必有路，总会有办法的。”

江尤眼中的悲恸他看在眼中，心在翻搅却有心无力。

他来到这里，带给江尤的大多是新奇和酸涩，哪怕是少得可怜的甜蜜，都夹杂着苦涩，他们沉浸于短暂的心心相印，还未将这回忆刻入骨髓，就要被强制分离。

他不甘心。

江尤深吸口气，依恋着他的气息。这似乎给了她能量，不过是名不副实的婚姻，换他安稳离开，便没什么大不了。

她替容若木整整衣领，笑笑："我不要乖，迟早要走的岔路口，微笑着说再见不好吗？"

"不好，看你走向别人的怀抱，我做不到。"

江尤无奈摇头，纵使心底隐隐作痛，却又有些好笑。他们像最幼稚的小学生，反驳着彼此，反抗着即将到来的命运，纵然无用。

她钩住容若木的小拇指，缓缓举起："喂，亲爱的男朋友，请收起你的任性。"她顿了顿，"我从没想过和你一刀两断，我会等你回来。"

容若木嘴角微动，手机忽然嗡嗡地振，对话栏弹跳到屏幕上，亮得刺眼。

"半个月后，准时回来。"

容若木面色凝重，教授这是在下最后通牒。

两人久久无言。

"回乡带些特产回去吧，见物如晤。"

打破沉寂，江尤转头看他，忽然笑了："当是我的一番心意。"

凌晨一点，江尤紧盯手机。

屏幕暗光闪烁，浏览器一栏里是她搜索的各类材料的保存期限，五花八门，种类齐全。疲惫地揉揉眼，她准备明天和容若木商议，刚放下手机，微信“叮咚”一声响。

缓缓划开，江尤沉思几秒，一字一字回复过去。

此时，任垚、冯铮、穆清三人难得相聚在酒吧畅饮，两人目瞪口呆地瞧穆清牛饮下三杯酒后被甩过来一个晴天霹雳般的消息——

“哥们，我要结婚了。”

穆清的脸上没有喜悦，只有木然，像一直渴求希望的死囚接到最后的杀令。他没有试探到江尤为容若木付出的底线，那大概是个深渊，他怕了。

他趴倒在酒桌前，被好友又搀起来，惫倦袭来时，他忍不住对他们喃喃：“我们之间大概一点情意也不留了。”

Chapter 12

双宿双飞

江尤清晨初醒时，没见到容若木，客房贴着便笺的大门微敞，上面的字体凌厉如风：我搬回阁楼了，有事电话联系。

留言简短冷淡，字如其人。

外面天还没亮，他走得这样急迫，倒让江尤心里又憋闷起来。手机仅存百分之十的电量，提醒着她昨夜的精心考量如今成了笑话，一时气不过，她直接按下他的号码。

手指却又在绿键上停住了。

江尤一屁股坐在沙发上，将手机扔在一边，后脑勺重重磕在靠背上，心情慢慢平复下来。

她转头看向屏幕上的那串数字，长长地叹出一口气。

新宇科技最近很热闹，总监和助理在没有丝毫预兆的情况下，就下发了婚礼请柬。

本想旁观江尤被任垚折腾、于飞发飙局面的众人蒙了，想找当事人好好聊聊，却发现准穆太太已经休假。

李格去翰林书店吃了闭门羹，转身就去了中央帝景。

L 市的春天今年来得有些早，天气回暖，春风和煦，李格上楼顶天台时，江尤正披着大衣在躺椅上晒太阳。这三天，她大门不出二门不迈电话不接信息不回，李格又急又气，心都快被挠成了蜂窝煤。

“没有什么要对我说的吗，穆太太？”李格搬了板凳坐在江尤身边。

江尤撩开遮眼的纱巾，望向刺眼的阳光：“已经没脸见你了。”

“话说得真好听，可我感觉不到愉悦。”李格将手搭在扶手上，“看到你心事重重，知道你不愉悦，我更不愉悦了。其实我有想过，哪日学长真的守得云开见月明，看你们携手走入礼堂，我会怎样，我觉得我会祝福，毕竟他那么喜欢你，如愿以偿。但如今的情境我却没料想过，你们没人把笑容挂在脸上。

“公司最近低气压循环，众人心情崩了，没人想到总监结婚会如丧考妣，他们猜思想居于高层次的人就是和普通人不一样，不喜形于色。”

江尤没被她逗笑，冷淡道：“我还以为他会欢天喜地。”

“你是在向我这个求而不得的人炫耀吗？”李格掐掐江尤的脸，慢慢把手放下，“那我也要刺激你，我去过翰林书店了……”

江尤的眼猛然生动起来，李格心头一紧，特别不是滋味。

“你们这几天没联系过吧？书店一直没开，但我看见晚上阁楼灯是亮的。他还不知道你的事？”

“他知道。”江尤开口，眼神悠远，“在更早之前。”

“什么？”李格没懂。

“没什么。再过一个月要返校，我大概不能和你一起回去了。你能找到新校区在哪儿吧？不知道的话可以找冯铮学长，他和他的艺人团队在新校区组织过活动。”

“你……为什么不回去？”李格心头浮起担忧，“你别做傻事！”

“不会的。”江尤摇摇头，看向楼边柳树冒出的新芽，“人总要心存希望啊，如果，否极泰来呢？”

穆清和江尤不想将婚礼大操大办，但伴娘还是要有的。作为主人公，替伴娘们量身定做礼服这事儿，更要亲力亲为。

江尤陪李格和于飞逛了一下午商铺，总算把款式尺码定下，捶着酸痛的腿把她们送上车，她慢悠悠地拾级而上。

昏暗的楼道内，声控灯随着她的脚步声一盏一盏亮起，她掏出钥匙，迈上最后一层台阶时，脚步停住了。

一道颀长的身影靠在门前，围巾裹住他刚毅的面庞，徒留一双温柔的眸子。

“我在书店等了一周，等你的心意。”

江尤静静和他对望，望着望着，忍不住笑起来。

她牵住容若木的手，带他跑下楼梯，线帽上的毛球一跳一跳，整个人都雀跃无比。容若木跟在身后，将她冰凉的指尖攥在手心，紧紧相扣。

在书店的一周，他查阅各类资料，以求能将她带走的最佳方式。冲击、碎片化，各类字眼形成一团名为“恐惧”的黑雾将他包围，他在压抑中心如死水，见到她的这刻，却又活了过来。

江尤没带他跑多久，她停在与翰林书店相隔几百米远的一家饰品店外，指着招牌喘气道：“就是这儿了。”

容若木打量着，橱窗前一排毛绒玩具冲着路人笑得憨态可掬，透过洁净的玻璃，能看到店内的公告栏贴着无数标签，上面是密密麻麻的字。

江尤拉拉他的手：“不用看了，心意不在这儿。”

她拉着他推门而入。

饰品店老板娘方宁抬头看来，惊喜一笑：“小尤，你来了。”

“方姨。”江尤叫得甜。这一条街邻里间彼此都熟，她几乎是被他们看着长起来的。

“这是我男朋友。”她飞快介绍。

剩下的话还没张口说，方宁微笑道：“来取东西的吧，我都准备好了。”

方宁弯腰从柜台拿起个纸盒，牛皮纸包裹得严实。江尤双手接过，沉甸甸的。

“这是什么？”容若木低头问她。

“秘密。”

到家时，嘴上说着“秘密”的某人却是最迫不及待拆礼盒的那位。

暗黄的牛皮纸被扯开，里面奶白色的简约盒子显露出来，江尤深吸口气，看向身后的容若木。

“你要不要打开？”

容若木迟疑了下，手放在纸盒两侧，微一使力，刚想掀起，又被江尤扣下。

“你答应我，”江尤有点不好意思，“别嫌弃丑。”

容若木笑了笑，将盒子打开。

逼仄的空间内，是两个形状相同的瓷杯。

他把其中一只拿起，瓷杯边缘刻着几幅图。

庄严肃穆的故宫、落雪的楚长城、深夜灯光璀璨下的画廊……

三对小小的人儿融入其中，或拥抱或打闹，温馨和谐。

容若木眸中满是动容，他轻放下瓷杯道：“准备了多久？”

“没太久。”

江尤有美术功底，倒是雕刻浪费不少时间。那日她想起存放上千年的文物，历史悠久的无非是瓷器，便动了这个心思。

但说实话，容若木搬走那日，她气得想从壁橱拿只碗寄给他的。

容若木慢慢将她搂在怀中，心头似搅起滚烫的沸水，他想他大概放不开怀中这个人了，一辈子都不想放开。

“还有五天。”江尤闷在他怀中，感受他飞快跳动着的心。她总在掰着指头数天数，每少一天，她就离他更远一些。

“答应我。”江尤仰头看他，“如果离开，还要在那片卫矛丛，我去送你。”

容若木低头，神色看起来异常平静。

“好。”

穆清发给亲友的请柬上，婚礼日期在五天后，龙抬头。

江尤不想在家中被接走，和婚庆公司顺过流程后，把起点安排在了金都酒店。婚车按习俗要绕城一圈，途经那片卫矛丛，容若木最初带给她新奇的地方……

清晨，化妆师早早敲响房门。李格和于飞是伴娘，以为接亲的大部队来了，一时慌了神，死死堵住门，差点把摄像师掀了个跟头。

“你们的紧急预警开始得早了点儿。”摄像师边检查机器边逗乐，“你们这是多不希望新娘嫁出去？”

李格干笑一声，没说话。倒是于飞不懂这其中的爱恨纠葛，兴奋得有些异常：“新郎官折腾我好几年了，还有伴郎任垚那个浑蛋，这两个凑一块，等老娘把他们玩得哭爹喊娘吧。”

摄像师对她的彪悍肃然起敬，竖着大拇指一脸不敢惹的表情进卧室了。

化妆师小姐姐在给江尤化眼妆。江尤双眼皮长得漂亮，一条黑线下去，眼尾勾起魅色，整个人都跟平时不太一样了。

于飞摸着下巴打量：“你这结婚后也要学着打扮打扮啊，偶尔新奇一番，也是新婚生活的情趣啊。”

李格推她往外走：

“于总您放心吧，那她这辈子都素面朝天了。”

于飞：“……”

两个伴娘在外话家常，不过大部分由于飞问，李格答，叽叽喳喳的。江尤被化妆师小姐姐抬起下巴道：“来，笑一笑，我帮你把腮红打上一点。”化妆师小姐姐啧啧两声，“你也真是我见过最淡定的新娘了，连点笑模样都没有，不该是件开心的事吗？”

江尤点头：“嗯，的确。”

化妆师小姐姐瞧她提不起兴致的样子，无奈地摇摇头。

外间两个伴娘还在聊。

于飞：“我就说，穆清怎么上赶着往公司里塞江尤，合着有自己的小九九啊。”

李格：“啊，应该是这样吧。”

于飞：“不过我觉得穆清这婚结得太仓促了，订婚都没办，怎么就结了？”

李格：“我觉得您说得对。”

于飞：“是吧，不过穆清眼光是不错，从多少狂蜂浪蝶里追出这么一个让我满意的。”

李格：“啊，是……”

于飞有点烦，推推她：“你能不能别像个捧哏的？”

李格心里苦，她还能说什么，她都快被扎成筛子了。目光游向镜前妆进行到结尾的江尤身上，江尤麻木的双瞳像把利剑再次扎到她心上。她从没怪过江尤，原因或许卑鄙或许自私，却毕竟都能让彼此好受些。

楼下噼里啪啦开始放起鞭炮。

于飞像被火烧屁股似的蹦起来："来了来了，穆清来了！快堵门！"

于飞将内锁掰上，李格搀了穿着刺绣镶边的秀禾、走路踽跚的江尤坐上床。

门外传来一声响，是冯铮在"咣咣"砸门："开门！新郎官到啦！"

外面、里面瞬间笑成一团。

于飞喊了一句："买路财呢，塞……"

话音未落，她像被人掐住脖子的鹌鹑，消了声息，内室阳台的门被骤然打开，修长身影逆着光，君临天下般，踏着一地喜庆红纸翩翩而来。

江尤戴着盖头，听到众人的吸气声，忍不住将盖头掀开，却愣住了。她曾打算以最冒险的姿态去见的人，突兀地出现在她面前。

化妆师小姐姐发出一声尖叫，外室人听见动静，人挤人慌里慌张地把门撞开了。

"怎么回事？"

穆清被夹在其中，看到那抹身影时，眼中风起云涌，那人与他对视，强硬、敌意融在目光中与他针锋相对。他站在原地没有动，只慢慢看向江尤。

她呆呆地望着那个人，满心满眼都是那个人，那抹眷恋，让

他嫉妒得发了疯，却碰触不到分毫。

任垚踏前一步："你果然来了。"

穆清看向他。

十二个小时前，任垚在和江尤喝奶茶的地方，静静等待。服务员拿了菜单过来，他点了一杯少糖奶茶，刚把吸管插上，那人推门而入。

"我还以为你不会理我这个陌生人。"任垚调侃道。他抱着试试看的态度，给容若木留下的联系方式发送了一条短信，内容言简意赅——江尤有事，速来。

爱情大概真会令人冲昏头脑，这人，他仅接触的两次，都是冷冰冰的模样，但或对或误的信息，只要与江尤有关，他连刀山火海都会闯。

容若木在对面坐下，面上毫无波动。

任垚讨了没趣，淡淡道："你来是为了听我说些什么吧？若是江尤有难，你可比我知道得快。"

任垚凑近，看容若木动作微僵，继续道："江尤要结婚了，和穆清。"

回应他的是句简短的"谢谢"，以及绝尘而去的身影……

此后，任垚一直在酒店外等候，看化妆师、摄像师准时抵达，一脸如常地进去，事情进展正常得令他窝火，恨得牙痒。

他想，江尤真是随了江云瑾，看人眼光一样的烂。

而如今，任垚又望见容若木，内心突如其来的喜悦甚至盖过了对好友的愧疚。他退了一步，将其余人揽出门外，徒留四个当事人注视彼此。

“你骗了我。”这四个字的分量重重砸在江尤身上。

她仓皇地抬眼，望进容若木温和的目光，里面没有责怪，只是心疼。

“你爱他吗？”

江尤摇头。

“那为什么要嫁给他？”

江尤咬咬唇，鲜艳的唇色被她咬得糟糕。

她的局促不安全被穆清看在眼中。自他进屋，她从没看过他，哪怕此刻可以将指责委屈全丢过来，她都没抬起头。

穆清心头近乎搅在一起，面上却坦然，缓缓从口袋中掏出一张光盘扔在床上：“是我威胁她。”

“什么？”

穆清扫过江尤煞白的脸，真相就在喉咙口翻滚，却还是生生咽了下去，只扔给他两个字：“监控。”

容若木愣了两秒，之后恍然大悟，五指微缩，忽然拽紧穆清的领口。李格尖叫一声“放手”，踉跄着扑过来，却被容若木闪开。

江尤慌张道：“容若木！”

容若木看她一眼，那其中有担忧有紧张，却全然是因为自己。

窒息感骤减，穆清捂着喉咙喘着粗气。

江尤终于看过来，眼神复杂：“学长，我真的做不到。”

穆清瞳孔微颤，沉默着。

“我从未想伤害你，但似乎不爱本身就是伤害，在这之上，我做什么都是错的。

“我不怪你用他的身份威胁我，我知道人被逼到极致时，做出什么决定都伴随着痛苦。这场婚礼，我应你准备了，却还是不能坚持下去，因为心太疼了，我怕会疼上一生。

“谢谢你没有带我去民政局，给我留有喘息的空间和飞走的机会。”

他们在这条路上纠缠太久，久到他蒙蔽双眼，一意孤行，久到最终所有人都受到伤害。

穆清面色阴沉，眼中难掩痛苦，自始至终不发一言。

江尤看向李格：“我知道请你当伴娘又在你胸口刺了把刀，但我们身材相仿……”

李格眼泪掉下来，好像有点明白了什么。

江尤掀起裙角下床，走到李格身边，将盖头轻放到李格手上：“我从没有资格盖它，它需要真正的喜欢。”

她回身牵住容若木的手：“带我走吧。”

看到柳枝抽条的那瞬，江尤就在想，她和容若木太了解彼此，割舍不掉的情感最终会让他们再遇，哪怕存在否极泰来的一丁点希冀，也会努力争取。

山不来就我，我就去就山。

她早做好脱下礼服跑出礼堂的准备，可是，他提前来了。

“哪怕前方都是艰难险阻或是……虚无？”

江尤笑：“哪怕是虚无。”

两手紧扣，两人携手走向阳台，温柔话语飘散在空中——

“我陪你。”

李格眨眨眼，一切如云烟般消散，徒留她手中这抹嫣红提醒着方才那两人的存在。

外面摄像师在“咣咣”砸门，她和穆清望向彼此。

吉时到。

番外

关于盛霏

盛霏在十七岁那年第一次见到江尤。

那时阳光正好，她缩在老板椅上光着脚丫第二十二次看阅兵式，听到沈潇在外面喊“人回来了”。外头吵嚷成一片，都盖过了兵哥哥们整齐划一的脚步声。

她厌烦地开大音量，蹭下去穿好鞋。没穿袜子的脚跟鞋底亲密接触，咔吱咔吱的，听在她耳里让心头的烦躁又加了几分。

明明前几天刚跟容若木视频聊过天，明明是再普通不过的出差，怎么乍一回来，跟领导人会晤似的。

盛霏撒开脚丫子往大厅那头跑，走廊很长，隐约看见一群人拐过来。沈潇揽着个头差不多的兄弟，正兴奋地手舞足蹈，她猛地站住脚，见被揽住的那人，面上也带着罕见的愉悦。

我的妈呀，真是见了鬼！

大概是察觉到她的视线，前方的人停下来，容若木淡淡地打量她几秒，手指了指西边的女士更衣间：“小霏，去那屋帮帮忙。”

“凭什么！”

盛霏总和他颐指气使地作对，哪怕后来被折腾得很惨，但起码前期气势没输。容若木对她这劲儿也早习惯，挑了挑眉眼，眸中是针尖似的光。

“你别后悔。”

盛霏被他陌生的眼神瞧得抖了抖，却还是嘴硬：“你就会威胁我！”

容若木勾唇笑笑，跟着众人拐进她看阅兵式的房间。人虽走远了，谈论声还是隐隐传来。

“你大小丫头片子多少岁，还总欺负她，幼不幼稚啊你？”

“不敢妄要这个名头，三四十岁欺负大学毕业生的人都有，我这是小巫见大巫。”

“瞧不懂你这恶趣味……”

盛霏瞪圆了眼。

什么！她哪里得罪他了，这家伙要欺负她到大学毕业，要不要 face 啊！

未来八九年要被灾难支配的恐惧，瞬间让盛霏狗腿地奔向更衣间。

房间门这会儿正关着，里面传来窸窸窣窣的声响。盛霏试探着敲了两下，听到一道陌生的女声：“请等一下。”

盛霏脑中满是问号。研究所是不准外人进入的，也就是她，常偷了老爸的门禁卡，打小在这儿长起来，没谁还有特殊待遇。

门开得很快，但只留了一条缝，女人慢慢探出身来。盛霏只到她胸前的位置，满眼都是针线缝出的繁琐花色。

这是秀禾，盛霏认出来了。这两年复古风流行，各朝各代的服饰被扒了个透，时不时在商场能看见小姐姐们穿着唐宋元明清各时期服装相伴而行，仪态也努力朝影视剧靠拢，瞧在眼中，跟考古出的遗骸成精似的。

她从门缝挤进去，摸着上头华顺的缎面，喃喃道：“姐姐，你是被商家忽悠了吧。这个是结婚时候穿的，出不了门。”

江尤被小姑娘豪放的举动挤到墙边，低头静静注视着对方。两个羊角辫服帖地顺在耳旁，被扭成麻花甩来甩去，光洁的额头连刘海都没有，素面朝天的一张小脸，眼睛大得跟宝石镶上去似的，很有神采，带着古灵精怪。

她笑了笑，顺着对方的话往下答：“对，所以我准备换衣服把它还回去。”

盛霏恋恋不舍地又摸了摸，她母亲是学服装设计的，打小耳濡目染，眼尖得很，这秀禾一看就不是普通款。她犹豫了下，跟江尤打着商量。

“要不然，姐姐你把它卖给我吧！”

江尤愣了愣，她搞不懂衣橱怎么开，动作就顿在那儿。盛霏很有眼力见儿地替她拿出 T 恤，再接再厉道：“姐姐，我有钱，不坑你。”

江尤更新奇了：“你这时候穿秀禾……早了点吧？”

“姐姐，你想偏了，我提前囤货啊。未来找位兵哥哥，军装和秀禾最搭了！”

“……”

江尤把衣服套上，找了包装袋把秀禾装好，袋子很沉，她提起来看到女孩带着希冀的眼神，想了想，张口道：“我帮你拿……”

“咚咚”两声，门被叩响了。

盛霏扬起声调问了句“谁啊”，门外的人顿了顿，熟悉而低沉的声音传来：“是我。”

江尤赶忙把门拉开，将包装袋抱在胸前，几乎遮住半张小脸。容若木一见里面露出的红色就沉了脸，手臂一伸，提过去就扔到一旁的盛霏怀里。

“把它给我处理掉，别再让我看见它。”

说完，他大手一拽，拉着江尤就出去了。

盛霏被秀禾砸了一脸，蒙蒙的，看向他们，却见女人挣扎着回头道：

“妹妹，当是见面礼吧，别嫌弃呀！”

盛霏捧着沉甸甸的袋子，嘴角一勾，几乎勾到后脑勺。

这个姐姐……真是大户人家啊。

晚间，盛教授在餐桌前提起江尤，盛霏才知道容若木出差带了女朋友回来。万年铁树能开花，她对江尤就更是好奇了。

第二天，盛霏就打着感谢的名义把江尤约了出来。

昨晚江尤没睡好，被沈潇科普了一晚科技昌明，还被提点了一下特殊人群。这会儿她对盛霏警惕到极点，是真被孩子缠怕了，生怕哪个不注意，被这个小机灵鬼捉弄了去。

但很意外，两人三观、爱好很合得来，像相识已久，带着亲切感。

盛霏也惊异于江尤对历史文化的理解，那些野史张口就来，像亲身经历似的。她舔着甜筒，跟江尤并肩坐在长椅上，面上全是不苟同。

“江尤姐，你这么好，到底是看中容若木什么啊？”

“就日久生情……”

她没说太深，潜意识觉得盛霏年纪还小。

盛霏是个人精，早早就对这些瞧得透彻，连理想型都找好了，瞥江尤一眼道：“江尤姐，你别拿我当小孩子，我都十七岁了，再过一年，就能脱离父母自力更生了。我就是觉得那个冰块配不上你，你又活泼，又有能力，整天面对那张僵尸脸，一定会把热情都消耗掉的。你看，沈潇哥多好，傻乎乎的，家里还有钱……”

江尤：“小霏，你不能这么现实……”

“我不现实啊。”盛霏跳下长椅，看向远处摆好的摊儿，“我也很罗曼蒂克的，未来，准找兵哥哥。”

说完，她小跑几步奔过去。

“哎？”江尤喊了一声，慢步在后头，却想着她方才的话。

找兵哥哥……去哪里找兵哥哥？现今，都被武器取代，没有兵了啊。

她走到盛霏跟前，和盛霏一同蹲下，细细打量着。这里是处红色文化参观地，小摊上摆放的是一些革命战士和枪械模型，盛霏在里头挑拣着，眼睛亮晶晶的。

江尤眼中的困惑退去了些，盛霏是真的热爱这些。

“为什么会喜欢兵哥哥呢？”

“有军有民才有国吧。我总听一句话‘哪有什么岁月静好，不过是有人替你负重前行’，人力时代，没有高新科技做后盾，以命相搏才更显伟大。”

盛霏挑起一串枪形吊坠，慢慢地攥在手中：“我想我们会相遇的。”

江尤看着盛霏坚定的侧脸，想到昨日与他踏出来时的孤注一掷，心神微动。她摸摸盛霏的辫子，认真道：“会的。”

江尤拿过摊上的项链给盛霏戴上，递钱时才想起来，出门前容若木给了她足够的纸币，还有……小型窃听器，以防她遇到不测。琢磨着方才一些话，她担忧地瞧了面带欣喜的盛霏一眼，不知那个醋坛子作何感想……

二十五岁毕业那年，盛霏背起行囊，走进陪伴她数年的研究所。这像个仪式，她有了正式的身份，真正作为科研人员驻扎在这个阵地。

四年后，盛霏二十九岁，容若木的记仇小本本已记满一本，用前辈的身份，带她探究最新科技和……秘密。

她第一次知道了江尤的真实身份。

其实早有预感，不过是被一锤定音罢了。

彼时，容若木和江尤两人已经成婚，容羽和容甄两个小魔头已绕在她身边喊“姨”喊了十年，于她，都已是家人。

在盛霏三十岁的某日，彻夜不眠，在父亲一辈的技术上再登新顶时，江尤和容若木邀请她到家中吃饭。

更明确地说，应该是江尤命令容若木打来电话。

盛霏到别墅门口的时候，家中只有他们两人和一条藏獒。

容羽和容甄因为父亲“两人世界”的心愿，被逼着送去了寄宿学校。藏獒是儿子们被送走后，江尤吵闹着以“一家之主”的身份强压着容若木买的，就被搁置在小院，院门大敞，恨不得跑丢跑到天边去。

进门前，盛霏朝院子瞥了一眼，藏獒懒懒地赖在狗窝，离院门十几米远，以示忠诚。江尤瞧见她的目光，笑着夸赞小獒的懂事，容若木在旁，脸明显是黑的。

盛霏忽然就觉得，果然在江尤身边，她的心情才会舒畅。

饭间，他们聊到研究所的实验。江尤很早就知道盛霏自告奋勇要当小白鼠的消息，大概比盛霏下定决心时还要早。

她眨眨眼，但还是禁不住红了眼眶：“祝你梦想成真。”

盛霏把她搂在怀中，拍了拍。这么多年，在容若木的庇护下，她一如当初有朝气，或许因为有了孩子，朝气中又带丝不易察觉的温婉，让人不忍给她伤害。

盛霏松开手，看向容若木：“没什么想对我说的？”

容若木看了江尤一眼，抓住盛霏的手：“你长大了。”

盛霏笑了。

“我们的账该算算了。”

“……”

江尤狠狠地戳了他一下，一脸无可奈何地起身："我去给你们端些水果。"

她快走几步朝厨房去了。

容若木转头看向盛霏，目光幽深，良久，开口：

"谢谢你。"

他拿起方才被江尤强行放在桌下的酒瓶，倒满两杯，和盛霏轻碰："谢谢你，能够过去。"

谢谢你，给我们的未来。

这话在心中十二年，他们终于等到此刻，能郑重地说出来。

盛霏愣愣的，一饮而尽的酒在喉咙口火烧似的，烧出团迷雾。迷茫间，容若木又问道："小霏，这些年，我有什么变化？"

盛霏放下酒杯，想了想："妻奴。"

容若木忽然笑了，纵使有了皱纹，冰雪皆融似乎在他脸上开出一个春天。他接着道："还有呢？"

"自大、狂妄、不近人情。"盛霏有些受不了他这副模样，故意往狠了说。可实际上，自江尤来到这儿，他锋利的角都被磨得圆滑了些，纵使她仍有些怕他，但不得不承认他变了。

容若木却并未恼怒："那你就记清这些，这才是真正的我。"

盛霏眼神一变，终于明了他的意思。又一杯酒递过来，她看向他微醺的眼，听他道："敬，我们的节点。"

手微抬，下一秒，被人抢过。

"端个水果的工夫，你又喝！"江尤和他一样，心底的高兴与难过混杂着，却不想表露出，用手戳戳他，"你倒是告诉盛霏

些注意事项啊。”

容若木的眼神瞬时清明过来，像是积攒多年，只为这刻爆发。

“人生是靠自己闯来的，想要什么，就竭尽所能去争取。吃了定心丸才能踏步向前的未来，那是懦夫的未来。

“不要问我太多，勇往直前就是了。”

盛霏似懂非懂地点点头。

几天后，她背井离乡，遇到了命中注定的人，将时光永远停驻在那里。

又是一个阳光很好的午后，盛霏坐在轻音慢乐的咖啡馆，看男人愤愤离去的身影，想起当年，轻轻笑着捂住脸，再然后，指尖皆是湿润。

门口的风铃被人敲出声响，一身军装气宇轩昂的人，大步朝她走来。盛霏恍然瞧着，又忆起在L大的废墟里，她在楼前，看容若木扑在江尤身上的模样。

然后，她被人轻轻搂在臂弯，熟悉的气息似乎将故人远去的失落感都淡化了。

脖颈里吊坠依旧，她握了握，心想。

兜兜转转，是个圆满的圆。

真好。